双葉文庫

犯罪小説家

雫井脩介

犯罪小説家

1

「ちょっと今回は時間がかかってるみたいですね」

テーブルの向かいに座る三宅《みやけ》が腕時計に目を落として言う。口調は穏やかだが、先ほどから何度も時間を気にしている様子を見れば、焦《じ》れている気持ちが手に取るように分かる。

待居《まちい》涼司《りようじ》も担当編集者の仕草に釣られ、手首のタンクディヴァンに目をやった。もう七時半に近い。選考会は五時過ぎに始まっているという。例年なら七時過ぎには受賞作が決まるらしいが、まだ待居の携帯には何の知らせも届いてはいない。

「今回から選考委員が何人か代わってますからね。それでちょっと時間がかかってるかもしれませんね」

本日選考が行われている日本クライム文学賞の主催元、文格社《ぶんかくしや》の編集者、増田《ますだ》が皿に残った唐揚げを口に放り込みながら言った。

六時頃から、待居たちは新橋の駅近くにあるダイニングバーの小さな個室に入って、選考待ちをしていた。参加したそうな編集者はほかにもいたが、受賞を逃したときのことを考えるとあまり賑《にぎ》やかにしてしまうのもよくない気がして、何人かには受賞が決まったときに合流してもらうことにしてあった。待居と一緒に料理をつまみながら選考会場からの連絡を待っているのは、候補作『凍《い》て鶴《づる》』の担当編集者である風友社《ふうゆうしゃ》の三宅と、文格社の増田の二人だ。

ビールで乾杯してから最初のうちは、出された料理をつつきながら、今日が何でもない日であるかのようにたわいもない話で時間を潰していたが、連絡が来る時間と見られていた七時を過ぎた頃から三人そろって口数が少なくなってきた。

待居はミステリー系の新人賞を受賞し、デビューしてから三年になる。『凍て鶴』はデビュー作から数えて五作目だ。今までの現代を舞台にした犯罪物から離れて、この作品は昭和のレトロな家族愛憎劇をサスペンス風味に仕上げてみた。待居にとっては新境地とも言える作品だった。それが発売直後から各紙誌の書評で好意的に取り上げられ、売り上げもじわじわと伸びていった。映像化のオファーが複数舞い込むなど、それまでの作品とは巷《ちまた》の反応が明らかに違った。そしてほどなく、ミステリー系の新進作家の意欲作に贈られる日本クライム文学賞の候補に選出されたとの知らせが届いた。

この手の賞の選考会が開かれる場合、候補者たちは食事などをしながら編集者らと選考結果の連絡を待つのが慣例だという。それに従って、待居もこのダイニングバーに入り、初めての賞待ちという独特の空気を味わっているのだった。

「三宅さんは、担当作の受賞経験ってのは、まだないんでしたよね？」

増田はそう訊きながら、待居と三宅が箸を置くのを見計らっていたように上着から煙草を取り出した。

「ないんですよねえ」三宅は少し悔しそうに言った。「僕も文芸一筋十年ですからね。それはやっぱり、喉から手が出るくらい欲しいですよ」

「何連敗なんでしたっけ？」増田がからかい気味に訊く。

「五連敗です」三宅は顔をしかめて言ってから、待居に手を振った。「いや、でも、前回のあとでお祓《はら》いに行きましたから、今回は大丈夫ですよ」

増田はひとしきり笑ってから、煙草に火をつけ、紫煙をくゆらせた。

「いや、でも、取れるほうがまれなわけですからね。僕も最初に担当した作品が賞取って、天才ルーキーとかラッキーボーイとか持てはやされましたけど、それ以降さっぱりですから……当たるのは本当に難しいですよ」

「てことは、ここはずいぶん運気の低い人間の集まりになってんだね」

待居がぽつりと冗談をこぼすと、三宅と増田は慌てるような仕草をして笑った。

「いやいや、今日まで運を溜め込んできたんですよ」

「そうそう」

正直なところ、デビューのための新人賞とは違い、この手のノミネートされる文学賞というのは、待居にとって是が非でも取りたいという切迫めいた気持ちが湧くものでもなかった。取れなかったからといって、路頭に迷うわけでもない。取ったら取ったで自分の環境に大きな変化がもたらされるのかもしれないが、まだその経験がないから何も分からないということもある。

しかし、編集者のほうは、はやる気持ちを隠そうとしない。その切実な熱願ぶりは待居のそれを超えていて、逆にそこまで望んでくれる彼らのためにも、いい知らせが来ないものかと待居も思うようになり、それが募《つの》って、時間とともに緊張が高まってきているのだった。

「そう言えば、今日このあと、賞の結果のこともありますけど……」

三宅が話題を変えるような口調で話し始めたとき、テーブルに置いてあった待居の携帯が鳴った。

「あ……」

増田は選考会場からの連絡だと直感したらしく、身構えるような声を出した。三宅も喋るのをあっさりやめて、待居の携帯を凝視している。

待居は携帯を取った。液晶画面には増田の上司の文格社文芸部長、工藤《くどう》の名が出ていた。

「待居です」

〈どうも、文格社の工藤です。たった今、クライム文学賞の選考会が終わりまして……〉

工藤の声はあえてそうしているかのように抑揚がなく、口調からはその先の答えが計れなかった。

「はい……」

工藤は咳払いを挿《はさ》んで、言葉を続けた。

〈選考の結果、待居さんの『凍て鶴』が今回の受賞作と決まりました。おめでとうございます〉

「そうですか……」待居は上ずった声で応えた。「ありがとうございます」

待居と目が合った三宅がはっとした表情を見せ、それから小さくガッツポーズをした。

〈このあとちょっと記者会見と言ったら大げさですけど、マスコミ発表があって、待居さんにもいくつか記者の質問に答えていただくような場がありますんで〉

「分かりました」

〈そちらに待機してる増田が万事進めることになると思います。とりあえず、ご受賞のほう、本当におめでとうございました〉

電話を切ると、三宅が握手を求めてきた。

「おめでとうございます」

「ありがとう」

増田も微笑ましげに拍手をしている。

「いやあ、よかったぁ」三宅は昂揚した様子で椅子に座り込んだ。

「二人が運を溜め込んできたおかげだね」

待居が言うと、三宅と増田は解放感も手伝ってか、はしゃぐようにして笑った。

選考会場となっていた銀座のホテルには記者会見用の部屋が用意されていて、けっこうな数の記者が待居を待ち構えていた。

選考委員の会見は待居が来るまでに済んだということで、待居は一人で会見場のテーブルに座らされることになった。

「今日はどちらで選考をお待ちでしたか？」

カメラマンからのフラッシュが浴びせられる中、早速質問が始まった。どこで選考を待ち、受賞の連絡を受けたときはどんな気持ちだったか、改めて今、この賞を受賞したことにどんな思いを抱いているかなどという問いに対して、待居は思いつくままの答えを口にしていった。

それから質問は、作品に関するものへと移っていった。

「今回の『凍て鶴』は新境地と言いましょうか、これまでの待居さんの作品とは毛色が少し違っていて、これがクライムノベルかどうかという議論も選考会にはあったようですが、着想はどういったあたりから得られたんでしょうか？」

「まあ、『凍て鶴』がクライムノベルかどうかというのは、僕がどうこう言う問題ではないですけど、書き手としての感覚は今までの作品と大して変わらないですね。この作品は人それぞれにある心の弱さというものや、何を救いに生きるのかという問題に焦点を当ててみたいという思いで書いたものです。舞台設定であるとか作品の毛色みたいなものは、そのテーマを生かすことを考えた結果、そうなったということでしかないですね」

「登場人物の美鶴《みつる》の存在感が作品を引き立てていたという声が選考会でも上がっていたようですが、この美鶴はご家族か恋人か誰か、モデルにされたような方はいらっしゃるんですか？」

「いえ……そう訊いていただけるということは、それだけ美鶴が生きているということでしょうから嬉しいですけど、特定の誰かをモデルにして作ったキャラクターではありません」

つまらない答えで失望させたかと思ったが、記者は逆に、「なるほど、小説家の想像力のなせる業《わざ》ですね」と感心するような口振りだった。

「主人公の啓次郎《けいじろう》は作家の夢破れて実家に戻ってくるわけですが、そのあたり、ご自身の体験を重ね合わせてる部分があるわけですか？」

「まあ、僕は今、幸運にも小説の仕事をもらって生活できてるわけですけど、運に恵まれてなければ啓次郎のように挫折してたかもしれない……そういう思いは自分のどこかにはあるかもしれません」

「作家を志されていた頃からのことを考えると、今日の栄誉はまた感慨深いものがありますか？」

「そうですね……四、五年前はまだ作家に憧れてるだけの……本当に社会の底辺に生きてたような人間でしたから。まあ、憧れるだけなら誰でもできますし、実際、自分の才能が分からなくて、このまま生きてても意味がないんじゃないかとまで考えてたことがあったことを思うと、本当に感慨深いですね」

「生きてても意味がないというと、もう死んでしまえと思ったりしたこともあったということですか？」記者が興味深そうに質問を重ねた。

「まあ、大げさに言うとそういう気持ちだったということで……」慣れない会見でどうでもいいことを喋り過ぎた気がし、待居は話の勢いを抑えにかかった。「別に、本当に首を吊ろうとしたわけじゃないんで、あんまり面白おかしくは書かないでください」

そう言うと、記者の間から軽やかな笑い声が上がった。

二十分ほどで会見は終わり、最後に立ち姿でのカメラ撮影に応えて、待居は解放された。

「お疲れ様でした」三宅が上機嫌な顔をして寄ってきた。「これからうちの上司とか、各社お祝いしたいっていう編集者が近くのバーに集まることになってるんで、そこで祝杯を挙げましょう」

「そう……じゃあ、任せるよ」

クロークでスプリングコートを受け取ると、三宅についてホテルを出た。昼間であれば穏やかな四月の陽気に包まれているが、この時間になるとまだひんやりとした夜気《やき》が下りてくる季節だ。ただそれも、上気した顔を冷やすにはちょうどいいような気がした。

しばらく歩いたところで、三宅は立ち止まった。

「待居さん、ちょっと今からバーに行く前にお茶でも飲んでいきませんか？　時間なら大丈夫ですから」

待居は彼の真意が分からないまま、首を傾げた。

「実はですね、待機の場でも話そうとして、ちょうど受賞の電話が来ちゃったんですけど……」

確かに、三宅は何かを言おうとしていた。聞きそびれたまま、すっかり忘れていた。

「ほかでもない、前にちょっとお話しした映画化の件ですけどね、報映《ほうえい》の……」

「ああ……」

『凍て鶴』には映像化の打診がいくつか届いていると三宅が前に話していた。報映はその中でも確か一番初めに手を挙げてきたところだ。

「それが何か……？」

「いえ、そこのプロデューサーが別所《べっしょ》さんて方なんですけどね、その人が、できれば一度、待居さんに会って挨拶したいって言ってるんです。で、報映のオフィスってのが日比谷にあって、この近くなもんですから、今日ぽっかり時間が空いたりしたら、一応連絡しますよって別所さんには言ってあるんです。もし今日、残念な結果だったら、待居さんに気分変えてもらうためにもいいかなって思ってたんですけど、もちろん、こういう嬉しい状況でも、さらに勢いがつきますし……」

「いろいろ気を遣って考えてんだね」

待居が笑いながら言うと、三宅は「いえいえ」と首を振った。

「連絡してみないと分かりませんけど、もし駆けつけられるってことなら、待居さんのほうは構いませんか？」

「別に構わないけど、時間のほうは大丈夫なの？」

「あと三十分くらいは大丈夫でしょう。主役はみんなが出来上がった頃に登場するくらいでちょうどいいんですし」

近くの喫茶店に入ったあと、三宅は携帯で報映の別所に連絡を取った。彼は喫茶店の場所などを要領よく説明して電話を切った。

「よかった。すぐに来るらしいです」

彼は自分の段取りがスムーズにいったことに満足するような笑みを浮かべ、運ばれてきたコーヒーに口を付けた。

「別所さんはね、今回映像化の話があった中では一番熱心な人なんですよ。大手ですしね。実際問題、現実味があるのはここだけだと思うんですよね」

待居が聞いている限りでは、単なる様子見の問い合わせを除いても、五カ所くらいから『凍て鶴』映像化の話が舞い込んでいるということだった。民放のスペシャルドラマ枠が三カ所、映画が二カ所からである。

スペシャルドラマのオファーについては、三宅自身があまり気乗りしないようなことを以前、話していた。せっかくの作品が簡単に消費されてしまって、単行本の売れ行きなどにもほとんど結びつかないからだという。また、映画化のオファーというのも、本来、話としては確実性の低いものがほとんどである。待居自身、過去の作品でもいくつかの映画制作会社からアプローチがあったのを知っているが、その後の進展は何も聞こえてこない。三宅にしても、「映画の世界の連中の言うことは、けっこう適当ですからね」というのがこの手の話題での口癖だったりする。

しかし、その三宅が、こと報映の話になると、「ここだったら任せてもいいような気がしますけどね」という前向きな言い方に変わる。こうやってプロデューサーを待居に会わせようとするのも、今まではなかったことだ。

そして、間もなく喫茶店のドアが開き、そちらを気にしていた三宅が手を上げた。

「どうも、どうも」

現れた男は、艶々とした口ひげを蓄えた四十代半ばほどの男だった。

「初めまして、報映の別所です」

相手に合わせて、待居は自分の名刺を出した。仕立てのよさそうなスーツを着た別所は、待居との名刺交換を済ませると、空いている椅子に腰を下ろした。

「いやあ、ご受賞、おめでとうございます。こんな日に先生にお目にかかれて、実に光栄です。お忙しいところ、お時間をいただいて恐縮です」

彼は少し大げさなほどの手振りを付けながら言い、目尻に皺《しわ》を刻んだ。口ひげがあるからか、笑顔の特徴は眼に表れるタイプらしい。低い声ながら、口調は朗《ほが》らかだった。

「三宅さんには以前から、どうしてもお会いしたいとお願いしてありましてね、いやあ、とにかくその、先生の『凍て鶴』ですよ。私は読んで、そりゃもう大変な感銘を受けたんですよ。手に取ったのは発売した当日とかそれくらいだったんじゃないかな。私は商売柄やっぱり小説はいろいろ読みますし、本屋もほとんど毎日のように行くわけです。で、ある日、いつもの本屋に行ったら、『凍て鶴』が新刊コーナーの平台の角にこう置いてありましてね、それ見て何かビビッと来たんですね。この白っぽいカバーが何だかふわっと浮いてくるというか、目に飛び込んでくるような錯覚を感じたんですよ。それまでは失礼ながら不勉強で、私は先生のお名前こそ存じ上げてましたけれど、御著書には目を通してなかったんです。ですけど、この本は読むべきだと私の本能に何かが訴えてきたんですよ。いや、本当にそれくらいのインパクトが『凍て鶴』との出会いにはあったんですよね」

別所は興奮混じりにまくし立て、それからふと気づいたようにして後ろに控えていたウェイトレスにコーヒーを頼んだ。その様子が何となくおかしくて、待居は三宅と顔を見合わせて苦笑した。

「それで早速買ったんですけど、そのあと一週間くらいはバッグの中に入れたままにしてありましてね。というのも、ちょうどまだ読みかけの小説があって、それがまた難解な長い話だったんで、なかなか進まなかったんですよ。そうこうするうちに、あとでお話ししますけど、ある知り合いと昼ご飯を食べたとき、その人が面白い本を見つけたって言うんですよね。何かって訊いたら、『凍て鶴』だって言うんです。ええっ、それならもう買ってあるって思いましてね、こりゃいかんと読みかけの小説はとりあえず放り出して、午後から近くのスタバに入って『凍て鶴』を読み始めました。いやあ、その日は何もアポが入ってなかったのがよかった。気づいたら日が暮れてましたよ。それで帰りの電車の中でも読んで、これも危うく乗り過ごしそうになりました。いや、こんなことは私、普通はないんですよ。もうその日は家に帰っても、読み終わるまで何も手につきませんでした」

『凍て鶴』に関しては方々《ほうぼう》から称賛の声を浴びせられ、そういった類の言葉にどこか麻痺しかけていた感覚があったが、別所の言葉にはそれを忘れさせる熱気があり、少々大げさだなと思いながらも、待居は悪い気分にはならなかった。

「それで、その翌日にはうちの部の人間にまあ読めって、読ませましてね。そのときはもう、私もこういう仕事をしてますから、ただ単に面白いから読めってことじゃなくて、映画原作としての手応えを感じてってことですよ。もちろん、周りの反応も私の予想通りでした。これはいけるとね」

別所は鼻息荒く言って一人唸《うな》り、しみじみとした表情で腕を組んだ。

「『凍て鶴』の何が素晴らしいかっていうと、やっぱり雰囲気でしょうね。作品から立ち上ってくる空気……それが何とも妖《あや》しげでね、いいんですよ。美鶴なんかもね、心がどこにあるか分からないじゃないですか。それがすでにミステリーですよね。いや、こういう謎めいた美女って実際いますよね。寂《さび》れた漁村とか歩くとね、まれにはっとするような美人の若奥さんが買い物かごぶら提《さ》げててね、化粧もほとんどしてないし、顔つきも何か疲れてて……でも、妙に惹きつけられるんですよね。この人は自分の人生に満足してるのかなとか、何を救いに日々を生きてるんだろうかとかね、余計なことを考えちゃうわけですよ。そういう陰のある人たちって、世の中にいっぱいいるじゃないですか。人間って夢ばっかり見て生きてるわけじゃないですからね。その現実には絶対ドラマがあるはずだし、やっぱりそそられますよ。弱い者がズブズブと抗《あらが》い切れない何かに呑み込まれていくようなエロティシズムね、それを感じるんですよね。極論かも分かんないですけど、からっと明るいだけの小説ってのは大して魅力ないですよ。小説には湿気みたいなのがないとね……私はそう思うんですよね。

映画でも同じですよ。日本映画の魅力ってね、物語に漂う湿気ですよ。ウェットな感じ……そこはやっぱりハリウッド映画とは違いますからね。そういう空気を丁寧に映像化していかないといけないんじゃないかって思うわけですよ。人の世の儚《はかな》さとか不気味さとか理屈のつかなさっていうのかな、そういうのは『凍て鶴』にすごい込められてると思うんです。だからね、私としては『凍て鶴』で、ぜひともそのあたりをすくい取るような映画を作ってみたいって思ってるんですよ」

別所は運ばれてきたコーヒーを一口すすり、とっておきの話をするかのように眼を見開いて、大きな手振りを見せた。

「でね、先ほど、私に面白い本を見つけたって言ってきた人の話をしましたでしょ。その人が誰かっていうとですね、小野川充《おのがわみつる》さん、ご存じですか？　ほら、『北高三年呪い組』とか『死人X』とかで評判を取った脚本家のオノミツさん……」

「ああ、はいはい」三宅が反応よく相槌を打った。

「その彼なんですよ。『凍て鶴』のヒロインも美鶴でしょ。その名を帯で見て、何か縁を感じたらしいですよ。買って一気に読んだって」

「へええ」

待居もオノミツ……小野川充という脚本家の存在は知っていた。まだ三十歳そこその若手だが、ホラー映画のオリジナル脚本で当たりを取り、自身でノベライズした本もベストセラーとなった。文化人を扱った雑誌などの記事でもたびたび姿を目にするし、舞台や深夜ドラマなどでは役者も個性的にこなしていると聞く。「ホラー界の奇才」とも称される注目人物だ。

「私は『死人X』で彼と一緒に仕事してまして、また近々、何かやれないかなと考えてたんですよ。彼の才能に惚れ込んでる一人でしてね、一段と羽を広げてもらうような映画を任せてみたいと思ってたんです。そこへ来て、彼が、これはと思う原作を持ってきたってことなんです」

「じゃあ、『凍て鶴』を報映で映画化するなら、小野川さんを起用したいっていうことなんですね？」三宅が訊く。

「そういうことです」

「でも、小野川さんはホラーの方なんですよね？」

待居が訊くと、別所は頷《うなず》きつつも手を振って否定した。

「そうなんですけど、それにこだわってるわけでもないんです。むしろこれからは、ホラーの枠を超えて勝負したいと思ってるんですよ。『凍て鶴』もサスペンスだとかホラーだとか、そういうジャンルに一括《くく》りできる作品じゃないと思ってますし、もしこちらに預けていただいても、そういう作り方をするつもりはありませんから」

「まあ、やりたいとおっしゃられる方にやっていただくのが一番だとは思いますけど」

待居が言うと、三宅も深く頷いた。

「小野川さんなら申し分ないですよ。映画はやっぱり脚本がしっかりしてないといけないですもんねえ」

「いや、脚本だけなら、私もここまで彼を前面に出してはきませんよ。今回は彼の意欲に懸けて、全部預けてみたいんですよ。監督、脚本、主演と」

「へえ、監督を」三宅が素直に驚いた声を上げた。「それは意外性ありますね」

「そんな、やらせようとしたところで、できるもんなんですか？」

待居は冷静に訊いてみた。映画界で注目を集めている小野川の初監督作品となれば話題になることは間違いないだろうが、脚本と監督の仕事がまったく違うことくらいは門外漢の待居でも分かることだ。

「私はやってくれるって考えてるんですよ」別所は請け合うように言った。「彼は脚本で有名になりましたけど、舞台演出とかもやってますからね。たぶん、彼を知ってる映画関係者なら、いつかはそれをやるだろうって見てるはずです。私は今だと思うんです。今までの活躍は、彼のキャリアの中では序章に過ぎなかったなんてことになるんじゃないかって考えてるんですよ」

どこまで現実味のある話かは分からないが、別所の熱っぽい話し振りには、その先がどうなっていくかを見てみたいという気にさせられるものがあった。もちろん、映画化が新たな読者を広げるきっかけになるという面もあるが、待居としても、自分の作品が映像としてどんなものになるのかという好奇心が普通にある。小野川充という気鋭の才能が手がけるとなれば、その好奇心はふくらみを増すというものだ。

別所は不意に背筋を伸ばすと、気合いの入った眼をして待居を見た。

「先生、いかがでしょうか……この企画に『凍て鶴』を預けてもらえると大変嬉しいんですが」

「そうですね、お聞きした限りでは、私にとっても楽しみな企画だと思いましたし……」

言いながら三宅を見たが、彼も異存はないと言いたげに頷いていた。

「ありがとうございます。手持ちの仕事を放り出して飛んできたかいがありました」

別所は目尻に皺を刻んで言い、近いうちにまた企画を詰めて連絡しますと続けた。

「小野川さんって、どんな方なんですか？」話が落ち着いたところで、三宅が世間話のように訊いた。「噂ではけっこう変人っぽいなんて聞いたりもしますけど」

「いや、別にそんなこともありませんよ。素顔はいたって気さくな感じの人です」別所は笑って答えた。「ただまあ、この世界の人間は凝《こ》り性《しょう》が多いですから、意識がそこに向かっちゃうと、それをとことん追究したくなるみたいな……そういうところは彼にもあって、それで変わってるように見られたりするかもしれませんけど、私はそれでいいと思ってます。そのほうが頼もしいじゃないですか」

「奇才ではあっても、奇人ではないと」

「そうです。逆だと困りますけどね」

そう言ってからからと笑った別所は、慇懃《いんぎん》に礼を述べたあと、軽やかな足取りで店を出ていった。

「さあ、そろそろ行きましょうか」三宅は腕時計を一瞥《いちべつ》して言い、待居に笑みを向けた。「いやあ、でもこれ、面白い話ですよ。オノミツ初監督の『凍て鶴』、見てみたいですよ」

「まあ、実現したら、ね」待居はあまり浮かれたようなことは言わないでおくことにした。

「いやあ、あの様子なら期待していいと思いますよ」

三宅は待居の反応に構わず、上機嫌でそんなことを言った。

2

受賞が決まったその夜は、お祝いに駆けつけた各社の編集者らとシャンパンで乾杯し、そのまま明け方まで祝杯を挙げた。朝方、マンションに戻ったあともなかなか寝つかれず、ようやくまどろみ始めたのも束《つか》の間《ま》、宅配便業者が鳴らすチャイムで起こされた。出てみると、届けられたのは出版社からの豪華なフラワーアレンジメントだった。その後も各社からお祝いの花が次々と届き、決して広くはないリビングの一角がそれらで埋まってしまった。新聞を開くと、「日本クライム文学賞に待居氏」という見出しがすぐに目に留まった。想像した通りのベタ記事ではあったが、「人の心の弱さや救いについて書いた作品。受賞は励みになる」と、会見での待居のコメントも使用されていた。

その日から断続的に、様々な雑誌からの取材、対談、エッセイ等の依頼が舞い込んだ。中には講演会やテレビ番組のコメンテーターとしての出演依頼まであり、自分の柄ではないと思われる仕事はさすがに断ったが、それでもしばらくは新作のほうにはなかなか専念できなそうなスケジュールが出来上がってしまった。

〈どうですか。だいぶ落ち着かれましたか?〉

数日、それらの単発的な仕事をこなしていたところに、風友社の三宅から電話がかかってきた。

「まあ、ぼちぼちね」

〈疲れが出てくる頃かもしれないんで、くれぐれもお身体にはお気をつけください〉

三宅は待居の身を気遣ってから、用件を切り出してきた。

〈今日お電話したのはですね、ほら、例の映画化の話なんですけど、別所さんからまた電話がありましてね。この前お話にあったオノミツさんが、一度、待居さんにお会いしたいって言ってるらしいんですよ。まあ、とりあえず挨拶をってことみたいですけど〉

「へえ、律儀なんだねえ」

〈ですねえ……で、待居さん、どうします?〉

「まあ、そんなことなら断るのも申し訳ないでしょ」

〈分かりました。じゃあ、別所さんに連絡してセッティングします〉

三宅は反応よく言って、〈楽しみですね〉と付け加えた。

〈それから、別所さんから企画書が届いてますから、メールで送っときますね〉

映画『凍て鶴』企画書

製作　報映

原作『凍て鶴』待居涼司　風友社刊

スタッフ案

監督・脚本　小野川充

キャスティング案

竹前啓次郎（30）小野川充

竹前美鶴（29）加藤美帆・田中有希・山口奈津子

竹前肇（60）北岡昭・小林龍三・大田謙二

『凍て鶴』ストーリー

舞台は昭和五十年代初め、関東地方。

主人公、竹前《たけまえ》啓次郎は竹前家の次男。小説家志望で東京にて独り暮らしをしているが、まだ芽は出ていない。

竹前家は東京近郊のとある町にある名家である。主人の竹前肇《はじめ》が経営する会社は町有数の規模であり、肇自身も名士として知られている。妻を失って二年になる。広い邸宅には、長男であり会社の専務を務める亮介とその妻・美鶴の夫婦が住んでいる。結婚して三年ほど。

ある日、孤独な執筆活動に勤《いそ》しんでいる啓次郎の下宿先に、実家からの急報が入った。亮介が庭先で転倒してしまい、打ち所が悪く、病院に運ばれたまま意識が戻らないという。

啓次郎は慌てて帰省するが、実家に戻ったときには、亮介はすでに息を引き取っていた。そして、そのかたわらには、暗い顔をした肇と、途方に暮れた様子の美鶴がいた。

「啓次郎、話がある……」

葬儀が終わったあと、肇が啓次郎に声をかけてきた。

「この通り、跡取りが亡くなってしまった。これからは亮介に代わって、お前が会社に入ってくれんか」

以前の肇からは考えられない言葉だった。幼い頃から啓次郎は優秀な兄と比べられ、肇には厳しく当たられた。跡取りとしては失格の烙印を押されていた。

啓次郎が実家を離れて小説に活路を見出そうとしていたのも、肇との溝が根底にあった。そのしこりは啓次郎の心の中に根深く巣食っていて、当時は自分の手で肇を殺してしまう夢を何度も見たほどだった。啓次郎は、そのうち自分は本当に父を殺してしまうのではないかと恐ろしくなり、家を出ることにしたのだった。

しかし、今の肇はその角々《かどかど》しさも影を潜めていた。啓次郎を当てにするしかないようだった。高血圧などの持病で体調が優れず、会社の経営も最近は亮介に任せていたらしい。

啓次郎自身も、なかなか芽の出ない執筆活動に疲れ、そろそろ身の振り方を考えるときだと思っていた。

それに……。

啓次郎は未亡人となった美鶴のことを考えていた。下宿先から帰省した啓次郎に対して、美鶴は哀しみも癒えない身でありながら、まめやかに身辺の世話をしてくれた。子どもがいるわけでもないのだから、この家に縛られる必要もないのだと、啓次郎は将来の話として口にしてみるが、家を出ても行くあてがないのか、美鶴にその気はないようだった。そんな彼女に、啓次郎は特別な気持ちを持ち始めていた。

啓次郎は悩んだ末、父の話を受け入れることにした。

同じ屋根の下で暮らし始めた啓次郎は、急速に美鶴への思いがふくらんでいった。亮介が死んだばかりのそれは、禁断の恋とも言えるものだったが、もはや啓次郎は自分を抑えることができなかった。美鶴も寂しげな顔の裏には、啓次郎に惹かれつつある女の輝きが確かに芽生えていた。

「悲しいことは、俺が忘れさせてやろう」

啓次郎の言葉を聞き、素直にうなずく美鶴。

しかし、彼女の身体を抱くと、気持ちを押し殺した人形のような硬さを見せる。

「どうした？　兄さんのことを思い出すのか？」

「いえ……ごめんなさい」

「お前はまるで、厳寒の地で寒さに身を固めている凍て鶴のようじゃないか……」

「ごめんなさい……」

美鶴のそんな様子がいたたまれなく感じた啓次郎は、肇に自分の気持ちを伝えた。

「彼女は、このままでは身の置き場所がなくなってしまう。ついては、僕が彼女を嫁にもらうつもりで、これから一緒に生活していきたい……」

対して、肇の反応は快いものではなかった。

「そんなことは会社のほうをしっかりさせてから言え」

もちろん、啓次郎としても、与えられた仕事に関して手を抜くつもりはなかった。会社を自分の手で大きくしてみせると、肇にも見得を切った。

しかし、会社の経営に首を突っこんでみると、その台所は火の車となっていた。啓次郎は毎日、資金調達のために駆け回らなければならなかった。

いつからこんなことになってしまったのか。肇の経営がそもそも荒れていたのか、それとも死んだ亮介がタッチしてからおかしくなったのか……。

結婚前は会社で働いていたという美鶴にも事情を訊いてみた。

「亮介さんは堅実な考え方の人でした」

「じゃあ、問題は親父か？」

美鶴はそれを肯定も否定もしなかった。

「厳寒の地にも春が来るように、辛抱していれば、いずれ光も差してくるんじゃないでしょうか」

美鶴はそう言うが、会社の立て直しに苦闘している啓次郎には、慰めにもならない。

「慰めで言うのではありません。お父様のお身体を考えれば分かることです」

肇は動脈硬化による高血圧の上、動脈瘤を抱えていて、無理は禁物の身体だという。

しかし美鶴の言い方は、まるで、肇はもう長くないから、あと少し我慢すれば、会社も立て直しやすくなると言っているようにも取れるものだった。そう話す美鶴の横顔には、瞬間、似つかわしくない明るささえ見えたような気がして、啓次郎は言い知れぬ違和感を彼女に対して覚えた。

「私はあの女が竹前家に入ってから、会社も何もかもおかしくなったんだと思うわ」

会社の庶務課に勤める従妹《いとこ》の礼子《れいこ》はそんなふうに言う。あの女というのは、美鶴のことだ。美鶴は礼子と一緒に庶務課で働いていて亮介に見初《みそ》められた。礼子に言わせれば、美鶴は社員募集をかけたわけでもないのに、気づくと隣の席に座っていた謎の女なのだという。

何もかもというのは、亮介が事故死したり、肇の妻・たか子が情緒不安定になって衰弱するように死んでいったことなどを指しているらしい。生前のたか子は美鶴に対して強い憎しみを抱いていたようだ。

「啓次郎さん、私のお腹に小さな命が……」

美鶴への不信感が芽生える中、啓次郎は彼女から、子どもを身ごもっていることを打ち明けられた。啓次郎は果たして自分の子だろうか、死んだ亮介の子ではないのかとの思いを抱くが、美鶴はそれを否定する。

その後、その出産予定日が、肇には啓次郎が承知している日よりなぜか三週間ほど早い日として知らされていることが、ふとした会話で明らかになった。そちらが本当の日であれば、やはり生まれてくる子は自分の子ではないことになる。啓次郎の中で、美鶴への疑心が深まっていく。

啓次郎は仕事の合間を縫い、美鶴が生まれ育った町を訪ね歩いてみることにした。美鶴の母はすでに他界しているらしいが、美鶴がそのあたりのことをまったく話したがらないのと、彼女が竹前の会社に入ってきたいきさつが掴めないことなどが引っかかっていた。

美鶴の生家はなくなっていたものの、近所の人の話を聞くと、美鶴とその母二人のつつましい生活ぶりが浮かび上がってくる。そして、美鶴の母が働いていた料理屋が分かり、啓次郎はそこでかつて一緒に仕事をしていたという板前の男に会うことができた。

「あいつは可哀想な女だった……」

板前は美鶴の母のことをそう話した。彼によれば、美鶴の母は、親の事業の失敗による借金のため、ほとんど形《かた》のようにしてどこかの社長の妾《めかけ》に収まったのだという。両親が死んだあともその生活からは抜け出せず、しかも身体を壊したとたんゴミのように捨てられ、一人娘だけが引き取られていったらしい。

「俺にもう少し力があればよかったんだが……」

板前はそう言って、自分の無力さを悔やむような顔を見せた。

啓次郎は話を聞いて頭が混乱してきた。彼が話した社長というのは、どうやら肇のことらしい。そうすると、美鶴は肇の子であり、自分とは腹違いの兄妹になってしまうのではないか。

家に帰って思い悩む啓次郎。

「どうされたんですか？」

「いや、何でもない」

美鶴は心配そうな声をかけてくるが、啓次郎としてはどう接したらいいのか分からなくなっていた。

また、そのことだけに神経を遣っていられる状況でもなくなってきた。会社の資金繰りは日に日に苦しくなっている。啓次郎の手並みを見るように沈黙していた肇に相談をしてみるものの、冷たくはねつけられた。

「偉そうなことを言ってたくせに何だ。結局、お前はいくつになっても変わらんな」

苦境に立っている啓次郎をいたぶるように肇は言う。跡を継いでくれと言ってきた頃にはなかった冷酷さが彼の顔に戻っていた。かつてのしこりが胸によみがえり、啓次郎は孤独感を募らせる。

「いったい、どうしたらいいんだ」

美鶴の前でも弱音を吐くほどに困り果てていた啓次郎だったが、次の日、人目を忍ぶようにして会社に現れた美鶴が、バッグに札束を詰めて持ってきたのを見て驚いた。

「何だこれは？」

「何も訊かずに収めてください」

「しかし……」

「お願いですから」

美鶴は啓次郎に金を渡すと、そのますぐに帰ってしまった。

金策がついて、取引先から戻ってきた啓次郎は、ほっとした思いもあり、そのまま仕事を切り上げて帰宅することにした。

しかし、家に戻ってみると、美鶴や肇の姿が見当たらない。捜しているうち、啓次郎は母屋の地下にある書庫へと足を踏み入れていた。どこかから肇の激高しているような声が聞こえてくる。美鶴の泣き声も。

啓次郎は本棚の一つが動くことに気づき、その裏にある隠し扉を見つけた。開くと小部屋に通じていて、そこには肇と美鶴の姿があった。

隠し小部屋には布団が敷かれていて、棚には札束が山と積まれている。札束はどうやら、肇が脱税のため隠し持っていたもののようだった。美鶴はそこから啓次郎に渡した金を持ち出したらしい。

そして、この布団は……。

啓次郎は、美鶴と肇が、自分が思いもしていなかった関係であることに気づかされた。

「啓次郎さん！」

ショックのあまり、美鶴の声を振り切って走り去る啓次郎。中庭に出て呆然と立ち尽くしていると、美鶴があとを追ってきた。

「隠していてごめんなさい」

美鶴は静かに語り出した。

「私はお父様の愛人でした……」

かつては美鶴の母が訳あって肇に囲われるようになり、そこに美鶴が生まれた。美鶴は肇の隠し子として遇されていた。

「でも、私は、お父様の子どもではないことが分かったんです」

美鶴の母は日陰の生活の中で、本当の温もりを求めていた。相手は一緒に料理屋で働いていた板前だったという。美鶴の血液型などからも、父親が肇でないことは明らかだった。

「お父様は、私が自分の娘でないことが分かってから……私を女として見るようになったんです」

耳をふさぎたくなるような話だった。美鶴に執着するようになった肇は、彼女を自分の会社に入れて思い通りの存在にした。

「母の最期は当然のように、幸せなものではありませんでした。私は母が背負ってきたものをいくらかでも引き受けて、楽にさせてあげたかっただけなのに……」

しかし、肇は優しい相手ではなく、美鶴は引き受けた不幸に心身をからめとられていった。

亮介が美鶴を娶《めと》ってからも、肇との関係は自宅の隠し部屋で続けられた。肇は、形の上では孫となる自分の子さえも作らせようとしていた。

「では、お前が身ごもっている子供というのは……？」

固唾を呑んで問いかける啓次郎に対し、美鶴は答える。

「この子はあなたの子です」

どうして言い切れる？　しかし、美鶴の目を見た啓次郎は、なぜだかその言葉が信じられた。

「馬鹿を言うな！」

廊下から、興奮した様子の肇が出てきた。

「私が好きなのは啓次郎さんです！」

美鶴が言い返す。

「腹にいるのは俺の子だ！　お前は俺から逃げられやしない！　たか子や亮介のことはお前も同罪なんだ！」

激昂して美鶴に襲いかかる肇。しかし、不意にめまいを起こしたように膝をついた。発作を起こしたらしく、胸を押さえ、息も荒い。

「薬を、薬をくれ……」

肇の言葉に、美鶴はしばらく立ち尽くしていた。心の中に大きな葛藤があるようだった。しかしやがて自分の良心に負けたように、薬を取りに母屋へと戻っていった。

その姿を見て、かすかに安堵の息を洩らした肇だったが、啓次郎を見ると一転、動揺した顔を見せた。

肇の首に手をかける啓次郎。

「やめろ……」

だが、啓次郎は聞かない。

もう終わらせよう。

やはり、自分はこうする運命にあったのだ。

「美鶴があんたと同罪なら、俺もそうなってやる」

啓次郎は肇の首を捉えた手に力を込めた。苦悶の表情を浮かべて抵抗していた肇は、やがてがっくりと首を折った。

戻ってきた美鶴がその光景を見て、薬を落とした。そしてその場に泣き崩れた。

啓次郎は美鶴の肩を抱き、そっと身を寄せた。

愛と悲しみが混ざり合った切ない余韻を残して、物語は終わる……。

二日後、多摩沢《たまざわ》駅前の喫茶店で、小野川充との顔合わせがなされることになった。待居の住むマンションは、この多摩沢の駅から十分ほど歩いた住宅街にある。ところどころに緑も残る閑静な場所だ。

待居は新宿でも銀座でも自分のほうから出ていっていいと思っていたのだが、小野川のほうが多摩沢に来たいということのようだった。

約束の二時少し前に喫茶店に行ってみると、先に三宅が一人、奥の席に着いていた。

「あの企画書、読んだけど、ただ小説の粗筋がそのまま書いてあるだけだね」

隣に腰を落ち着けた待居が失笑気味に言うと、三宅は笑った。

「僕も、これを著者に見せてどうするんだろって思いましたけど、まあたぶん、内部の会議用に作ったやつってことかもしれませんね」

「ああ、まあ、そうだろうね」

「でも、実際映画のシナリオを作るとなれば、尺の問題もありますし、多少なりともストーリーはいじってくると思いますけどね」

「中には原形をとどめないような映画もあるしね」

「確かに……待居さんは基本的に、そういうのは抵抗ないんですか?」

「別に構わないよ。小説は小説、映画は映画だからね」

そんなことを話していると、入口のドアが開いて、報映の別所が入ってきた。

「あ、いらっしゃいましたね」

スーツ姿の別所の後ろに、ジーンズ姿の細身の男が続く。小野川充だ。短髪を立てて、頭の上にサングラスを載せているのは、グラビアでよく見る彼のスタイルだ。シャツの胸元を開けてネックレスを光らせているが、色白なこともあって粗野な人間には見えない。痩せているからか喉仏や頬骨などがよく目立ち、またそれ以上に、目尻の切れ上がった眼に存在感があった。

小野川は待居たちの席まで来ると、立ち上がった待居を一瞥して、ぺこりとお辞儀した。

「小野川です」

神経質にも見える風貌とは違い、朗らかな声をしていた。

「待居です。初めまして」

待居が名刺を出すと、小野川は、「すいませんねえ、僕、名刺持ってなくて」と言いながら受け取ったそれをテーブルに置き、さっと握手を求めてきた。

「よろしくお願いします」

それが小野川の流儀らしい。待居もその握手に応じた。

「ああ、駅北の西なんですねえ」彼は名刺に目を落としながら、待居の向かいに腰を下ろした。「僕、実は同じ駅北の東になるんですけど、三年前まで住んでましてね、多摩沢はだから懐かしいんですよ」

「そうなんですか。わざわざこちらに来ていただくのは申し訳ないなと思ってたんですが……」

待居がそう応じると、小野川は首を振った。

「いや、僕が来たかったんですよ。久しぶりなもんですから」

彼は注文を別所に任せ、くつろぐように足を組んで話を続けた。

「この喫茶店なんかも来たことありますよ。そこの古本屋で買った文庫本広げて、半日くらい居座ったりね。そのとき住んでたのが、じめついたワンルームのアパートでしてね、雨戸閉めてても閉めなくても日当たり同じみたいな……部屋にいると気が滅入ってくるから、このへんぶらぶらするわけですよ」

「僕が今住んでるとこも日当たりは悪いですよ」

「『凍て鶴』も売れたし、そろそろ引っ越したらどうですかって言ってるんですけどね」三宅が横から軽い口調で口を挿んだ。

「でも物書きは住環境悪いほうがいいかもしれませんよ。僕も今は窓から東京タワーが見えるような、柄にもないとこ住んでますけど、何か調子が出なくってね」

「そうなんですか？」

三宅や別所が声を立てて笑った。

「いや、本当ですよ。ダークな話なんか書くときは、夜じゃないと駄目だし、日中書いても、結局使えなかったりしますからね」

「それは分かりますね」待居は彼の話に頷いた。

「じゃあ、やっぱり引っ越すのはやめましょう」

三宅が調子よく言って、軽やかな笑いが起きた。

「あと、町の雰囲気ってのもあるんですよね」と小野川。「多摩沢って、どこか町全体が後ろ暗いような雰囲気があるじゃないですか」

「町が後ろ暗いって、どんなんですか」別所は冗談だと取ったように笑った。「小野川さん、もう住んでないからって……」

「いやいや、本当ですって。そのへんぶらぶらしてても、笑い声とか賑やかな声とか、そういうのがほとんど聞こえてこないみたいなとこがあるんですよ。何か、そこかしこでいかがわしいことが行われてるんじゃないかみたいなね。いや、僕はそういうの嫌いじゃないんですよ。むしろわくわくしますよね」

どこまで本気で言っているのかも分からず、待居は三宅らと同じように、苦笑で受け流すしかなかった。

「じゃあ、『凍て鶴』のシナリオは、またこちらに戻って……」

別所が冗談半分の口調で水を向けると、小野川はまんざらでもなさそうに頷いた。

「ああ、それいいですね。このへんにまた部屋でも借りて……」

彼らのコーヒーが運ばれてきたところで、そんな話に区切りが付けられた。

「いやあ、読ませていただきました。面白かったですよ」

小野川はコーヒーをブラックのまま一口すすってから、相変わらずの朗らかな声で言った。

「それはどうも」

「三回読みましたね。普段はそんな何回も読まないんですけど、こういうのは読むたびに発見があって面白いもんですね」

「作者も気づかないようなことを読んだ人に教えられることもありますしね」

待居の言葉に小野川は首を振った。

「いや、待居さんの小説は、どんな細部も意識的ですよ」

決めつけるように言われたが、褒め言葉の一種だろうと待居は取ることにした。

「あの親父……肇がいい味出してますよね。家に隠し部屋まで作ってね。どこまで愛欲にエネルギー注いでんだよっていう、男の業の深さみたいなのが身も蓋もなく露わになってくるでしょ。あのへんのね、恥ずかしげのなさって言ったらいいのかな……それが面白いんですよね」

「肇を真っ先に評価する人も珍しいですね」待居はそんな言い方で小野川の話を受けた。

「いや、もちろん、ほかの人は啓次郎や美鶴についていろいろおっしゃってるだろうし、僕の興味も一番はそこにあるのは間違いないんですけどね」

「小野川さんはけっこう、脇から攻めていく人なんですよ」別所が冗談めかして言う。

「この作品は映像化しても美鶴が鍵になるってことは、彼も承知の上ですよ」

「ミツルつながりですしね」

三宅が言うと、小野川は「そうそう」とおどけるように応えた。

「まあ肇の話から入ったのは、別所さんが言うように、前振りみたいなもんでね、僕は小説読んでていつも、作者の意識みたいなのをすごく考えるんですよ。職業病みたいなもんですけどね。で、『凍て鶴』で言うと、肇なんかは待居さんから遠いところにいる人物だと思うんですよ。もちろん造形はしっかりしてますし、面白い人間だと感じるのは僕の本音なんですけど、待居さん的には、啓次郎や美鶴に比べたら、作った感のある人物なんじゃないかなってことも思うんです」

「まあ、そうでしょうね」待居は肩をすくめて認めた。「逆に、自分の欲望を肇に反映させてるでしょと言われたら、頷きにくいですけどね」

「そうですか」別所が笑いながら言う。「私なんか、あの親父さんは確かに悪いやつなんですけど、男の本懐《ほんかい》一直線みたいな感じで、分かるなぁって思うんですよ。自分のダークな部分が擬人化されてるような錯覚を受けましたよ」

「別所さん、大丈夫ですか？　ストレス溜まり過ぎじゃないですか？」

小野川が言って、場に笑い声が上がった。

「いやいや」別所は頭をかいた。「そうかもしれないけど、でも、邸宅にあんな隠し部屋があって、そういうのは映像的にも一つの見せ所になるじゃないですか。私も仕事柄、シーンを思い浮かべながら読んだりするんで、そういう意味でも肇っていうキャラに面白さを感じるわけですよ」

「本当に仕事柄ですか？」小野川はそんなふうに別所をからかってから話を続けた。「まあ、肇について僕が言いたいのは、この人物って割と映画の上においても作りやすいんだろうなということなんですよね。待居さんも作ってる分ね」

「なるほど」

「厳格な人間がああいうふうに裏の顔を持ってるっていうのは、実にリアルな肌触りがあると思ってるんですよ。でも、いざそれが露わになってくるときには、よくも悪くもストーリーを盛り上げるデフォルメが入ってくるわけで、映画化の際にそれに乗っかるのは別に難しくはないんです。キャラとしては扱いやすいんですね」

別所も三宅も、待居と同じようにふむふむと聞き入っている。

「それと違って、簡単に扱ったら失敗するなと思うのが、啓次郎と美鶴ですよね。この二人はたぶん、待居さんの中で否応なく存在していたみたいな肌触りがあると思うんです。もう作る以前にね、存在しちゃってる。待居さんという人間のどこかを削ってるわけですよ。それを僕が映画にするとしたら、僕の掌中の人間にしなきゃいけない。そこがね、まず僕が乗り越えるべき課題なんですよ」

「あまり難しく考えなくてもいいと思いますよ」待居は若干の戸惑いを口調に乗せて言った。「さっきの話とも関係しますけど、僕が作品に自分の何を投影してるかなんてことは、自分自身でもほとんど無意識だったりすることが多いんです。一言で説明しろと言われても難しい。説明できないから小説で表現してるわけですしね」

「いやいや、その通りだと思います」小野川は同意しながらも、自分の論を続けた。「僕の言い方が悪かったかもしれない。待居さんが意識してようが無意識だろうが、それは重要なことじゃないんです。待居さんのどこかを削って生み出してることには変わりがない。で、僕はそこに興味があるわけですよ。別に待居さんの口から明快な答えが欲しいと思ってるんじゃなくて、啓次郎や美鶴を理解する足がかりを掴みたいんです。自分の中で彼らに対する理解が深まれば、小説では描かれなかった言動を彼らにさせることもできますからね」

「別にそんな理屈がなくても……」

「理屈を言ってるように聞こえるかもしれませんけど、要は僕の感覚的な問題です。いや失礼、どうぞ」

早口でやや興奮気味に口を挿んできた小野川に苦笑しながら、待居は続けた。「僕としては、小説とは違うシーンが出てきたり、ストーリーがアレンジされたりしても構いませんよ。多くの原作付き映画がそうであるようにね。小説は小説、映画は映画ですから」

「もちろん、小説と同じものは作らないし、作れない。でも、小説が抱えているものを見極めておかないと、うまく自分の映画にすることもできないですからね」

「そこは読んだものがすべてということでいいんですよ」待居は小野川をいなすように言った。「映画にとっての原作小説っていうのは、一つの材料でしょう。映画人が思ってるはずのことを小説人の自分が言うのも変な話ですけどね。でも、それでいいんだと思いますよ。小説家ってのは、たとえるなら、魚を育てる養殖業者ですよ。ノンフィクションが天然魚なら、小説は養殖魚です。手をかけて、天然に負けないものを作ってます。そして、それを読者が買っていく……買った以上、煮るのも焼くのも読者の勝手です。それぞれのやり方で読者は料理する。でも普通は読者自身の中で煮たり焼いたりしかしない……その単純さがある意味、読者の限界でもあるんです。

そこへ行くと、小野川さんたちはプロの料理人です。普通の読者では真似のできない発想と超絶技巧でもって、こうすればもっと美味しくなるじゃないかと料理してみせる。それが映画でしょう。だから、小野川さんの発想でもってどう料理しようとそれは自由だし、小説はそのための材料でしかない。まな板に載ってるだけです。僕はそれでいいと思いますよ」

「いや、それは感激するくらい、僕の考えと同じですね」小野川はひょうひょうと嬉しそうに言った。「その通り、僕はまな板に載った『凍て鶴』を、趣向を凝らして料理するだけです。ただね、僕という料理人は、まな板に載った魚の味を最大限に生かすために、その魚はどう育ったのかとか、誰がどんな気持ちで育てたのかとか、そういうことを考えたくなるんですよ」

待居は三宅と顔を見合わせて苦笑した。どう言っても小野川のペースは変わらないらしい。そのペースに合わせるのはかなり疲れそうだが、ある程度は仕方ないかと割り切ることにした。

「分かりました。じゃあ続けましょう。啓次郎と美鶴でしたか……」

「ええ」小野川はにんまりと口元に笑みを浮かべて言った。「啓次郎と美鶴は、待居さんとの距離が非常に近い。そういうところに存在してる人間たちです」

「そうかもしれませんね。感情移入して書いてるのは事実ですし」

「啓次郎も作家志望ですしね」

別所が挿んだ言葉に、小野川が「そうそう」と頷いた。

「あれはね、次男坊であって実家に呼び戻されるという展開に馴染むものは……というところから出てきたんですよ。別に僕が作家だからとかそういうのとは関係なしにね」

「なるほど」と別所。「そこがうまいんでしょうね。実に自然ですからね」

「僕もそこは絶妙だと思うんですよ」三宅が身を乗り出した。「美鶴の夜の様子を『凍て鶴』なんていうふうに表現してみせるのも、文学的センスとして見事に嵌まりますもんね」

「ですよねえ」別所が唸り気味に言う。「私なんかだったら、とても出てきませんよ。全部マグロにしちゃいますよ」

別所のとぼけた言葉に、ほかの三人は笑った。

「それは駄目でしょ」小野川が手を叩く。「じゃあ、別所さんが『凍て鶴』書いたら、タイトルは『マグロ』ですか？　小説ぶち壊しだな」

「いやあ、私が書かなくてよかった」別所は頭をかいて、そんなことを言っている。

「まったくもう……」小野川は笑いを収めてから、待居に視線を向けた。「でもまあ、啓次郎が作家志望っていうのは、うまいと思いますよ。僕も小説家に憧れて、つたない小説書いてた時期がありますからね……啓次郎の設定には共感めいた魅力を覚えるんです」

「そうなんですか」

「けど、どうだろ……いいんですけど、作家志望っていうのは、この作品の中ではちょっとイノセント過ぎるかなっていう気もするんですよね。もう少し世の中の荒波にもまれた部分があったほうが、啓次郎という人間の存在感が上がるんじゃないかって気が……不幸な過去を背負った美鶴に比べると、どうしても背景が薄いんですよね。だから、作家志望っていうより、売れない作家みたいなほうがいいかもしれない」

「なるほど」別所が真面目な顔になって、感じ入ったような声を出した。「いくら頑張っても日の目を見ずに編集者にも冷たくされてって……そんな環境が実家に戻る一つのきっかけになるっていうのもありですよね。まあ、待居先生はもうヒットメイカーだから、そのへんに共感されるかどうかは分かりませんけど……」

「いえいえ」待居は別所の最後の言葉を一笑に付して受け流した。「別に、啓次郎の設定を売れない作家にするのは構いませんよ。仕事が来なくて消えていく作家っていうのは、こういう世界に生きてる我々にとっては身につまされるリアルな存在ですからね。まあ、僕が啓次郎を作家志望にしたのは、僕自身、作家を目指してた頃、自分がものになるかどうか分からなくて、まったく未来に自信が持てなかった……そんな閉塞感みたいなのを強く覚えてたからなんですよね」

「そのへんに待居さん自身が投影されてるわけですね」小野川がニヤリとして言う。

「投影と言うほど大げさなもんじゃないですよ。単に体験を生かしただけです」

「啓次郎はどんな小説を書いてたんですかね？」

特別具体的には考えていなかったことを小野川に訊かれて、待居は戸惑った。

「やっぱり、待居さんのようなミステリーやサスペンスですか？」

「ほう、私は勝手に、純文学を志している青年みたいなイメージで読んでましたけどね」

別所はそう言いながら、答えを問いかけるように待居を見た。

「純文学と言われると、少し違うような気もしますね……」待居は独り言のように言って考える。

純文学だとして、啓次郎がどんな作品を書いていたかと考えると、はっきりしたものは浮かんでこない。啓次郎は肇が支配する封建的な家を出て、社会の中に生きようとしていた。それに破れ、また家に戻った。多少なりとも社会に関係しようとする作品であったはずだ。

「どうでしょうか……昭和五十年代の話ですからね。社会派推理に似た通俗小説ってとこですかね」とっさに考えたにしては、割合、的を射ている気がした。

「そういうのは何て言うんですか？」

「まあ、犯罪小説の一種と思っていいでしょう」

「犯罪小説か……なかなかいい響きですね」小野川はそう言って微笑む。「なるほど……それを聞いただけでも、啓次郎のイメージがクリアになってきますよ。僕も啓次郎は純文学よりも犯罪小説を書いてるほうがしっくりきますね」

それが映画作りの上でどう生かされるのか知らないが、小野川が納得しているならそれでいいのだろうと思うことにした。

「ちなみに待居さんは次男なんですか？」

世間話のような口調だが、小野川の視線にはあまりいい気のしない粘り気が感じられた。

「ええ」

「そうですか。僕も次男なんですよ。だから割と自由に生きてるとこがありましてね。まあ、うちは父もしがないサラリーマンだから、跡を継げだの実家に戻れだのってことはないんですけどね。待居さんのご実家は何を？」

「うちも今は定年で引退しましたけど、役所勤めでしたし、兄貴も商工会で働いてます。普通の家ですね」

「けっこう堅実な家庭ですね。そういう環境から作家になるってのは、なかなかエネルギーがいるんじゃないですか？　映画の仕事もそうですけど、作家も、お堅い人間からすれば、ずいぶん浮世離れした仕事に見られますもんね」

「ええ、だから、新人賞を取るまで、小説を書いてることは家には内緒にしてましたよ。そんな叶うかどうか分からない夢を親に話して聞かせるほど、僕もおめでたい人間じゃないですからね」

「まあ、そのへんは独り暮らしをしてれば、大した摩擦も起きないかもしれませんね。デビュー前は何を？」

「大学を出てからしばらくはサラリーマンをやってましたけど、三十になる前に辞めて、それからアルバイトを転々としてましたね」

「作家を目指すために？」

「どうなんでしょう……それもあるし、サラリーマンが嫌になったってこともあるし」

「思い切って退路を断ったわけですか。まあ、それだけの自信があったんでしょうけどね」

「いや、自信なんてありませんよ。自分の才能がどれだけのものかなんて、さっぱり分からない。まったくの手探りです。会社を辞めたのも、とりあえず、一つでも荷物を下ろしたかったからです」

「ほう、会社を辞めたら、楽になったんですか？」小野川は興味深そうに訊いた。「生活を考えたら、楽なわけはないのに」

「その時点では楽なんです。貯金も多少はありますからね。ほっとして、執筆活動に専念できると思うんです。それが、貯金が尽きてくる頃になると、まただんだんと精神的にも苦しくなってくるわけなんですけどね」

「そうでしょう」小野川はしみじみと頷いた。「デビューまでは何年くらいですか？」

「会社を辞めてから四年くらいですかね」

「四年ですか……今ちゃんと報われてるからいいですけど、将来報われるかどうかも分からない状態での四年っていうのは、かなり長いですよね」

「そうですね……その当時は本当に、闇の中にいたようなもんでしたね」

「同じように小説を書いてるのであっても、デビュー前とデビュー後では全然違うわけですか？」

「そりゃ全然違いますよね。デビュー前は誰からも求められてないのに、自分で勝手に書いてるだけですから。それが、デビューすると編集者から作品を求められる。意見も言ってくれる。本を出せば売り上げが出るし、ネットを見れば読者の感想も並んでる……」

「賞ももらえるし、こうやって映画化の話も来ますしね」三宅がいたずらっぽく笑って、待居の話に付け足した。

「なるほど」小野川は腕を組んで言う。「僕なんかはプロでやってる作家も十分孤独に見えるんですけどね。そのへんの体験が啓次郎の作家志望っていう設定につながってるんでしょうね」

「今でも孤独って言えば孤独ですけど……でもそれは、脚本家も同じなんじゃないですか？」

「それがねえ、同じ物書きだからそうだろうって思われるかもしれないけど、そうでもないんですよ。まあ、昔の脚本家はもっと作家性があったと思うんですけど、今は企画に乗っかるようなやり方が普通ですしね。プロデューサーや監督とディスカッションしながら、さらさらっと書いて、こんな感じでどう、みたいなとこですよ。僕なんかは演劇かじってて、劇団仲間とわいわいやってたから、ちょっとした孤独感も嫌だったりするんですよね。去年、『死人X』のノベライズ出してびっくりするくらい売れましたけど、あれ、原稿三百枚、一週間くらいでやりましたからね」

「それはまた、すごいですね」

「いや、だから、読み返すとスカスカなんですよ。とても待居さんが書くような味わいは出てない。あれでよく売れたもんですよ。自分の部屋で雑音シャットアウトして、じっくり腰を据えて書くことができないんですよね。部屋にいるときはテレビの音か音楽が流れてなきゃ嫌だし、寝るときもテレビかラジオはつけっぱなしですからね。これで小説家に憧れてたんだから笑っちゃいますよね」

「それで脚本は書けるんですか？」待居は半ば呆れ気味に言った。

「それは不思議とどうにでもなるんですよ。劇場の楽屋裏とかね、テレビ局の小部屋とか夜のファミレスとかね、そういうとこでちょっと時間があれば書けるんです。脚本は細かい描写とかいらないでしょ。それがね、僕の執筆スピードと合うんですよ。頭に浮かんでくる台詞《せりふ》回しを書き留めていけばいいんですからね。小説は駄目ですね。まともに書こうとすると、暗い水の中にブクブク沈んでいくような孤独感があってね。小説家なんてやってたら、僕なら鬱病になりますよ」

待居は軽い苦笑いで応えた。「まあ、向き不向きなんでしょうね。僕は脚本の仕事のほうがきついと思いますけどね。聞く話だと、撮影や役者の都合でストーリーを変えたりしなきゃいけないっていうし、いろんな人の意見を反映させなきゃいけないでしょ。自分の作品を作り上げたっていう達成感は湧きにくいんじゃないですか？」

「うーん、それは確かにそうなんですよねえ」小野川は口を歪《ゆが》めてこぼすように言うと、コーヒーカップを手にして伏し目がちになった。「自分が書きたいものを書けてるかっていうと、どうなんだろって思いますよ。まあ、その手応えがないから書き続けてるって気もするし……僕は正直なところ、ものすごい意欲があってこの仕事をしてるわけでもないですからね。何もやらないのは寂しいからやってるみたいなとこがありますから」

「『凍て鶴』でそういう達成感を味わえばいいじゃないですか」別所が小野川を勇気づけるようにして、力みがちの声を出した。「『凍て鶴』は、小野川さんの才能を最大限生かせる作品だと思いますよ。ねえ？」

別所に水を向けられ、小野川の不意に覗いた メランコリックな一面に戸惑っていた待居も反射的に頷いた。

「監督も兼ねられるわけですからね。初めてで全部がうまく行くとは限らないでしょうけど、やりたいことはできるんじゃないですかね」

そう言うと、小野川の顔からは、ぼんやりした物憂げな色が消えた。

「もちろん……監督まで引き受ける仕事に何のアイデアもなしで取り組もうとしてるわけじゃないですからね。『凍て鶴』は別ですよ」

彼は生気を取り戻したように、また身を乗り出した。口先だけではなく、今までの仕事とは違う意気込みを『凍て鶴』に向けていることが、待居にも感じられた。

「いやいや、待居さんと話をしてて、啓次郎の輪郭がだんだん僕の中にもできてきましたよ。この話は簡単に言えば、親殺しの顚末《てんまつ》ってことですからね。その衝撃性にリアリティがなきゃいけない。で、その親殺しの話のキーパーソンになるのが、美鶴という未亡人であり新妻であると……」

小野川は、今までの仕事に手応えがなかったと話していた先ほどまでとは打って変わって、眼にぎらつきのような光を見せ始めた。

「この美鶴がね、まあ、ほかのみなさんも同じこと言ってるかもしれませんけど、僕には魅力的なんですよ」

「そうでしょうね。これからが本題だって顔してますし」待居は応えた。

「いいえ、もちろん肇も啓次郎もいいんですけどね……」

「いや、ちょっと安心しましたよ。美鶴には興味がないって言われたら、どんな映画になるのか不安になりますから」

小野川は小さく笑って頷いたあと、待居に問いかけてきた。

「別所さんが作った企画書にキャスティング案が出てますけど、待居さんは、美鶴役は誰がいいと思います？」

「そうですね……第一線の人気女優さんばかりなんで、どの人もそれなりに演じられると思いますけど、イメージ的に考えたら、山口奈津子なんかは割としっくりくる気がしますね」

「でしょ？」小野川は嬉しそうに言い、隣の別所を見た。「ほらほら、山口奈津子ですよ」

「へえ……」別所は意外そうな声を出して、腕組みしている。

「別所さんは加藤美帆が最初から頭にあるみたいなんですよ」小野川が笑って言う。「確かに加藤美帆はここんとこドラマが当たってるし、勢いがありますよ。彼女がやることになったら、それなりの話題にはなるかもしれない」

「いや、それだけじゃなくてね」別所は反論する。「加藤さんは去年結婚して、何ていうか艶やかさが加わってきたと思うんですよ」

「うん、艶やかさもいいんだけどね」小野川は手で制する。「でも、違うんですよ。山口奈津子なんだな」言いながら、彼は待居に笑みを向けた。「山口奈津子は僕が言ってリストに加えたんですよ」

「山口さんもいいんですけどねえ」別所は釈然としない口調で唸る。「ちょっと線が細い気がするんですよね。あと、大人っぽさというか色気というか、そのへんが加藤さんに比べるとどうかなと……」

「そういうのはね、あるに越したことないけど、いらないって言えばいらないんですよ」

「もしくは田中さんでもいいと私は思うんですよ。この人は度胸ありますからね。もしかしたら脱いでもいいって言ってくるかもしれない。キャリア的にもそろそろですしね」

「いや、だから、そういう話題性はいいんですよ」小野川はさえぎる。「そういうことよりね、何ていうかな……冒《おか》しがたい美のようなものを持ってる人ですよ」

別所は、それなら加藤美帆らも当てはまるのではと言いたげに、首を捻《ひね》っている。

「健康的じゃ駄目なんだな……肌の白さとか首の細さとか、人形のような眼とかね……そういうのの総体的な印象ですけどね」

「まあ、山口さんだったら、加藤さんらより全然スケジュールは取りやすいですけどね」

別所はそんな言い方で自分の意見を引っ込めた。

「別所さんには理解しがたいとしたらね、たぶん、別所さんは多摩沢に住んでないからですよ」

小野川は頭の後ろに腕を組み、謎をかけるようなことを言った。ぽかんとした顔をしている別所をよそに、小野川は待居に目を向けた。

「美鶴のモデルってのは、誰かいるんですか？」

「いえ……特には」

小野川は、その答えなど意に介していないようにふむふむと頷いた。

「でもね、たぶん、無意識のモデルってのはいると思うんですよ」

待居はその言葉の真意を問うように小野川を見つめた。

「待居さんは、木ノ瀬蓮美《きのせはすみ》の事件は憶えてるでしょ？」

小野川はそう訊いて、待居を見つめ返した。

「木ノ瀬蓮美……？」

「多摩沢の人間なら憶えてるはずですよ。ほら、〔落花《らっか》の会〕の……」

「ああ……」

「多摩沢ってね」小野川はどこか嬉しそうに眼を輝かせて、別所に話しかけた。「その事件があってから、僕の中では自殺者の町ってイメージなんですよ」

「ああ、ネット心中の……」三宅が記憶に思い当たったように言った。「一時期、話題になりましたね」

「どんな事件でしたっけ？」別所が眉を下げて三宅を見る。

「〔落花の会〕って自殺志願者たちが集まるサイトがあったんですよ。主宰してたのが、その木ノ瀬蓮美っていう女なんですけどね、集団自殺のコーディネートみたいなことをやって、実際、集団自殺が何件も起きたんです。で、警察が自殺幇助《ほうじょ》の罪で捜査を始めてたのかな……結局、その女も自殺を遂げましてね……その世界では有名だったのか、けっこうな騒ぎになったんですよね」

「ああ、そう言えば何かありましたね」別所は額に手を当てた。「池に浮かんでたやつじゃなかったでしたっけ？」

「そこの多摩沢公園じゃないですか……確か」待居は北のほうを指差した。

「いや、僕ね」小野川はニヤリとして、三人を見回した。「ちょうどそれを見てるんですよ。第一発見者じゃないですけどね。まだ警察も来てないみたいなときに」

「へえ」三宅が眼を丸くして驚きの声を上げた。「浮かんでるとこを見たんですか？」

「そう……四年前の十月ですよ。金曜日でしたね。前の夜、ＤＶＤでホラー映画観たら寝られなくなっちゃいましてね……いや、怖くなってとかじゃなくて、ちょっとインスパイアされたものがあったんで、ショートストーリーのプロットをいくつか、調子に乗って書き飛ばしてたんですよ。DVDエンドレスで流しながら……寝られるわけないっすよね。三時くらいに布団に入ったんだけど一向に眠れなくて、酒をあおっても駄目で、五時過ぎに布団から出たんですよ。それで頭冷やそうと思って、ダウンパーカー羽織って散歩に出たんです。いや、僕ね、けっこうそういうことあるんですよ。一人で深夜徘徊するのとか好きですしね。それで警官から職務質問されたりとかね。さすがに夜は多摩沢公園に行こうとは思わないですけどね。だだっ広いし、夜は不気味ですよ。でも、そのときは空も白んできてたんで、公園に足を伸ばしてみたんですよね。自分のアパートから歩いて七、八分かな。朝はジョギングとか体操とかしてる人たちがいますよ。まだ六時前くらいだと、ひっそりしてますけどね。そのときも公園の遊歩道あたりは静まり返ってましたよ。でもね、池の中央にかかってる小さな橋があるんですけど、そこに人だかりができてたんですよ。五、六人……ジャージ姿のおじさんとか犬を抱えたおばさんとか、バラバラな感じなんですけど、池の何かを見てるわけですよ。中には携帯で話してる人とかもいてね。そういうのが遊歩道から見えたんで、僕も何だろうって行ってみたわけです。そしたら池の中央にね、浮いてるのが見えたんですよ……」

小野川は色白の頬にほのかな赤みを浮かべ、眼をぎらつかせながら話に夢中になっている様子だった。待居らも息を呑んでその話に聞き入っていた。

「鮮やかなグリーンのコートの裾がぱっと広がっててね、中は純白ですよ。ワンピースもカーディガンもタイツも白……そんな装いで蓮のように浮いてるんです。人間ってそんなきれいに浮くのかって思いましたけどね、厚着をしてると浮くんですよ。コートなんかわざわざ防水処理してあったらしいですけどね。いや、とにかく、この世のものとは思えない光景でしたね。最初は人形かと思いましたよ。すぐに警察が来ましたけどね、それまでずっと見とれてたくらいですよ。内心、あんなふうに死ねるならいいなって思いながら見てましたよ」

別所が反応に困ったように乾いた笑い声を洩らしたが、小野川の顔に冗談の気配がないのを見て口をつぐんだ。

小野川は別所の笑い声など聞こえなかったかのように続けた。

「木ノ瀬蓮美ってね、いや、もちろん、名前とかはそのあとで知ったんですけど、顔なんかは知ってたんですよ。てのは、駅前あたりを歩いてるの、見たことあるんですよ。雰囲気的には山口奈津子みたいな感じでね、きれいだから憶えてるんですよ」

「へえ……それで美鶴も山口奈津子のイメージということですか」

三宅の言葉に、小野川は頷いた。

「『凍て鶴』で出てくるでしょ。啓次郎が美鶴の白い柔肌に指を這わせて、でも美鶴は凍ったように身を固くしているってとこ……あれ読みながらね、僕は木ノ瀬蓮美の死体を思い出したんですよ。美鶴も啓次郎を拒んでるわけじゃないんです。暗い過去を背負いながらのそれは、ある種の自己表現でもある。啓次郎もその姿に戸惑いながら、よりいっそう美鶴に惹かれていく……似てるんですよ、美しさの質が」

小野川の熱っぽい語りに圧倒されたように唸っていた別所が、待居のほうを向いた。

「待居先生も山口奈津子のイメージがあるって言われましたけど、やはり、木ノ瀬蓮美を知ってたんですか？」

「いえ……僕はだいたい、その頃はまだ多摩沢にいませんでしたからね」

「そうなんですか？」小野川が意外そうに言う。

「多摩沢に越してきたのは、デビューしてからですから。その事件自体は憶えてますけど、雑誌やワイドショーで取り上げられたこと以上の知識はありませんしね。山口奈津子って言ったのは、加藤美帆や田中有希のような濃い顔よりは合ってるのかなと思った程度のことですから」

「いやでもね」小野川がそれに異議を唱えた。「待居さんは記憶に残ってるかどうかは別として、木ノ瀬蓮美の顔くらいは写真か何かで見てると思うんですよね。それが待居さんの潜在意識に影響を与えてるはずですよ。多摩沢に来たのがあの事件のあとだってことなら、待居さんはあの事件に引き寄せられたところがあったんじゃないんですか？」

「そんなことを言われても……そこまで興味を持ってあのニュースを見てたわけじゃありませんよ」思い込みの強い小野川の言い方に、待居は困惑してみせた。

「待居さんの作品ってね、『凍て鶴』のあとにデビュー作から全部読ませてもらいましたけど、美鶴的な女性キャラがけっこう出てくるんですよ。美鶴的っていうか、別に美鶴みたいな忍ぶ女ってことじゃなくてね、美しさとか優しさ、母性、愛情みたいなものがね、冷ややかなところ、陰《いん》の部分で成り立ってる女ですよ。これがね、まあ、僕に分析させるなら、木ノ瀬蓮美的なんですよ。そう言うと、実にしっくりくる」

「やけにその、木ノ瀬蓮美にこだわるんですね」

「こだわっちゃ駄目ですか？」小野川は真顔で待居に問いかけてきた。「今回の映画化においては、重要なモチーフになると思ってるんですよ。僕は当時からずっと興味を持ってたんですね。『凍て鶴』を読んで、待居さんのほかの作品も読んで、僕は何かを感じました。で、待居さんが多摩沢に住んでると分かって、自分が何を感じたのかが分かった。あの事件の空気、木ノ瀬蓮美の面影ですよ。待居さんの作品はエンターテインメントに徹してるけど、ある種のやりきれなさを登場人物の誰かが背負ってるんです。破滅願望とか、運命の厳しさとか、人間の非力さとかね……そういうのがあるんですよ。もし待居さんに木ノ瀬蓮美の事件の空気をすくい取った意識がないとするなら、これはもう、デビューしてから多摩沢に住んでること自体がそれを可能にしたとしか言えませんね。『凍て鶴』は多摩沢文学であり、僕が作るのはおそらく、多摩沢映画ということになるんでしょう」

「困りましたね」待居は相手にしないわけにはいかず、そんな言葉を口にしていた。「破滅願望とかが自分の作品に込められてるかどうかは分かりませんけど、ある種のやりきれなさを登場人物の誰かが背負ってることはあるかもしれない。でも、それは僕が書くような系統の作品群には付きもののテーマですし、僕の作品はそれだけでできてるわけじゃないということも見てもらわないと……」

「まあまあ」別所が手を上げて取りなした。「小野川さんも、それがすべてだと言ってるんじゃありませんよ。待居作品の一面をそう解釈したということですからね。いいんじゃないですか。私は面白いと思いました。待居先生がその事件に影響を受けたかどうかは、この際どうでもいいことだと思うんですよ。要は小野川さんがね、『凍て鶴』に独自の切り口を見つけて、どう料理するかというアイデアを摑みつつあるってことですよ。いや、これは楽しみですよ。ねえ?」

別所に同意を求められた三宅が大げさに頷いた。

「僕もそう思いますね。作家が特に意識してなくても、他人からすれば極めて暗示的なことってよくあるんですよ。そこからまたふくらみが生まれるのは面白いですよ」

「いやまあ、僕もね」小野川は冷静さを取り戻したように顔から赤みを消し、おどけた笑みを浮かべた。「こうして話はしましたけど、木ノ瀬蓮美の事件に取り立てて詳しいわけでもないですし、それをどう映画作りに生かすかも考えてないんですよね。いや本当は、この話をしたら、『実はそうなんだよ！』みたいな反応を待居さんがしてくれるものとばかり思ってましてね、けど、そうじゃないから、あれれれってな感じですよ」

小野川のとぼけた言い方に、別所や三宅から笑い声が上がった。待居も思わず失笑めいた笑いをこぼした。

「小野川さんはおそらく、アンテナの感度が高過ぎるんですよ」待居は言った。「高過ぎると、そうじゃないものにまで反応してしまう。まあ、深読みするのは勝手ですけどね、僕みたいな凡才は、あんまり深く考えてないもんですよ」

「凡才だなんて……」と別所が言い、小野川は、「おかしいなぁ」と頭をかいている。慣れない打ち合わせに疲れを感じてきたので、そろそろいいだろうという意味で、待居は一つ吐息をつき、腕時計を見た。

「今日はこのへんにしておきますか？」

三宅が察して、待居にそう訊いた。

「そうですね……ちょっと仕事の締め切りも近いし」

「へえ、いい時計ですね……カルティエですか？」

待居の腕時計に目を留めて訊いてきたのは、小野川だった。

「ええ……」

「その幅広の革ベルトはタンクディヴァンですね」

「お詳しいですね」

タンクディヴァンは角型ケースを持つタンクシリーズの一つで、横長のフェイスが特徴のモデルである。ステンレスケースの時計だから、カルティエのラインアップの中ではそれほど高価なほうではない。

「ほう、こんな太い革ベルトの時計がカルティエにはあるんですか」別所が興味深そうに覗き込む。

「フェイスが横長ですからね。ちょっと変わったタイプです」

「カルティエはこういうとこがうまいんですよね。フォルムに変化を付けながらも全体のバランスは取れてる。ローマ数字の文字盤も格好いいし」小野川はそう言ってから、いたずらっぽい笑みを待居に向けた。「僕もけっこう腕時計は好きなんですよ」

その言葉に釣られて小野川の左手首を見ると、大きなリュウズを付けた丸型ケースの腕時計が袖口から半分顔を覗かせていた。ジャガー・ルクルトのマスターコンプレッサー……いかにも通好みなそれを見ただけで、小野川の言うことがその通りであると分かったが、かといって互いの腕時計を褒め合うのも趣味が悪いような気がして、待居は

「へえ」と軽く応じながら、視線で応えるだけにとどめておいた。

「では、とりあえずこちらでシナリオの方向性など小野川さんと詰めて、具体的なものが見えてきたら、改めてまた、待居先生のほうにご報告したいと思います」

別所はそう言って頭を下げ、小野川も柔和に笑って一礼した。

「頑張りますんで」

軽い口調で言い残し、別所とともに、先に店を出ていった。

「お疲れ様でした」

三宅にねぎらわれ、待居は苦笑しながら息をついた。

「大丈夫かね、あの人……」

「オノミツさんですか……テンション高くて、待居さんもけっこうたじたじになってましたね」

「だって、思い込みがすごいんだもん。こうですよねって全然見当違いのこと言われても、どう返していいか分かんないよ」

「たぶん、待居さんがおっしゃられたように、アンテナの感度が高過ぎるんですよ。雑音まで拾っちゃうみたいな……でもそれが作品にはプラスになりそうなんだから、大したもんですよ。いや、僕はホラー映画で名を上げた人だから、『凍て鶴』も無理におどろおどろしくしたりして変にB級っぽくならないかなって、それだけが心配だったんですよ。でも、話を聞いてると、ちゃんと一人一人の人間に焦点を当ててるし、それぞれの生き方とかそういうところまで深く考えてるみたいだし、いい人間ドラマになるんじゃないかなって思いましたよ」

「まあ、そうなればいいけどね」待居は三宅の煽《あお》りに乗らず、冷静に返した。

「なると思いますよ」

三宅は願望でなく、そう信じているように言った。

3

それからまた十日ほどが経ち、受賞に付随する仕事は一通り片づいた。とりあえずは三週間後の授賞式まで、長編小説に集中できるような日常を取り戻していた。

長編は一編、去年から「小説文格」に月四十枚ほどのペースで連載しているが、おそらくトータルでは千枚近くになりそうで、完結するのはまだまだ先になる。それと並行してこれから始める予定の風友社の書き下ろしのほうが、書き上がるのが早いだろう。クライム文学賞の受賞後第一作となる。四月の今から書き始めれば、来年早々には刊行できるだろうし、うまく行けば年内も無理ではない。

新しい作品『残り火』のプロットは、二日前、三宅にメールしてあった。『凍て鶴』

とはまったく関連性のない物語だが、時代設定はやはり昭和五十年代にして、昭和レトロ的な空気は引き継がせるつもりだった。

その日の昼を過ぎて、風友社の三宅から電話がかかってきた。

〈プロット、ありがとうございました。じっくり読ませていただきました〉

「どうかな？」待居は単刀直入に訊いた。

〈いや、設定がしっかりしてますし、非常に骨太な物語になりそうですよね。『凍て鶴』を読んだ人も、その余韻で手を伸ばしたくなるような作品になるんじゃないかなって思います〉

「うん、『凍て鶴』の次だから、また全然違うテイストでって考えもあったけど、それよりはやっぱり似た空気の作品で勝負したほうがいいような気がしてね」

〈『凍て鶴』自体が待居さんにとって新境地ですからね。待居さんの言われる昭和レトロ的なものが評価されたわけですから、そのフィールドで足場を固めるっていうのは正解だと思いますよ。ただ……〉

「ただ……？」

〈いえ……〉三宅は言葉を選ぶように、間を置いた。〈何ていうか、ストーリー自体は魅力的だと思うんですけど、『凍て鶴』に比べるとかなり渋い話になるのかなって気がして……〉

「渋い……もっとけれん味があったほうがいいってことかな?『凍て鶴』の隠し部屋みたいな……」

〈うーん、まあ、それもあるんですけどね……〉

「二人の因縁の端緒とか最後の復讐を遂げるとことかは、もっと派手に演出することも可能かなとは思ってるんだ」

〈いや、待居さんの書く復讐譚って読みたいって思ってましたし、たぶん読んでて惹きつけられるだろうなという期待は十分持ってるんですよ。だから、それはいいんですけど、主要登場人物が男三人で、過去の裏切りから復讐につながっていくって物語を一歩退がって眺めてみると、渋過ぎというか、乾き過ぎの感があるんですよね。どこかで華とか潤いをもたらす女性キャラを持ってこれないかなって思うんですよ〉

「女性……?」

〈待居さんの作品って、『凍て鶴』の美鶴もそうですけど、印象に残る女性キャラが出てくるじゃないですか。それも強い女とか明るいだけの女じゃなくて、運命にもまれて、抗ってるのか押し流されてるのか分かんないような感じで生きてるみたいな不思議な存在感の……そういう女性キャラが一人でも出てくると、作品の雰囲気も全然違ってくると思うんですよね〉

「女性ねえ……一応、この石川には恋人がいて、そのやり取りなんかも出そうとは思ってるけどね」

〈うーん、その恋人の影響で、石川の行動や思考が変化したりするわけですか？〉

「いや、そこまではまだ考えてないけど……」

〈石川自体、三人の中では影が薄いっていうか、どっちつかずで傍観者的な位置にいるキャラですよね。その恋人というと、ちょっと弱さは感じますけどね〉

「うーん、どうなんだろ……物語の結構上、そういう人間が必要になるっていうなら分かるけど、必要ないのに、ただそういう人間がいたほうがいいからって言われても、それは無理があるんじゃないかな」

〈まあ、確かにそうなんですけどね……〉

「無理に入れても、結構が崩れるだけだと思うよ。それに、女性キャラのことばかり言われると、違うとこで勝負したくなるのが僕でね……」

〈そんな天邪鬼《あまのじゃく》にならなくてもいいじゃないですか〉三宅は笑った。〈オノミツさんに、誰をモデルにしたとか深読みされてうんざりしたんですか？〉

「いや、そういうわけじゃないけど……」待居は苦笑気味に言う。「ヒロインよりもヒーローが目立つ作品も書いてみたいと思ってね。単なる復讐譚じゃなくて、ピカレスク・ロマンみたいな味わいのあるやつを」

〈なるほど、待居さんの小説ってクライムノベルであっても、悪のヒーロー的な人間は

いないですもんね〉

三宅は半分納得し、半分自分の意見に未練が残っているような口調で言った。

〈まあ、今のは僕の感覚的な意見ということで聞いておいてもらえばいいです。また何か資料とか必要でしたら、遠慮なくおっしゃってください〉

「そのときは頼むよ」

〈それからですね、『凍て鶴』の重版が決まりました。一万部で行かせていただきます〉

「あ、そう」待居はそう応えてから、自分の反応が素っ気《そけ》ない気がして訊き返した。

「これで、どれくらいになったんだっけ?」

〈七万八千部ですね。映画化の話が具体化してくれれば、十万部もすぐにクリアできると思いますよ〉

「そう……」

「映画化」という言葉がなぜか、負の耳障りを伴って待居に届いた。

〈最近はあれですね〉三宅が困ったように笑っている。〈重版が当たり前になって、待居さんの反応も薄いような……〉

「そんなことないよ。一万からスタートして、よくここまで積み上がってきたなって、しみじみ考えてたんだ」

〈そうですよねえ〉三宅も感慨深げに言う。〈いい作品が相応の評価を受けるってことはやっぱり嬉しいですよね。世の中捨てたもんじゃないなって思いますよ〉

「うん……」

〈それでですね……〉

三宅は少しだけ口調を変えた。

〈例の映画化の件ですけど、報映から契約の話が来てましてね。一応、これを済ませれば、本の帯に『映画化決定』くらいのコピーは打てますし、また新たな読者層にもアピールできると思うんです。だから、特に問題なければ、速やかに進めてしまおうと思ってるんですが、いかがですか?〉

「もう契約するの?」

〈ええ……まあ、それは向こうの本気度の表れだから、いいと思うんですけどね〉

待居が渋るように唸っていると、三宅は怪訝《けげん》そうに訊いてきた。〈何か問題でも?〉

「いや、問題というか……監督は結局、あの人で行くの?」

〈オノミツさんですか?　もちろんですよ〉

「いや、いいんだけど……じっくり考えてみると、あの人の作風、『凍て鶴』のカラーに合ってるんだろうかって思えてきてね」

〈ぼ、僕は面白いと思いますけどね……〉三宅は焦りをそのまま口調に乗せて言った。

〈ていうか、今さらそこへ話を戻すのは、かなり難しいんじゃないかと……オノミツさんも作品の方向性を提案したいんで、また待居さんにお時間をいただきたいなんておっしゃってますし……僕もいくつか映像化の企画に付き合ってますけど、ああいうふうに原作者と作品のテーマや方向性を話し合おうとする人、なかなかいませんよ。だいたい原作者を煙たがるのが普通ですし、中には製本された決定稿の段階になって初めて脚本見せるとことかありますしね。そういうのは口挿む余地なんてありませんよ。オノミツさんは原作を尊重してるし、やる気もあるし、話題性もあるし、これ以上の人材はないと思いますけどね。別所さんも、この企画ならけっこうな数の劇場が押さえられそうだって言ってますし、美鶴は山口奈津子で考えてるみたいですし、いい方向に進んでますよ。待居さんなりの考えがあったら、オノミツさんにどんどん言えばいいと思います。向こうもそういうのを望んでるようですしね。何なら僕から伝えても……〉

「いや、いいよ」待居は何だか面倒くさくなって、三宅の言葉をさえぎった。「事がどんどん進んでくから、どうかなって思っただけ」

〈なら、いいですけど……じゃあ、契約は進めていいですかね？〉

「そうだね……」待居は無感情に言った。

〈それで、またお会いしたいって向こうの申し出ですけど……〉

「作品の方向性だっけ……？」

〈この前はキャラについての話が中心だったんで、今度はストーリーについての話じゃないですかね〉

「提案ってことは、プロットみたいなのを見せるってこと？」

〈そうじゃないですかね〉

「まあ、別にいいけど……」

〈この前の喫茶店でいいですか……？〉

「また多摩沢で会うの？　打ち合わせなら銀座あたりのほうが、僕自身も気分転換になっていいんだけどね」

〈僕もそのほうがありがたいんですけどね〉三宅が苦笑混じりに言う。〈オノミツさん、この前言ってた通り、本当に多摩沢に部屋借りちゃったみたいなんですよ〉

「え……？」

〈多摩沢公園の近くのウィークリーマンション。『凍て鶴』のシナリオ上げるまでは、そこを拠点にするらしいですよ〉

「本当に……？」待居は訊き返してから、思わず本音をこぼした。「何か気持ち悪いね」

〈気持ち悪いって……どうしてですか？〉

冗談と受け取ったように笑う三宅に、待居は自分の心情を説明する気にはなれなかった。

「いや、別にいいけど」

〈待居さんの仕事の合間を狙って、お茶にでも誘いたいらしいですよ〉

「そういうの、苦手なんだよね。多摩沢は業界の知り合いが誰もいないとこが気に入ってたのに」

〈何か楽しそうでいいじゃないですか。僕も多摩沢に越したいくらいですよ〉

三宅はそう言って、待居の言葉を受け流した。

〈公開が決まったら、うちも総力挙げて頑張りますんで〉

張り切った声で、三宅の電話は切れた。

受話器を置きながら、待居は軽く吐息をついた。

小野川充……。

奇才と称される独特の感性と、気味の悪い妙な執着性を併せ持ったような男だ。朗らかに気さくな喋りを向けてきながら、その目でじっと相手を観察し、自分だけが信用できる自分だけの世界に相手を追い込んでいくような不気味さがある。

彼は『凍て鶴』でいったい何を表現しようというのだろうか。

待居は小野川充の名声と実績こそ人並みに知っていたものの、彼の作品を観たことはなかった。この前、彼と会ったあと、待居は彼がシナリオを書いた作品を三本ほど取り寄せて観てみた。

そのどれもが、過激な描写を売りにしたスプラッタ・ムービーだった。ある作品では善人たちが、ある作品では悪人たちが、これでもかというくらいに、凄絶な死を遂げていく。その死に至る巧妙な伏線やじわじわと登場人物の一人一人が追い詰められていく展開などは、小野川の腕によるものが大きいのだろう、確かに観る者を惹き込むようなシナリオの力を感じる。

ただ、それらの作品に共通する特徴は、その作品でのヒーローやヒロインとしてジェノサイドから逃げ延びてきた人物までもが最後には発狂したり、仕掛けた罠に自ら嵌まったり、あるいは自殺したりと、後味の悪いサプライズ・エンディングで物語が終わっていることだった。小野川は待居の作品群を評して破滅願望が窺《うかが》えると言ったが、小野川の作品こそ厭世《えんせい》的な破滅願望で血色《ちいろ》に染まっているではないかと思った。

小野川は『凍て鶴』をそれら一連のホラー映画と同じように扱うつもりはないだろうが、独特の世界観をそこに盛り込んでこようとするあたり、待居としても据わりのいい気持ちは持てない。

翌日、待居は前回と同じ喫茶店で、前回と同じメンバーでの打ち合わせに臨んだ。

「どうも、しばらくでした」

小野川はそう言いながら、初顔合わせのときと同じように握手を求めてきた。相変わらず機嫌がよさそうだったが、朗らかな口調にも待居は早くも食傷めいたものを感じるようになっていた。

「いや、僕、実は多摩沢公園の近くに部屋を借りましてね、一週間くらい前から住んでるんですよ。散歩してみると、微妙に町並みが変わってたりして面白いですね。本当は待居さんに電話して、お茶でもどうですかみたいなお誘いをしたかったんですけど、いきなりでは何だしなと思って……いや、もうご報告しましたんで、これからは気軽に誘わせてもらいますよ」

「そうですね……まあ、時間が合えば」

本気とも社交辞令ともつかない話に戸惑いながら、待居も予防線とも社交辞令の返しとも取れるような返事をしておいた。

小野川はにこやかに頷いて話を続ける。

「いや、多摩沢の空気に浸ると、やっぱり違いますね。高層マンションなんかに住んでても、感性が鈍るだけですよ。夜景もすぐに見飽きちゃいますしね。他人の生活も見えてこないから、つまんないんですよね。こっちのウィークリーマンションに入ったら、いきなり隣の部屋から若い女の子の話し声が聞こえてきてね、何言ってるかまでは分かんないんですけど、時々泣き叫んだりして妙に気になるんですよ。いやあ、こういうのだなって思いましたよ。他人の生活が身近にあって、想像力をかき立てられるんですよね。それも、どこかしら湿り気があって、怪しい雰囲気があるんですよ」

「その女の子も、隣に小野川さんが住んでるとは思ってもいないでしょうね」別所が愉快そうに話を合わせる。「しかも、訳ありと思われてるとは」

「あれは訳ありですよ」小野川は決めつけるように言った。「たぶん、ヒモの彼氏の浮気に愛想を尽かして、自分のアパートを出てきたんじゃないのかな。それでその彼氏が電話でなだめてんですよ。彼氏は彼氏で生活費が尽きちゃってるから」

「それらしい言葉が聞こえてくるんですか？」

「いや、全然」

小野川がそう言うと、別所と三宅が声を上げて笑った。

「まあ、いいや」小野川は取りとめもない話を自分で終わらせた。「それより『凍て鶴』ですよ」

彼は数枚のコピー用紙を待居たちに配った。

一枚目の一番上に、「『凍て鶴』映画プロット・小野川案①」と書かれている。そしてその下に、キャッチコピーのように少し大きめの文字が躍っている。

俺は俺の子なのか⁉　パラノイアの犯罪小説家が直面する禁断の出生の秘密！　悪夢のタイムスリップ！

「え……？」

同じ箇所を読んだと思われる三宅が声を上げた。小野川はそれを見て、ニヤリとしている。

犯罪小説家？　出生の秘密？　タイムスリップ？　原作とはまったくかけ離れたキーワードが並んでいて、待居も三宅同様、唖然《あぜん》とさせられた。

とりあえず、その思いを顔には出さず、先を読み進める。

犯罪小説家・竹前啓次郎はスランプに苦しんでいた。彼は生来のパラノイア気質から、スランプに陥ると妄想の中でもがくことになる。妄想の中に出てくるのは、彼の母・鷹《たか》子《こ》だった。啓次郎は鷹子に女手一つで育てられてきたが、同時にそれは虐待の歴史でもあり、彼は母を心底憎んでいた。実家を飛び出してからというもの、十年来会っていない。

しかし俺は、本当は、母の愛が欲しかったのだ……。

スランプの根源に気づいた啓次郎は、思い立って十年ぶりに実家に戻ることにする。

実家に戻り、少年時代の記憶が妄想のように渦巻いていく。それを振り切って母の姿を探すが、母の背中を見たとたんにまた妄想が押し寄せ、啓次郎の身体は再会を拒んでしまう。気配に気づいた鷹子が家から出てくるや、啓次郎は足をもつれさせながら逃げた。裏庭に古井戸があり、身を隠すことができないか中を覗き込んだところ、啓次郎が目にしたのは、自分としか思えない人間の死体だった……！

これは妄想なのか、現実なのか……啓次郎はショックのあまり意識が遠のいてしまう。

「自分の死体……？　何か、頭がくらくらしてきますねえ」

三宅がそう言って笑うが、その言い方には当惑よりも興奮のほうが色濃く浮いていた。

「なかなかいい摑みでしょ？」小野川が得意げに言う。

そして目を覚ましたとき、啓次郎が見たはずの死体は姿を消していた。そして自分は井戸の水に浸かってしまっている。何だか分からないまま井戸から這い出た啓次郎は、来たときとどこか景色が違っているような感覚を抱く。懐かしさがある。

「あら亮介さん、どうしたんですか、そんなびしょ濡れになって」

啓次郎は女に見つかり、家に連れていかれる。その女は家の家政婦だった。そして、居間で暖を取る啓次郎の前に姿を見せたのは、楚々とした女性、美鶴だった。

「まあ、大変……」

美鶴はそう言ってかいがいしく啓次郎の世話をする。

ここに来て、啓次郎はおかしな現実を直視するようになる。どうやら俺は三十年前に来てしまったらしい。そして、亮介という男に間違えられている。

美鶴と家政婦の話から、竹前亮介は鷹子の夫・肇のいとこであり、二日ほど前、十年ぶりにアメリカから帰ってきたばかりであること、美鶴は鷹子の妹で、この家の離れに下宿していること、肇と鷹子の夫婦は旅行に出ていて、明後日帰ってくることなどが分かった。そして亮介は、今は他界してしまった肇の父の計らいで、アメリカから帰ってきた暁には美鶴との縁談を受ける予定になっていたらしい。

美鶴は啓次郎の母・鷹子とは似ていない。啓次郎は、母には若くして他界した妹がいたような話を聞いた記憶があった。儚げな女……啓次郎は美鶴と言葉を交わすうち、彼女の魅力に惹かれるようになる。そして、彼女は貧しさから鷹子の家にもらわれた養子であり、鷹子とは血がつながっていないということも分かった。啓次郎から見れば美鶴は叔母に当たるが、血はつながっていない。そのことが啓次郎の気持ちの歯止めを取り払い、美鶴もその気持ちを受け止めるようにして、家主のいない家の中で、二人は早くもお互いに惹かれ合う気持ちを確かめるように愛し合うのだった。

肇と鷹子が旅行から帰ってきた。肇は啓次郎を見て、なぜか驚いたような表情を見せる。啓次郎も亮介に間違えられたまま、アメリカの話を適当にごまかさなければならず、ぎくしゃくした空気の中で四人の生活が始まった。

啓次郎は竹前家の納戸《なんど》に間借りし、肇が経営する会社で働くことになる。肇には厳しく当たられ、作業場で危険な仕事に就かされる。一方で、鷹子はあたかも気のあるような素振りで啓次郎に接してくる。しかし、鷹子は自分の母であり長年憎んできた女だ。啓次郎は心を許すつもりはない。

そんな生活の中で、啓次郎は美鶴への思いをさらに募らせていく。ただ、最初に愛し合ったときとは違い、彼女を抱いても冷えた反応しか返ってこなくなってしまった。

姉に気兼ねしているのか。美鶴の気持ちは分からない。

「どうした？」

「いえ……ごめんなさい」

「お前はまるで、厳寒の地で寒さに身を固めている凍て鶴のようだ……」

「ごめんなさい……」

やがて、鷹子のお腹の中に赤ん坊がいることが分かる。生まれてくるのは啓次郎だ。そんなことになっても夫の目を盗みながら啓次郎に色目を使う鷹子を、啓次郎はきっぱりとはねつける。

「僕が愛してるのは美鶴さんだ。あなたは生まれてくる子供を大切にしてやってくれ」

それに対し、鷹子は泣き崩れる。

「私と夫の仲は壊れてるわ。お腹の中の子供などどうなってもいいのよ」

啓次郎は自分への虐待の原因を知った思いでショックを受ける。

その後、今度は美鶴のお腹に子供がいることが分かる。自分の子だと啓次郎は喜び、美鶴と結婚することを決める。美鶴はプロポーズを受け入れてくれたが、肇や鷹子など周りの反応は冷たい。

離れで美鶴との新しい生活が始まったものの、周囲の空気は相変わらずおかしい。美鶴は啓次郎を愛していると言うものの、言動には不自然さがつきまとう。ふとしたときに姿を消すようなこともある。また、会社では機材が倒れかかったりして、啓次郎は身の危険にさらされる。それが続き、啓次郎は誰かの悪意を感じる。

それから日が経ち、鷹子が臨月を迎えた。しかし、肇と鷹子夫婦は折り合いが悪く、精神的に不安定な鷹子を啓次郎がなだめているほどである。啓次郎と美鶴の結婚生活は表面上うまくいっているが、啓次郎はそれが安定した幸せのようには思えない。

ある日、折しも啓次郎の誕生日だった。啓次郎は会社で、あと少しタイミングがずれていれば死んでしまうような事故に遭遇して怪我をする。その現場に、啓次郎は肇の影を見ていた。肇が自分を殺そうとしているのか？　啓次郎の胸にそんな不安が去来する。そ
病院から戻ってきた啓次郎は、真偽を問い質すために、肇のいる母屋へと向かう。そ

こで聞こえてきたのは、肇と鷹子の言い争う声だった。

「あなたは悪魔よ！　私は悪魔の子を身ごもってるんだわ！」

走って家を出ていく鷹子。それに気づいた美鶴とともに、啓次郎は彼女を追いかける。

鷹子は川べりの原っぱに倒れ込んでいた。病院に運ぼうとする啓次郎に、彼女は驚愕の事実を告げる。

「肇さんはずっと前から美鶴を自分の女にしてるのよ。あなたと美鶴が結婚したあともずっと」

馬鹿な⁉　啓次郎は美鶴を問い質すが、美鶴は身体を震わせるだけで答えない。

「あの人はあなたが邪魔で、あなたを殺そうとしてた。あなたがアメリカから帰ってきたときも、あの人は旅行のアリバイを作って、あなたを殺そうとしてたのよ」

啓次郎は、肇と初めて会ったときの彼の驚きの顔を思い出した。そして井戸の死体も。あれは亮介の死体だったのだ。亮介の死体が現代にタイムスリップし、自分が入れ替わりに、過去へとタイムスリップしたのだ。

気づくと啓次郎は、彼女らを置いて家へと向かっていた。肇が許せなかった。家に入り、肇を探し、彼と対峙する。

肇はすべてを知られて、開き直っていた。美鶴の生みの親の病気治療を援助する代わりに、肇は美鶴を自分の家の離れに住まわせて、鷹子の目を盗んでは彼女の身体を求めていた……そんな話が彼の口から語られる。

二人の間に殺気がほとばしる中、わずかな間隙を縫うようにして、家政婦が飛び込んでくる。

「奥さんが流産されたと、美鶴さんから電話が！」

啓次郎はショックで立ち尽くす。鷹子のお腹にいる俺が流産？ なら俺はどうなるのだ？

「役立たずな女め！ あんな女はもうどうなってもいい！」

肇はそう吐き捨てて、出ていった。

啓次郎はしばらくして我に返った。肇は美鶴に執着している。このままでは美鶴を奪われてしまう。

病院に行くと、すでに美鶴は肇に連れ去られたあとだった。ベッドでぐったりしている鷹子だけが残されている。

二人を追いかける啓次郎。探し続けるうちに、二人を山道の中に見つける。

「美鶴！」

啓次郎の呼びかけに振り返る美鶴。肇を振り切り、啓次郎のもとに駆け寄ろうとする彼女を、肇は逆上して殴りつける。倒れ込む美鶴。

啓次郎と肇の激しい格闘が始まった。殴り合う二人。やがて形勢は啓次郎に傾き、倒れ込んだ肇は口元から血をにじませながら吐き捨てる。

「美鶴のお腹にいるのは、お前の子じゃない、俺の子だ！」

悪魔のような肇の言葉に、啓次郎は我を忘れ、とうとう肇にとどめを刺してしまう。

「このお腹にいるのは、亮介（啓次郎）さんの子です。私が愛してるのは亮介さんです」

美鶴は泣きながら言うが、啓次郎の頭は混乱している。何かを予感するように、妄想が渦を巻く。そして、我に返ると美鶴の様子がおかしくなっていた。

ショックから、予定日よりかなり早く陣痛が来たのだ。

同時に、啓次郎は驚愕の可能性に気づかなければならなかった。

美鶴のお腹にいる子こそが自分なのではないか⁉

美鶴は若くして死ぬ。子供を産んだあとは、彼女はもう先が長くないはずだ。そしてその子を鷹子が育てることになるのだ。

俺は母である美鶴に自分の子を宿したのか⁉　俺は俺の子なのか⁉

それとも、これはあの肇が美鶴に宿した子なのか⁉

どちらであっても悪夢だ！　並の神経では受け入れられない！　啓次郎は錯乱し、頭をかきむしり、天を仰いで慟哭《どうこく》した。

おお、神よ！

陣痛をこらえる美鶴を、啓次郎は泣きながら見る。

「美鶴……お前が産む子は不幸になるのだ。とても不幸になるのだ」

啓次郎は自分が未来からやってきた人間であること、美鶴は自分が赤ん坊の頃には死んでしまっていて、自分は鷹子に育てられたこと、その人生が暗くつらかったことなどをすべて話した。

美鶴は啓次郎がアメリカ帰りの亮介ではないことに薄々気づいていた。それでいて啓次郎を愛していたのだった。

啓次郎と美鶴は泣いて抱き合った。

「あなたが私の息子なら、すでに私は、我が子をこの手に抱く夢を叶えているんですね。私はもう思い残すことはありません。もう、いつ死んだとしても……」

肩を抱き合い、歩く二人。

目の前には澄んだ水をたたえた池が広がっている。

夕闇の中、二人は池に入っていく。

そして、池に浮かぶ啓次郎と美鶴……。

「いやあ」読み終えた三宅が興奮気味に唸った。「こう来るとは……」

「最初は全然こうするつもりはなかったんですけど、いざプロットを書き始めてから、タイムスリップを使ってみたらどうかって思いついたんですよ。前から一度やってみたかったんですよね」小野川が言う。「でも、原作のエッセンスはそのまま生かしてるつもりですよ」

「いや、原作をうまく映画向きにしてる気が、私なんかするんですよね」と別所。「もちろん、これはアイデアの第一段階ですから、ここからさらにブラッシュアップしていくわけですけど、今回は小野川さん得意のホラーでの土俵で戦うことなしに、原作を生かしてすごく面白いストーリーが出てきたっていう気がしますよ」

「この最後の美鶴が泣かせますよね」三宅が感嘆混じりに言う。「お腹の中の子供は肇の子だっていう可能性もあるわけでしょ。だって、啓次郎の子が啓次郎だったら、その一世代で種が延々と回っちゃうわけで、もともとは誰の子なんだっていう話になりますからね。でも美鶴は、愛する啓次郎にはそれが言えないんですよね。それで、あなたが私の息子なら、もうこの手で我が子を抱いたことになるって美鶴に言わせる……これがいいですねえ」

「そう」小野川が得意気になって話す。「肇の子の可能性だってあるし、アメリカから帰ったばかりだけど縁談があった亮介の子という可能性だってある。そこは映画を観た人の取り方に任せておくんです。とにかく、美鶴には答えが一つしかない。そして二人には未来がない。そういう悲劇なわけですよ」

「いやあ、切ない話ですねえ」三宅がしみじみと言う。

「先生はいかがですか?」別所が待居に訊く。

「いや、基本的には興味深くて面白いプロットだと思います」

待居の微妙な言い回しを気にしてか、別所は引きつったような笑みを浮かべた。

「まあ、最初からかなり冒険したプロットになってるんで、ちょっと戸惑われたかもしれませんが……」

「いや、それは別に構わないんですけど……」

「待居さんは基本的に、小説と映画は別物っていう考え方ですからね」三宅が素っ気ない待居の言葉をフォローするような言い方をした。

「何か引っかかるところでも?」小野川が訊く。

「引っかかるというか……気になるのは、この最後の池のくだりですけどね……」

待居一人、冷めた口調で紙の上を指差した。

「ここが……?」

「何か浮いてるというか、最後に来てどうも、作品の色にそぐわない気がするんですよね」

「そうですか?」小野川は意外な反応を聞いたと言いたげに首を捻る。「でも、この映画のラストはこれしかないですよ。池での心中です。僕のイメージなんです。ほとりに水草が茂っているような凪《な》いだ池に二人で入っていくんです。腰くらいの深さまでズブズブとね。美鶴は真っ白な服を着てる。そうして冷たい池の中に佇《たたず》む……その姿もまた凍て鶴なわけですよ」

「なるほど」三宅が感心したように言う。

「うーん」待居は唸る。「どうもね……僕は二人の選んだ道が心中っていうのは、違うんじゃないかって思うんですけどね」

「ええっ？」小野川は驚いたような声を上げた。「待居さんは原作のラストシーンのあと、啓次郎と美鶴はどうなったと考えてるんですか？」

「それは……作者とはいえ、僕が決めることじゃない。読者一人一人の想像に委ねる領域ですから」

「いや、あの二人は心中したんですよ。原作でもそうなんです。それしかないんですよ」

「それしかないって……」

いくら何でも、断定されてはいい気はしない。

「僕はてっきり、待居さんもそう考えてるもんだと思ってましたよ」小野川は不服そうに言う。

「まさか……啓次郎と美鶴の心中なんて、頭の隅にもありませんでしたよ」

「なら待居さんは、意識的にその先を考えないようにしてたんじゃないですか？　原作の美鶴も暗い少女期を送って、大人になってからも日陰の道を歩いてきた。未来に希望がある人生じゃありません。肇の愛人という立場から逃れられないだけじゃなく、肇が自分の妻や息子に手をかけてまで美鶴に執着することによって、彼女はますます苦しめられる……途方もない不幸です。啓次郎に出会ってからは啓次郎が生き甲斐になった。本当の愛を得た。けれど、それにしても、美鶴の世界っていうのは、ひどく近視眼的なところでしか成立しない。啓次郎が隣にいればいい。未来がどうとかっていう価値観は彼女にはないんです。

そして、啓次郎はどうか。父親殺しを果たした啓次郎にも未来はない。それ以前に、作家という未来を捨ててしまって、彼も近視眼的な世界でしか生きられなくなっていた。もう隣に美鶴がいればいい……そんな二人には、心中しかないじゃないですか」

待居は首を振った。「かなり無理やりな考えだと思いますね。美鶴のお腹の中には子供がいる。啓次郎の子供です。二人には未来があるんです」

「それはね、僕は待居さんの作者としての情が出てしまってると思うんですよ」小野川は冷笑混じりに言う。「美鶴には、啓次郎の子か肇の子か、分からなかったはずです。肇も健康とは言えない身体で自分の子を美鶴に宿そうと必死ですよ。それが異常愛となって、ああなっていくんです。もちろん、誰の子であろうと、母性はそれを愛するわけですけど、それも美鶴にとっての未来にはならないと思うんです。だからね、映画も同じなんですよ。美鶴には自分の未来が見えない。清算すべき過去があるだけ。そして自ら終止符を打つ美鶴の人生に、観客は心を奪われていくんですよ」

「そうですかねえ」待居は首を捻る。「どう考えても、テーマからずいぶんずれたエンディングになってしまう気がしますけど」

「そんなことないですよ」小野川は、まったく意に介さないように言う。「ただ、最後の最後に救い的なものを入れるかどうかは考えてますよ。エンドロールの寸前、聞こえるか聞こえないかくらいの大きさで赤ん坊の泣き声を入れるっていうね」

「ああ、なるほど」三宅が頷く。「母体は駄目でも、赤ん坊は奇跡的に無事だったと……啓次郎が存在してるんですから、そのほうが辻褄は合うわけですもんね。ある種の救いであり、逆に悲劇は続くということでもある……いい余韻が生まれますよね」

「うーん」

待居が渋い顔で唸ってみせると、別所が取りなすように口を挿んできた。「まあ、エンディングなんかは原作と映画では往々にして違ったりするもんですけどね」

「そのほうが原作も映画も両方楽しめますしね」三宅も追従するように言い、小野川を見た。「この池での心中っていうのは、やっぱり、この前話してた木ノ瀬蓮美の事件に着想を得てるわけですか？」

三宅の問いかけに対して、小野川はニヤリとしながら眉を動かした。

「気づいてもらえましたか」

「いや、気づきますよ。みんな気づいてると思いますよ」三宅は笑う。「そうすると、ラストカットは、眠るようにして池に浮かぶ美鶴と啓次郎……みたいな感じですか？」

小野川は、「それですよ」と三宅を指差し、満悦している。

待居は軽くため息をついた。「そこにつなげようとするから無理やり感が出るんじゃないですかね。第一、溺死なんて、現実には眠るようになんか死ねませんよ。リアリティがないし、美しくもない」

「でも、木ノ瀬蓮美は現実に、眠るように死んでるんですよ。溺死じゃなくて凍死じゃないかとか、水に浮くくらいの厚着をしてるんだから凍死でもなく殺されたんじゃないかとか、いろいろ謎を呼んでましたけど、どちらにしても、現実にああいう死に方があるわけですから」

「現実にあったからって、そんな何年も前の特別な事件を引っ張ってきても、説得力はありませんよ」待居は首を振る。

「小野川さんとしては、心中というラストは譲れないわけですよね？」三宅が確かめるように訊く。

「もちろん……それ以外にはあり得ませんね」小野川はあっさりと言い放った。

「百歩譲って、心中という結末がありだとしても」待居は小野川の顔を見ずに言った。「池に浮かぶとか、そういう現実の特異な事件に寄りかかった方向へ持ってくべきじゃないと思いますよ。ちょっと小野川さんらしくない気がしますね。安易な手ですよ」

「いや、今回に関しては、これこそが僕らしいと思ってもらってけっこうですよ。僕の脳裏には今もはっきりとあの光景が焼きついてるんです。池に浮かぶ美女の死体……あれはアートですよ。何て美しいんだろうって思ったんです。そして、この女にはどんな人生があったんだろうかと考えさせられたんです。それほど、僕の気持ちを惹きつける力があの光景にはあった。死というものから、人は目を逸らすことはできません。木ノ瀬蓮美のような謎めいた女の死なら、なおさらです。美鶴も同じ……死を帰結点とした表現にこだわるのは、この映画での僕のテーマですよ」

小野川はそう言って待居を見据えてから、ふと視線を外して意味深な笑みを浮かべた。

「でもまあ、今現在の僕の青写真がいまいち説得力に欠けるとするなら、やっぱり、木ノ瀬蓮美の事件の曖昧さに起因してるんでしょうね」

「曖昧さ……？」三宅が訊く。

「そう……現実の事件をヒントにしながら、その事件のことをそれほど詳しく知ってるわけではないという……」

三宅が黙り込んでいる待居の顔色を窺うようにしながら言う。「だったら逆にその事件をもっと調べてみたほうが、結果的に、その事件から離れたところにアイデアを昇華できるってことになるかもしれませんよね」

「それですよ、僕が言いたいのは」小野川が再び三宅を指差した。

「よかったら、うちの週刊誌の同僚を当たって、当時の事件を取材した記者とか探してみますよ」

「ぜひお願いしますよ。〔落花の会〕のことだって詳しく調べてる人がいると思いますしね」

小野川は好奇心に輝く眼を待居にも向けた。

「待居さんも時間があったら首を突っ込んでみませんか？　興味もあるでしょうし」

「いや、別に興味など……」

「あるはずですよ。待居さんの作風が答えてます。今後の小説のネタにもなるでしょうし、いろいろ知れば、僕の考え方も絶対分かってきますから」

彼は強引に言って、ニヤリと笑った。

4

電話が鳴り、冷蔵庫の前でペットボトルのミネラルウォーターをラッパ飲みしていた今泉知里《いまいずみちさと》は、そのペットボトルを手にしたまま部屋に引き返した。床に脱ぎ捨ててあったお気に入りのダウンコートを踏みつけ、これ、いい加減クリーニングに出さなきゃと思った。自分が寄稿した雑誌や資料のコピーをよけようとすると、どうしても脱ぎ捨てた服ばかり踏むことになる。書類を踏めないのは、子供の頃、古新聞の束に乗って遊んでいたら、新聞記者をしていた父親に足を腫れ上がるほど引っぱたかれたことがトラウマになっているからだ。

今泉は携帯の置いてあるローテーブルの前までたどり着くと、ビールが染み込んで変色しているクッションを踏みつけてベッドに座り込んだ。典型的な〝片づけられない女〟である今泉の部屋は、おそらく空き巣が入っても、この部屋は同業者が荒らしたばかりだと思うのではないかというほど盛大に散らかっている。書類や衣服で隠れてしまっているフローリングの床が、ライトブラウンだったかダークブラウンだったかも今となっては憶えていないほどだ。

今泉はそこからローテーブルに手を伸ばして、携帯を取り上げた。

「はい、もしもし」

〈もしもし、『週刊ジャパン』の野上《のがみ》です。お久しぶりです〉

「あ、どうも。お久しぶりです」

実際、野上と最後に話してから一年くらいは経っているから、久しぶりという言葉にも実感がこもる。

〈お元気ですか？〉

「はあ、まあ、相変わらず、かつかつでやってますけど」

今泉は自嘲気味に言い、自分で笑った。「週刊ジャパン」はギャラがよかっただけに、野上からの電話というだけで、そこに期待してしまっているのを自覚した。

〈そうですか。そのうちお願いする仕事も出てくると思うんで、そのときはまたよろしくお願いします〉

今泉は思わず、ずっこけそうになった。この電話は仕事の話ではないのだ。

〈いや、今日はね、うちの仕事の話じゃないんですよ〉野上は今泉の心を読んだかのようなことを言った。

「というと？」

〈いや、今泉さんって前にネット心中関係のこと調べてたでしょ？〉

「ええ」

調べてるどころかちゃんと本も出しているのだから、訊かなくても分かるだろうと言ってやりたかった。『誰かと死にたい症候群』は二年前に出した、今泉知里唯一の著作だ。初版で五千部刷っただけで、取材費は自分持ちだったから、見事な赤字だった。タイトルが長いので「誰死に」と略したが、結局、自分と担当編集者しか使わなかった。増刷しないんですかと担当編集者にさりげなく訊いたら、「実売部数知ったらそんなこと口が裂けても言えませんよ」と怖いことを言われた。「文庫化はあきらめてくださいね」とも言われた。

そんなふうに、採算的には惨憺たる有様だったが、曲がりなりにも名の通った出版社から本を出したという事実はそれなりのインパクトを業界内に残したようで、単発的なライターの仕事が必死に営業をかけなくても舞い込むようになった。ネットの自殺系サイトや闇サイトなどが関係する事件が起きると、コメントを求められることもある。たとえ売れなくても二十代の何の変哲もないライターが自分の本を出せるなんてとやっかむライター仲間の言い分も分かる。

〈今泉さん、オノミツって知ってる?〉

「え?」

ネット心中関係のことから話が急に飛んだ気がして、今泉は思わず声を裏返した。

〈オノミツ。脚本家の小野川充〉

「知り合いかって訊いてるわけじゃないですよね？」

〈そんなこと、根拠もなしに訊きませんよ〉

「そうですよね……いや、もちろん知ってますよ。有名人じゃないですか。映画は観たことないですけど、深夜ドラマは毎週観てましたよ。エッセイとかも目についたら読みますし」

〈あ、そう……いや、うちの文芸から回ってきた話なんですけどね、そのオノミツがネット心中事件の話を詳しく聞きたがってるらしいんですよ。〔落花の会〕事件って知ってます？〉

「もちろん」

事件と言っても〔落花の会〕にまつわるものは一連の心中などいろいろあるが、一つ指すとするなら、リリーこと木ノ瀬蓮美の自殺のことだろう。

〈それについて、レクチャーしてくれる人を探してるらしいですよ〉

「まあ、一通りは知ってますよ」

何でも訊いてくれと胸を張って言えないところが若干つらい。だが、業界内であえて詳しい人間を探すなら、自分はその一人だろうというくらいの自負はある。

〈じゃあ、先方にそちらの連絡先、教えてもいいですかね？〉

「構いませんよ」

今をときめく人間に会えるかもしれないというミーハーな気分もあった。

〈分かりました。じゃあ、そのときにはよろしくお願いします〉

電話が切れ、今泉は手にしていたペットボトルの水を口に含んだ。

ネット心中を扱うような映画でも作るのだろうか……このサイトを見た者は全員死ぬ、とか……今泉は映画のキャッチコピーのようなものを勝手に思いつき、勝手に震え上がった。

〔落花の会〕については、今泉も相応の興味を持っていた。自著を執筆するに当たっては、〔落花の会〕の一連の事件をメインに持っていこうという青写真も描いて取材をした。しかし、〔落花の会〕は主宰者の木ノ瀬蓮美が自殺した上、彼女と活動をともにしていた数人の幹部も身元がはっきりと摑めず、初期の幹部の一人とは連絡が取れたが、肝心の蓮美の自殺前後の顚末については明らかにできなかった。結局、自分の本のメインに置くほどには会の内実が分からず、謎が多い割には中途半端な扱いで終わらせてしまった。もともと書きたかったのは、そういう謎の解明ではなく、ネット心中という現代にはびこる病の断面なのだと自分に言い聞かせたのも、どこかで消化不良的な思いを持て余していたからかもしれない。

床に散乱している書類の中から当時の資料を捜しているうちに、また電話が鳴った。

「もしもし」

〈あ、もしもし〉調子外れにも思える明るい声が聞こえてきた。〈えっと、そちらはノンフィクションライターの今泉知里さんですか？〉

「そうです」

直感的に相手は小野川充だと分かった。テレビに出ているのを二、三回見たことがあるが、確かこんな感じの声をしていた。

〈僕はですね、『週刊ジャパン』の編集者に紹介していただいたんですけど、映画のシナリオなんかを書いてる小野川充と申す者です〉

「お聞きしてます。初めまして」

〈どうも、初めまして。いや、その『週刊ジャパン』の編集者からさらにまた人を介して聞いたんですけど、何でも美人のライターさんがいらっしゃって、僕の知りたがってる事柄についても詳しいということなもんですから〉

「美人ですか……間に人が入って、間違った情報が紛れ込んでますね」

今泉が言うと、小野川は屈託のない笑い声を上げた。

「〔落花の会〕の事件についてって聞きましたけど」

〈そうそう。それに興味がありましてね。いや、僕ね、当時は多摩沢に住んでて……いや、今もまたちょっと住んでるんですけど……で、木ノ瀬蓮美の死体が多摩沢池で発見されたとき、現場に居合わせてたんですよ〉

「へえ」

よくよく考えれば特に羨《うらや》ましい体験でもないかもしれないが、小野川が自慢げな口調で言ったので、今泉は少し羨ましい気持ちになった。自分は事件の現場などに居合わせた経験がない。

〈それでまあ、ずっと興味は持ってて、雑誌記事なんかも当時は追ってたんですけど、今度の映画企画にあれをモチーフの一つとして使えないかなって閃きましてね。だから、もう一度あれを分かりやすく話してくれる人を探してるんですよ〉

「その映画ってのは、ネット心中を扱った話なんですか？」

〈いやいや、全然違います。『凍て鶴』って知ってますか？　待居涼司さんの〉

「ああ、読みましたよ、私……何か、賞も取られたんですよね」

〈そうそう。それの映画化企画ですよ。僕が監督をやるって話で〉

「へえ、そうなんですか」今泉は、その映画ができたら観てみたい気がする一方で首を傾げた。「でも、『凍て鶴』って確か設定は昭和五十年頃なんですよね。現代に置き換えるわけですか？」

その上、ネット心中の話などを持ち込むのだろうか……いったいどんな話になるのか想像できなかった。

〈そういうことじゃなくて、テーマを浮き上がらせるために、世界観の断片を借りてく

るんです〉

抽象的な言い方で、今泉にはさっぱり理解できなかった。

〈実は待居さんも多摩沢在住なんですよ〉

「へえ」

多摩沢には〔落花の会〕の取材で何回か行ったことがあるし、もちろん多摩沢池のある多摩沢公園にも足を運んだ。都心に出るまでに時間がかかるから住みたいとは思わないが、住んだら住んだで特に不自由なく暮らせる町だろうなという印象だった。高度経済成長期に開発された町だけに、町並みの全体には古びた味わいが否めないが、駅前は再開発計画が立てられているようだったし、今なら整備もかなり進んでいるだろう。多摩沢公園のような緑も多い。

〈つまり、『凍て鶴』は多摩沢文学なんですよ。で、僕は多摩沢映画を作ろうと思ってるわけです〉

「多摩沢映画……」

それで、多摩沢つながりの〔落花の会〕を持ってきたということか……奇才の考えることはよく分からない。

〈とにかく一度、お会いできませんか？　待居さんと一緒に、多摩沢で〉

「はあ……まあ、構いませんけど」

〈じゃあ、今日の夕方はどうですか？　五時くらい〉

ずいぶん話の早い男だ。

「待居さんは大丈夫なんですか？」

今泉が訊くと、小野川は、〈無理やりにでも引っ張ってきますよ〉と笑って答えた。

それくらい仲がいいということか。

5

時計を見ると、あと数分で五時になるところだった。今泉は多摩沢駅のホームに降り立った。まだサラリーマンやＯＬの帰宅時間には早いが、高校生や大学生などの若者を中心にして、改札へと続く流れは夕方の慌しさを見せていた。

小花柄のワンピースと白のカーディガン、すね丈のスリムなクロップドパンツは、床のあちこちから拾い集めたものだが、埃を払って着てしまえば東京のどの街を歩いても とりあえずおかしくはない、それなりの見映えを持っているはずである。ただ、ライター稼業の人間として、資料でパンパンにふくらんだエディターズバッグを肩にかけなければならないあたりに、そこらで見るおしゃれな女性とは洗練度が違ってしまう限界を感じなければいけない。

改札を通り抜けると、前方に男二人が立っているのが見えた。ジーンズに真っ赤なパーカー姿で頭にサングラスを載せているのが、グラビアでも見たことのある小野川に違いなかった。とすると、隣の男が待居涼司か。革のジャケットに渋い色のパンツを穿いている。一見して、気難しそうな男に見えた。

今泉は会釈しながら彼らに近づいた。

「初めまして、今泉です」

小野川がにこりと笑って手を差し出してきたので、今泉は握手に応じた。

「小野川です。すいませんね、こちらが行かなきゃいけないとこ、こんなところまで来ていただいて。こちらがお話しした、待居涼司さんです」

そう紹介されて、今泉は待居と簡単に挨拶をした。

「いや、待居さんを誘っても、最初は面倒くさがってたんですよ。仕事があるとかどうとか……でも、今泉さんは美人らしいですよって話をしたら、ころっと乗り気になりましてね」

「やだもう」今泉は笑って返しておくことにした。「いったい誰がそんなデマを流してるんですか?」

「デマじゃないじゃないですか。待居さんも来てよかったって顔してますよ。ねえ?」

小野川に振られた待居は、そんなことは微塵も思っていないと言いたげに不機嫌そうな表情をしているのだが、それでも、今泉の戸惑いが伝わったのか、「いや、まあ……」と取り繕うように言いながら、微苦笑めいたものを口元に浮かべた。

「ほらほら……じゃあ、とりあえず、話ができるとこに行きましょうか。僕の部屋の近くに割とうまい中華料理屋があるんですよ。ちょっと歩きますけどね」

「いいですよ」と今泉。

「別にそこの喫茶店でいいんじゃないですか」待居は乗らない様子でそう言った。「お互い仕事も待ってる身ですし」

「そんなに早く仕事に戻りたいなら、待居さんのマンションに行ってもいいですよ」小野川は意地悪そうに返してから、今泉を見た。「僕の部屋は多摩沢公園の近くにあるんですよ。中華屋もそっちのほうです」

「ああ、多摩沢公園、懐かしいですね。近くなら、多摩沢池、みんなで見ていきましょうよ」

「いいですねえ、そうしましょう、そうしましょう」

二人が歩き出すと、待居も渋々という感じで黙ってついてきた。

「私、待居さんの『凍て鶴』を読ませていただいてて、お会いするのが楽しみだったんですよ」

駅の北側に出て歩きながら、今泉は愛想を交えて二人に話しかけた。

「小野川さんの映画は怖そうでまだ観てないんですけど、以前、やってた深夜ドラマは、毎週仕事しながら観てました」

「ああ、『ホラーナイト25』ね。あんな時間にホラーやるなよって、よく言われてましたよ」

「そうそう、怖くて寝られなくなっちゃうんですよ。こんな話、毎回毎回書いて、オノミツさんって……あ、ごめんなさい。小野川さんって……」

「いや、別にオノミツでいいですよ」

「すいません……」今泉は舌を出して謝った。「小野川さんって、いつもこんな怖いことばっかり考えてるのかなって……」

「そうなんですよ」小野川は冗談めかして言う。「だいたいは、この人間を殺すにはどうしたらいいかなとか、そういうことばかり考えてますからね」

「こわ〜い」今泉は笑いながら、首をすくめてみせた。「でも、その小野川さんが作る『凍て鶴』って、すごい楽しみですね。わくわくします」

「期待してください。エンドロールの協力のところに今泉さんの名前を入れておきますよ」

「そんなのいいですよ」今泉は手を振って言う。

「いやいや、筆頭に入れておきますから」小野川は強引に言ってから、話を継いだ。

「で、今泉さんは待居さんの『凍て鶴』を読んで、どんな感想持ちました？　美鶴に木ノ瀬蓮美の面影を感じたとか、作品全編に破滅願望的な思想が感じられたとか……」

「ずいぶん、誘導尋問的ですね」

待居が聞き咎めるように言い、小野川はいたずらが見つかった子供のように舌を出した。

ということは、小野川は美鶴と木ノ瀬蓮美を重ね合わせているらしい。

「そうですね……」今泉は考えながら答える。「美鶴と木ノ瀬蓮美っていうのは、小野川さんに言われるまでは意識してませんでしたけど、言われれば、ああそうかなと……日陰の人生に馴染んでしまってるっていうか、女としての美しさだとか魅力だとかを持ってて、その気になればもっと違う人生を送れるはずなのに、そうはしないみたいな……そのへんのもったいなさが通じる気がしますよね。だからこそ謎めいてて、惹きつけられるんだと思いますけど」

小野川は、その通りだとばかりに、深々と頷いている。

「でも、私も生前の木ノ瀬蓮美に会ってるわけじゃないですからね。頭の中にあるイメージみたいなものですけど」

「惜しいですね」小野川は言う。「今泉さんも多摩沢の住人なら、もっとこの世界観にどっぷり浸かれたでしょうに」

「それはそれで、ちょっと怖いですけどね」今泉は笑う。「でも、破滅願望がどうとかは分からないですけど、待居さんの描く作品世界って、私が見てる世界とすごく通じてるなって気がするんですよ。作品の時代設定とかは違っても、登場人物なんかが抱いてる空気は今っぽいんですよね。しかも、私みたいに、ネットだの引きこもりだの家庭崩壊だの自殺だのってことに好奇心を向けてる人間に馴染む今っぽさだったりするんですよ」

「それが待居さんの作品の本質なんですよ。多摩沢文学なんです」

「ああ……」

「現代の病が空気に溶け込んでる多摩沢……この町に生活してる待居さんだからこそ書けた小説です。そして、それを原作にして僕が作るのが、多摩沢映画というわけです」

「『凍て鶴』も多摩沢が舞台なんですか?」

「もちろん」

小野川はそう即答したが、待居は「え?」という声を口に出している。

「あれ、多摩沢ですよね?」小野川はとぼけた顔をして待居を見た。

「別に具体的な地名は出してませんよ」

「でも、待居さんの頭の中じゃ、多摩沢なわけでしょ?」

「違いますね。そう思って書いてもいませんし」

「ええっ？」小野川は心底驚いたような顔をした。「僕はてっきり多摩沢だと思って読んでましたよ。それこそ、待居さんが多摩沢に住んでると知る前からですよ。このへんでも昔からあるような家には、けっこうな豪邸がありますしね」

「それはね、やっぱり、小野川さんの思い込みなんですよ」待居は冷ややかな口調で言った。「小野川さんの話を聞いてると、僕の作品を分析してるようでいて、そうじゃない……すべて小野川さんの世界観の中で話をしてるんです。それは思い込みなんですよ」

「いやいや、そういうつもりはないんですけどねえ」小野川は不服そうに言う。「僕も待居さんも多摩沢に住んで、今泉さんも多摩沢を取材してる。そういう人間に共感できる世界観が『凍て鶴』にはあるんですよ」

「僕はこの町がほかの東京郊外の町と比べて独特だとは思ってませんし、現代の病がこの町に凝縮されてるとも思ってないですから」

「それはね、待居さんがもう、この町に馴染んじゃってるんですよ。この町の陰気なところが性に合ってるんです」

この二人、同じ作品の原作者と監督という立場だが、どう見ても仲がよさそうには見えない。まともに関わっていると、何かとばっちりを受けそうな気がして、今泉は彼らと距離を置いたところから冗談でも聞いているように笑っているだけの役を決め込んだ。

「ああ、懐かしいな……」

多摩沢公園に着いて、今泉は感嘆の声を上げた。夕方の空は明るさも鈍く、公園に入って大きな木立に左右を挟まれると、いっそう暗みが勝った。

「変わってないですね……ていうか、前より寂しげな感じが……」

「もう夕方ですからね」小野川が嬉しそうに言う。「この雰囲気、いいですよね。また誰か池に浮かんでてもおかしくないような……」

遊歩道にはぽつぽつと散歩する人たちの姿があるが、不気味なほどの静けさに包まれている。まばらな木立の向こうに、低くくぼんで広がる芝生の広場があり、子供連れの主婦たちやサッカーボールで遊ぶ小学生たちの姿が見える。しかし、ひんやりと乾いた風が今泉たちのほうから広場へと吹き下りていて、彼らの声はまったく聞こえない。

広場の横をぐるりと回る遊歩道を、坂を下るようにして抜けると、多摩沢池に出る。ほとりを歩けば十分ほどかかる大きさの池だ。水際は石垣で整備され、桜や柳、つつじの木などが岸辺に沿って植えられている。光を吸って黒々とした水面をカモが泳いでいる。ところどころ、葦や蓮などの水生植物も見える。

池にはアーチ型の木製の橋が架かっている。そこを小野川が歩いていく。

小野川は橋の中央で立ち止まり、池の奥のほうを見た。

「ちょうど、あのへんですよ」彼は橋から十メートルほど離れた、葦際の水面を指差した。「夜明けの空と一緒に池もほわんと明るくなってってね、その中を浮いてるわけですよ。眠ってるかのようにね……」

「本当に、蓮の葉と一緒になって浮いてたんでしょうね」今泉はため息混じりに言った。

「それがやっぱり、木ノ瀬蓮美の自己演出なんでしょうね。自分の名前に運命を関連づけて、最期はそういうふうに死にたいっていうこだわりですよ」

「でも、本人が自分でここに浮かんで死んだわけではないんですよね。誰かがここに彼女の死体を運んで浮かべたみたいですよ」

小野川は橋の欄干に背を向け、今泉を見た。

「そこですけどね……今泉さんはどういう事情がそこにあったって考えてるんですか?」

「自殺であることは間違いないと思うんですよ。自筆の遺書も防水袋に入ったのがコートの内ポケットから見つかってますし」

「遺書?」

「同じ言葉が〔落花の会〕のサイトのトップにもアップされて、そのままサイトは閉鎖されてます」

「ああ、『〔落花の会〕閉会のお知らせ』ってやつですか?」

「そうです。『会を始めて一年半。たくさんの花のきれいな散り際を見届けてきました。

リリーもそろそろ咲き頃を過ぎてしまったようです。いろいろ関わってくれたみなさん、ありがとう。そして、さようなら。今度は本当の睡蓮《すいれん》に生まれ変わりたいリリーでした。』っていうの。『リリー』っていうのは、木ノ瀬蓮美のハンドルネームです」

部屋は散らかし放題の今泉だが、それでも仕事を進める上でそれほど困らないのは、そこそこには記憶力がいいからである。特に木ノ瀬蓮美の言葉には一人の人間として惹きつけられるものを感じるため、細かいところまで憶えている。

「リリーってユリのことでしょ?」

「ウォーター・リリーが睡蓮のことだから、そこからリリーが来てるんだと思います」

「なるほどねえ」小野川はもう一度振り返るようにして、蓮の葉が浮かぶ水面を見た。

「睡蓮に生まれ変わりたいか……」

「睡蓮はキーワードですよね。リリーは死ぬことを『落花する』とか『落ちる』とか『散る』とかって言うんですよ。まあ、自殺サイトとしてプロバイダーに目を付けられないためなんでしょうけど、その表現の仕方なんかがまた、共感者を呼ぶんですよね。で、リリーの書き込みで多いのが、『生きてる実感がない』っていうのとか、『二十四時間まどろんでいたい』とか、『眠る瞬間が好き。こんなふうに散りたいって思う』とか、そういうのですね。何か、やっぱり睡蓮っぽいですよね」

「それと、やっぱり美鶴っぽいですよね。睡蓮のような静かな人生を望んだ蓮美と、凍て鶴のように生きていた美鶴……」

「そうですね……改めて考えると、本当に似てる気がしてきました」

小野川は小さく頷いた。待居だけが否定も肯定もせず、どうでもいいとでも言いたげに小さく肩をすくめている。

「で、自殺はいいですけど、死因は何だったんですか？」小野川が話を続ける。

「それがですねえ、詳しいことは関係者を当たっても聞こえてこないんですよね」

自殺は自殺……今泉が会った捜査関係者たちは、答えにもならない答えを、そんなふうに口にしていた。事実を隠しているというより、彼らも何かを摑み損ねていて戸惑っているような……そんな様子に見えた。

「どっかで死んで、何人かで運んで池に浮かべたんじゃないかっていう見方はされてるみたいです。薬物とか睡眠薬ではないし、〔落花の会〕が関係した心中は全部練炭《れんたん》なんですけど、練炭でもないようだって」

「一人で池に浮かんでそのまま死んだって可能性は？」

「あれは十月の夜だし、確かに寒くはあったんでしょうけど、池に浮かぶほどの厚着をしてて、そのまま死ねる保証はないですからね。〔落花の会〕を主宰してて、自殺がいかに未遂に終わりやすいかってことも、蓮美は知識として知ってるはずなんですよ。練炭心中をコーディネートするときも、場所とか密封性とかアドバイスも細かかったみたいですし」

「なるほど」

「それに、蓮美には活動をサポートする仲間がいたんですよね。〔落花の会〕の趣旨に賛同してとか、自分自身に自殺願望を抱いてとかで、サイトに集まった人……いわゆる会員の中で、実際に彼女と会ってた人たちが……。ネット上とかメールを介してだけ彼女と交流があった人を〝信者〟って呼んで、生の蓮美と何度も会ってた人を〝幹部〟って呼んでるんですけど、その幹部が、彼女を遺言通りあんなふうに演出したんじゃないかって見られてるんですよ。池の奥のほうに湧水が流れ込む浅瀬があるんですけど、そこに複数の足跡があったらしいんです。蓮美はそこに浮かべられて、こっちまでゆっくり流れてきたんじゃないかって思います」

今泉は橋の上から池の奥へと目をやる。池のほとりに花壇があるあたりまでは護岸も行き届いているが、その奥になると、ほとんど自然に任されている。右手のほうには葦の濃い湿地帯が広がっている。左手は樹齢を誇る巨木が点在し、その向こうには多摩沢大学の敷地となる本格的な森が控えている。

「信者とか幹部とか、どっかの新興宗教みたいだな」小野川が笑う。

「いや、本当、一種の宗教なんだと思うんですよ。蓮美が教祖の」

「教祖か……」小野川が唸る。「僕が見た木ノ瀬蓮美は、特にそんなカリスマ性は感じられなかったですけどねえ。お人形みたいな繊細な美しさがあるだけで」

「そこはネットの魔力なのかもしれませんね」今泉は応える。「サイトの運営と書き込みだけで会を作っていくっていうやり方がうまく作用してたんじゃないんですかね。〔落花の会〕が一種の宗教だと言っても、基本的には静かに死んでいこうとする人たちの集まりですからね。カリスマ的であるよりも癒し系であることのほうが大事だったんでしょうし……集団自殺をコーディネートするときは、メンバーそろえてロケハンして、練炭用意して、最後の晩餐まで開いて、さあみなさん穏やかに逝きましょうって立ち会いまでしてあげてるんですからね。請われれば北海道までも行ってたみたいですし」

「至れり尽くせりだなぁ。木ノ瀬蓮美がそこまでしてくれるんだったら、俺も死んでもいいな」小野川が、どこまで冗談か分からないように、真顔でそんなことを言った。

「実家が金持ちだったんですかね。蓮美自身は働いてなかったんでしょ?」

「実家は長野ですけど、普通のサラリーマンです……ていうか、両親は離婚してて、蓮美は母親と暮らしてたんですけど、十八くらいのときにその母親が死んじゃったんですよね。父親はもう再婚してて、離婚以後、蓮美と会ったことはないらしいです。蓮美が活動できたのは、自殺する会員からの寄付があったからみたいです」

「お布施みたいなもんか……なるほどねえ」

小野川は感心するように言って、しばらく暗い色の池に見入っていた。それから、

「さあ」と顔を上げた。

「行きますか」

今泉は静かな夕暮れの景色から目を離し、小野川の背中を追った。

6

「そもそも今泉さんがネット心中なんかの問題を調べるようになったのは、木ノ瀬蓮美の事件がきっかけだったんですか？」

中華料理屋の一番奥のテーブル席で、グラスのビールを一気に空けた小野川は、自分の手でビールを注ぎ足しながら、そんな問いを投げかけてきた。

「いえ、もともとは、〔落花の会〕とは違うネット心中から興味を持ったんです……」

〔落花の会〕の事件は今泉もリアルタイムで知っていたが、当時は普通に新聞記者をやっていて、仕事漬けの毎日だった。経済部にいる身としては、縁遠い出来事でしかなかった。

しかし、そのうち身体を壊してしまい、働く気力もなくしたことで、今から三年くらい前に会社を辞めたのだった。

それからしばらくして、今泉の実家がある栃木で男女三人のレンタカーと練炭を使った心中があった。その中の一人がちょうど今泉と同じ歳だった。精神的にも不安定な時期だったこともあり、今泉には何だかそれがとてもショックだった。

「……最初は、私の同級生じゃないよなぁとか思いながら、そうじゃないって分かってからも、どんな人生送って、そうなったんだろって考えるようになって、ネットでそれ関係の話を拾ってみたり、田舎に帰って、その現場に足を運んでみたりってことをやってたんです」

「それで、ネット心中自体に興味を持つようになった……？」

「そう……」今泉は自分のグラスに浮かぶビールの泡をぼんやり見つめながら話す。

「私、会社を辞めてからは、ほとんど引きこもりみたいな生活だったんですよね。もう眠れないし食欲ないし吐き気はあるしで……バリバリ働いてたのが、がらっと生活変わっちゃって、これからどうなるんだろうって思ってたんですよ。でも、調べることとか書くことはずっと好きだったし、ペン一本で食べていくのが夢だったんで、それは捨てたくないなって思ったときに、自分が追っかけるテーマとして今一番近いとこにあるのはこれだなって気づいたんです」

「なるほど……じゃあ、今泉さんの中には、引きこもった当時に、自殺願望みたいなものもあったわけですね」

「え……？」

今泉は絶句し、ほとんど決めつけるように言った小野川を見返した。

「小野川さん……」待居が呆れるようにして首を振った。「別に、彼女はそんなふうに言ってないじゃないですか。あなたは自分の思い込みで、相手に破滅願望があるだの自殺願望があるだのと決めつける……いくら何でも褒められたことじゃないですよ」

「いえ……」

今泉は戸惑いながらも待居を制した。

「ごめんなさい……ちょっとびっくりして……」

そう言って気を落ち着けるような間を置いてから、今泉は言葉を続けた。

「その通り……正直に言うと、私にも自殺願望がありました」

自著のあとがきにすら書いていなかったことだったが、あえて問われている以上は、打ち明けるべきだろうと思った。

「そりゃそうでしょ」小野川は平然とその言葉を受け止めた。「多少なりともそういうのがないと、興味だって続きませんよ」

「だからって、リストカットしたとか自殺サイト見て回ったとか、そういうのじゃないんですけど……その前に、付き合ってた彼が自殺しちゃったんですよ」

「え……？」さすがに小野川も表情を曇らせた。

「ネット広告の営業をやってたんですけど、入社三年目くらいに上司が代わって、売り上げ目標がきつくなったんです。残業が多くて、怒鳴られることも多くて、ノイローゼになってたんです。たまに会うと、すごい虚《うつ》ろな顔してて、ため息ばっかりついてるんです。でも私は彼がどれだけつらいか分かってなくて、やっぱり男の人には仕事をバリバリこなしてほしいし、彼はできる人だって思ってたから、励ますようなことしか言わなかったんですよね。そしたらだんだん会うこともできなくなって、もう別れるしかないかななんて勝手に思ってるときに、あっけなく、自殺したっていう知らせが入って……」

「自殺するくらいなら、会社辞めればいいのに」小野川がぽつりと言う。

「私もそう思いました」今泉は静かに応える。「でも、本人にはそれができないんですよ。始終、自分が試されてて、それに負けてしまえば、この先何をやってもその敗北感が付いて回る……そんな恐怖が背後にあって、前に進むしかなかったんです。辞めるとしたら、人生そのものを辞めるしか選択肢がない心理状態だったんです」

「なるほどね……」

小野川の相槌に、今泉は首を振る。

「けど、そういうのも、あとからそうだったんだろうなって思うだけで……空しいですよね。彼の自殺自体ショックだったし、その悩みの深刻さに気づいてあげられなかったのもショックでしたけど、私自身の存在も何なんだろうって考えさせられました。恋人とかって、その存在だけで相手を深い悩みから救えるくらいの力があるんじゃないかって思ってたんですけど、現実はそうじゃないんですよね。

それから二年くらいは、私もそのことを忘れようとして、仕事に没頭したんです。でも、それで逆に身体を壊すことになっちゃって……会社を辞めたときには、心身ともにボロボロになってました。油が切れたみたいに身体が言うこと聞かないし、生きる意欲みたいなものも湧いてこないんですよね。それと一緒に、彼の自殺があってから、死っていうものが自分にとって遠い世界の問題じゃなくなったような感覚もあったんです。怖さを感じなくなったっていうか、変な話、改めて考えると悪くない選択のような気さえしてきたこともあったんですよね。体調が悪いときは、死んだら楽になるのかなぁなんて考えたりとか、ネット心中の事件とかニュースで見ても、別世界の出来事じゃなくて何だかすごい身近なことに思えたりとかして」

「実際にそのときは、自殺系サイトを覗いたりはしなかったんですか？」

「そのときはしなかったんです。でも、なぜかって訊かれても、たまたまそうだったとしか答えようがないんですよね。私、死ぬのは本当に怖くなかったんです。でも、自殺願望を抱えた人たちの悲痛な叫びの中に飛び込むのは怖かったのかもしれません」

「あるいは、やっぱり、自分が自殺するってことには現実感が持てなかったとか……」

「それもあるかも」今泉は小野川の言葉に頷いた。「たぶん、病み切ってなかったんだと思うんです。死んだら親が悲しむだろうなとか、この先適当に生きてれば、何かいいことがなくはないだろうとか、まだそういうブレーキが働いてたんですね」

精神的にどんどん落ち込んでも、やがてはふっと反動で上がるときが来る。そのときに、こんなことばかり考えていては駄目だと思え、ちょっとずつ外に出て身体を動かすようになった。そうするうちに、体調が持ち直したこともあって、だんだん気分が軽くなってきた。

「何も答えが出てなくても、時間が経つと、少し気分が変わってくるんですよね。この前までは何を深刻に考えてたんだろうって……鬱病は誰でもかかる心の風邪だなんて言ったりしますけど、ああ、風邪が治ってきたって感じなんです。そうやって、何とか立ち直ってから、またしばらくして、ようやくネット心中なんかの事件に首を突っ込もうと考えるようになったんです」

「首を突っ込んでからは、自殺志望者に当たって、取材なんかもしたんですよね？」小野川が訊く。

「そうですね」

「そういう中で、そっちの世界にまた引きずり込まれそうになるってことはなかったんですか？」

「人の話を聞いてていうのはないですけど、取材の流れで富士の樹海に入ってみたんですよね」

「へえ……一人で？」

「一人です。すごい静かで、空気がひんやりとしてて……知らないうちに頭の中が空っぽになってて、樹海の中をひたすら奥に歩いてました。途中で我に返って引き返してきましたけど、あのときは明らかに死との距離が近かったような気がしましたね」

「へえ、普段は意識してなくても、そういう環境に身を委ねると、受容するような感覚が生まれるんですかね」

「彼の自殺が山の中だったんですよ」

「山の中？」

「奥多摩です。車が停まってたんで地元の人に発見されましたけど、そうでなかったら、いつまでも見つからないんじゃないかっていうような寂しいところなんです」

「へえ、じゃあ、それがあって……」

「ええ……樹海みたいなとこに入ると、何か普通の感覚じゃなくなっちゃうのは、そういうことも関係してるんだと思います」

「けっこう引きずってますねえ。気をつけたほうがいいですよ」小野川は軽い口調でそんなことを言った。

「自分では克服したと思ってるんですけどね」今泉は無理に笑って言う。「鬱とか自殺願望とか、自分にとっては魔物だったものを今じゃ飯のタネにしてるわけだから、我ながらたくましいなと思ってるくらいですし」

「そうそう」小野川は声のトーンを上げて、ビールグラスを掲げるように持った。「我々は書くことを見つけたら強いんですよ。どんだけ苦しくても寂しくてもね、書くことがあれば生きていけるってのが物書きですよ」

今泉は彼の言葉に深く頷いた。確かにその通りだなと思った。待居も無言ではあるが、小野川の今の言葉にはかすかに頷き気味の反応をしたように見えた。

「で、〔落花の会〕を調べてたときはどうでした?」小野川が訊く。

「向こうの世界に引きずり込まれそうになったかってことですか?」

「ええ」

「そうですね……自殺願望がぶり返すとか、そういう感覚はなかったんですけど、ああ、こういう考え方だったら自殺も怖くないかもな……こういうふうに段階を踏んでけば、この世に未練なくフェードアウトできるかもなって……そんな気にさせるものはありましたね」

「へえ……」小野川は餃子を口に放り込み、それを噛み下しながら口元に薄笑いを浮かべた。「確か〔落花の会〕ってのは、普通の自殺サイトとは趣が違うんですよね? ヒーリングの思想があるとか……」

「そうですね……たいていの自殺系サイトってのは、ブログや掲示板で自分の悩みとかトラウマとか自殺願望とか、そういうのを吐露したり、リストカットなんかの自傷写真をアップしたり、心中相手を募ったりってことに終始するんですよ。まあ、ネット心中が社会問題化してからは、あからさまに心中の相談してるようなサイトには削除要請がかかるようになって、サイト自体長続きしなくなってるんですけどね。そんな中でも人気のあるサイトっていうのは、管理人の書き込みやサイト運営に魅力があるところなんですよね。人生相談みたいなスタイルだとか、管理人の言葉が自分たちの代弁者のように共感できるとか、そういうのです。

〔落花の会〕は、言われるようにヒーリング的な優しさがあるんです。でも、癒されて立ち直るって方向じゃなくて、人生の幕を閉じる方向に誘《いざな》われるんです。リリーが提唱する落花っていうのは、自分の身の回りを徐々に整理していって、あるいは自分が生きた証をちゃんと残して、そして死んでいきましょうっていうことなんですよ。自殺する若者って、けっこう死んだあとの自分なんてのを気にしたりするんですよね。できるなら丸焦げになったり頭が割れて脳みそが飛び出したりってなふうじゃない形で死体になりたいと思うんですよ。だから比較的死に様の悪くない練炭自殺が好まれたりするわけです。前に私が取材した女子大生ですけど、ネット心中に応募したのにメンバーの都合で中止になったって話のとき、『せっかく下着まで新調したのに』なんて言い方をするんですよ。自殺するときは新しい下着を着けるから、ミスるたびに買わなきゃいけないって……」

「勝負下着みたいなもんっすね」小野川が茶々を入れるように言った。

「そう」今泉は頷く。「でも、そういう考え方は〔落花の会〕でもあるんですよ。散るときは一番お気に入りの服がいいよね、そのほうが穏やかな気持ちでいられるから……みたいな。というより、一事が万事、〔落花の会〕はそういうのなんです。落ちるための準備を提唱してるんです。自分の部屋はすっきり掃除しておきましょう。迷惑をかける人には手紙を残しておきましょう。仕事のやり残しは引き継ぎやすくしておきましょう……」

「もう死ぬんだって人にそんなこと言っても、そんなのどうでもいいよってことにならないんですか？」と小野川。

「もちろん、そういう人もいるでしょうね。でも、死ぬって決めたら開き直れて、それくらいはこなせるって人もいるんです。それに、そういうことをこなしてくうちに気持ちの整理もつくし、逆に自殺を考え直す機会にもなるっていうのがリリー……木ノ瀬蓮美の考えなんですよ。生きた証を残すのもそう。自分の写真を撮ったり、絵を描いたり、詩を書いたりってことの勧めなんですけど、実際、自分の写真を撮ってアルバムを作ってるうちに、自殺をするのを思いとどまったっていう会員もいたらしいです。そういう書き込みに、リリーは喜んでエールを送るんです。それが〈落花の会〉の一つのカラーになってるんですよね」

「なるほどねえ」

小野川はテーブルの料理を自分の小皿に取りながら、唸るような声を出した。今泉が語っている間に、注文した料理はそろってしまっている。

「何かすいません。私ばっかり話をして」

今泉はそう言って、自分の前にあるチンジャオロースーを小野川や待居の小皿に取り分けた。

「いやいや、その話を聞きたくて、お呼びしたんですから」

「でも、〈落花の会〉のカラーとか、私が話すまでもなく、ご存じなこともあるんですよね？」

「それはいいんですよ。まあ確かに、僕も待居さんもこの事件には人並み以上の興味を持ってますから、知ってることもあります。けど、それが本当かどうかも分かってないですからね。今泉さんみたいな人の話を改めて聞かないと」

「興味があるのは小野川さんで、僕は興味があるなんて一言も言ってませんよ」

待居が迷惑そうに口を挿むと、小野川は「はいはい」と笑い混じりにそれをいなした。

「でも、もう興味が出てきたでしょう？」

小野川はそう言って待居を横目で見てから、答えを待たずに今泉への質問を続けた。

「蓮美の少女時代なんかも調べたんですか？」

「一応、実家とか何人かの友人には当たりました」

「どんな少女だったんですか？」

「一言で言えば、優等生ですね。実家は長野って言いましたけど、小中学生の頃は地元のスーパー・チェーンに勤めてる父親の都合で転校を繰り返してたそうです。高校に入る頃には両親が離婚して、彼女は母親と松本に落ち着いたみたいで、松本の女子高に通ってます。生徒会の役員なんかもやってたって話です。でも、みんなを引っ張って目立つタイプではなくて、大人しいけど目配りが利いて信頼されるタイプの子だったって、同級生は言ってましたね」

「ふーん」小野川は少し面白くなさそうな顔をした。「問題児ではなかったんだ」

「でも、もしかしたら蓮美の人生に影響を与えたんじゃないかって出来事は、その頃にあったみたいなんですよね」

「へえ、どんな？」小野川は一転、興味深そうに眼を見開いた。

「生徒会の顧問の先生が自殺してるんですよ。三十歳くらいの男の先生で、生徒にも人気があったらしいです。で、校内では、その先生と蓮美が付き合ってたとか、蓮美がその先生の子を身ごもって中絶して問題になったあげく、彼が自殺したんだとか、そういう噂がまことしやかにささやかれてたようです。蓮美も会の関係者とのやり取りで、昔、自分が好きだった人が自殺したことや中絶経験があることを話してたみたいですから、たぶん事実なんだろうと思います」

「やっぱり、そういう過去があるんだぁ」小野川は妙に感心するような口調で独り言を吐いた。

「それもその先生、川に身投げしたんですけど、救助が早くて死に切れずに、二週間くらい植物状態で病院に入ってたらしいんです。で、噂の噂みたいな話によると、その先生が死んだのは人工呼吸器の管が外れたまま放置されたっていう事故があったからで、その直前には蓮美らしき少女が見舞いに来てたとか……」

「へえ……でも、それが本当だとすると、その後の蓮美の活動につながる部分がありますよね。不完全自殺のあげく植物状態になってしまった先生を見て、彼女はやり切れなくなった……まだその先生が好きだったんじゃないのかな。どちらにしろ、そんな噂が広まるようになったら、地元には居づらくなるでしょうね」

「上京したのは、高校卒業後、母親を亡くしてからですね。東京では最初、立川に二年ほど住んでて医療系の専門学校に通ってましたけど、そのあと多摩沢に移ってきてます。専門学校を出たあとはフリーター生活ですね。特に親しい友人はいなかったようです。〈落花の会〉を主宰したのは二十五、六歳の頃ですけど、そのちょっと前に、ネット心中事件がぽつぽつ起こって、マスコミにも取り上げられたんですね。それで自殺系サイトに対するプロバイダーなんかの監視の目が強くなってて、〈落花の会〉みたいな後発組は一見それとは分からないようなヒーリングサイトとして運営されてたりするわけです」

「僕が今でも残念に思うのは、そのサイトが動いてるときに見れなかったことですよねえ」小野川が言う。「僕が見たときは、さっきの木ノ瀬蓮美のラストメッセージが出てるトップページだけで、あとはもう閉まってましたからね」

「私もネット上ではそれだけですよ。掲示板なんかで見たことがあるのは、会の関係者が個人的に保存してたのを読ませてもらった分だけですし」

「へえ……その関係者っていうのは？」小野川が眉を上げて訊いた。

「元幹部です。パンジーさんっていう看護師やってた二十代の女性で、サイトの初期の頃に掲示板で蓮美と知り合って、一時はルームシェアして一緒に住みながらサイト運営を手伝ってたらしいです。結局、半年くらいで、〈落花の会〉からは抜けたようですけどね」

「脱会ですか……それはどうして？」

「自殺願望が解けたからって言ってました。転んだって」

「転んだ？」

「自殺教から宗旨替えしたってことですよ」

「ああ、なるほどね……てか、内部の人間も宗教チックな捉え方してんですね」小野川はおかしそうに言った。

「でも、パンジーさんも結局は自殺しちゃったんですよね」

今泉は自分で言いながら、ため息をついていた。

「脱会したあとは蓮美とも離れて生活してたから会のことは分からないって言ってたんですけど、やっぱりその後もサイトをちょくちょく覗いたり蓮美と連絡取ったりはしてたみたいで、いろいろ知ってる人だったんです。本を書くときに一回取材して……そのときは立ち直ったようなこと言ってたのに、三カ月後にもう一度話を聞こうとしたら、お母さんが出て……」

「また転んじゃったんだ……」小野川が顔をしかめた。

今泉は頷いたあと、無意識に目を伏せていた。

「この仕事をやってて参るのは、取材で肉声を聞いてその人生を語ってくれた人が、あっけなく命を絶っていくってとこなんですよね。私が取材した中で、分かってるだけでも四人は死んでるんですよ」

「その人……パンジーさんの自殺する動機は何だったんですか？」

「看護師やってるときに、注射の針刺し事故で肝炎に感染しちゃったらしいんです。それがきっかけで、付き合ってたドクターの彼氏ともうまく行かなくなって、ノイローゼ気味になってしまった……みたいな流れです」

「可哀想だねえ……一度は立ち直っても、また揺り戻しが来たのかな」

「可哀想ですよ。私が会ったときはお喋り好きな普通の人だったんですけどね……自殺なんか似合わなそうな」

かつては同じように自殺を意識しながら、彼女は死を選び、自分はこうして生きている。その違いは何だったのか。悩みの深さか、タイミングか、死への距離感か……今泉は折に触れ自問自答してはみたが、いまだ答えの出る問題ではなかった。

「〈落花の会〉関係で自殺したのは何人くらいいるんですか？」小野川が訊く。

「判明してるのは、一年半で心中が六件、単身が二件の二十七人です。蓮美やパンジーさんなんかの件は除いてですけど」

「それだけでもすごいけど、判明してないのもありそうなんですか？」

「単純にサイトを見てるだけの人にも影響を与えてるだろうし、そういう意味では、あると思います。蓮美がコーディネートしたのは、パンジーさんとのメールのやり取りから察するに、その八件だと思います。あと、幹部なんかはみんな、蓮美の後追いをしちゃってるのかもしれませんけど」

「幹部がどういう人間かってことは摑めてるんですか？」

「一人、蓮美が死んだあとに青酸カリで自殺した女性がいて、それがローズと名乗ってた幹部らしいってことは分かってるんです。部屋にバラの花をまいてたっていう話です。あとはちょっと……たぶん、警察も摑めてないと思います。蓮美もそういう証拠めいたものは残してないんですよね。携帯なんかも自分名義じゃないのをいくつか使い分けてたみたいですし……ちゃんと落ちる前に整理しちゃってるんですよ。蓮美に一番近いところにいた男とか、存在としては分かってるんですよ。でも消息不明なんです」

「男……彼氏ですか？」

「うーん、どうなんでしょうね……パンジーさんも、会ったことはないらしいです。パンジーさんが脱会してから蓮美と知り合った人みたいです。パンジーさんは、リリーには彼氏はいなかったと思うって言ってますけど、ほかの自殺系サイトの主宰者でリリーと交流があった人の中には、リリーは幹部と付き合ってたなんて事情通っぽく言う人もいます。でも、幹部が彼氏だったら、蓮美の自殺を止めたんじゃないかって気もするんですけどね」

「そこは男のほうも、心中を覚悟してたのかもしれませんよ」小野川が言った。「その男がどこかで後追いしてるなら……ある意味、時間差で心中したってことになりますからね」

「心中ですか……」

「心中ですよ。蓮美と一番近かった男の心中……美鶴と啓次郎の心中に通じますよ」

「え？　美鶴と啓次郎は心中しちゃうんですか？」今泉が訊く。

「映画ではそうしようと思ってるんですよ」小野川はほくそ笑むような表情をして言った。「あの二人は心中するべきなんですよ。僕はこの前、それを待居さんに一生懸命語ったんです。それで待居さんには理解してもらったんですけどね」

彼はいたずらっぽく笑い、どう見てもその言葉通りには取っていなさそうな表情の待居を見ている。

「そうなんですか……」

どうやら、蓮美に惹かれて美鶴を彼女に重ねようとする小野川と、原作を守ろうとする待居が、そのあたりでせめぎ合っているらしい。

「でも、心中って現実的には難しいですよね。ネット心中でも、計画が成功するのってまれですから」

今泉は、自殺した恋人……大友彰《おおともあきら》のことを思い出していた。

自殺する前……そう一カ月ほど前だったか、今泉は疲れた表情の彼に、「死ぬことって怖い？」と何かの話の流れで訊かれたことがあった。

「そりゃ怖いよ。考えたくもない」

今泉は笑ってそう答えた。彼は「そうだよな」と言ったあとは黙り込んでしまい、今泉は辛気くさくなった空気を嫌って話題を変えた。そこにどれだけの切実さがあるかなど考えもしなかった。

あのときの彼は、何が言いたかったのだろう……今泉は時折考える。

「別に怖くないよ。誰でもいつかは死ぬんだし」

もし自分がそんなふうに答えていたら……。

「一緒に死のうか？」

彼はそんな言葉を投げかけてきたのではないだろうか。

もちろん、あのとき、彰に心中を持ちかけられていたとしても、今泉は取り合わなかっただろう。そんな願望は心のどこを探してもなかった。

しかし、彼の死後、心が病んで明確に死というものを身近に感じていた頃の自分だったら、おそらく受けていただろうとも思う。

「一緒に死のうか？」

たとえ自分が断ったとしても、言葉だけでも言ってほしかったと考えたときもあった。その言葉さえ聞いていれば、後追いできたかもしれない。だが、現実には、彼はそれを言わなかった。自分を捨てて、彼は一人でこの世を去ってしまった形になっている。そこで自分が死を選んでも、二人の死はつながらないと今泉は思う。

心中は難しい。

「もちろん、それぞれの葛藤を乗り越えて死に向かうわけですから、難しいことは分かってますよ」小野川は言う。「でも、そこを何とかしたいんですよね。だから、それにはね、木ノ瀬蓮美と謎の男について、もうちょっと輪郭を摑みたいんですよ」

「その二人を『凍て鶴』の二人に投影するんですか？」

「簡単に言えば、そういうことです」小野川はあっさりと言った。「というのもね、実は僕、蓮美を町中で何回か見たことがあるって待居さんにはこの前話したんですけど、男と一緒にいるところも見たことがあるんですよ」

「へえ……」

今泉が素直に、興味をそそられた反応をしてみせると、小野川はそれに満足するように不敵な笑みを浮かべ、それから一転、もったいつけるようにかぶりを振った。

「いや、そんなまじまじと見たわけじゃないですけどね……スーパーで一緒に買い物してましたよ。その頃はもちろん、木ノ瀬蓮美だとも〔落花の会〕のリリーだとも知ってるわけじゃなくて、この町でたまに見かける色白できれいな子っていうだけの認識でしたけどね。で、スーパーで横顔見かけて、あの子だって思ったところに男が寄り添ってて、何だよ、彼氏いるのかよなんて、勝手にがっくりしてましたよ」

「どんな男だったんですか？」

蓮美のマンションを当たっても、希薄な隣人関係が当たり前のこの世の中、彼女が私生活でどんな人間と付き合っていたかということは、まったく見えてこなかった。だからこそ、今泉は単純に興味があった。

「そんなしっかりは見てないんですけどね……落ち着いた感じの男だった気がしましたね。蓮美よりは年上で、体育会系というよりは文化系の男ですよ。痩せ型の渋い感じで、タイプ的には、待居さんみたいな」

小野川はそう言って、流し目を待居に向けた。待居はぎょっとしたように、小野川を見返している。

小野川は鼻から忍び笑いを洩らした。

「へえ、待居さんみたいな人だったんだ」

今泉は半分冗談だと受け取って、くすくす笑いながら二人を見た。待居はまったく笑っておらず、そこに危うい雰囲気を感じないでもなかったが、気まずさを呼び込むよりは、小野川の流れに悪乗りしてしまえと思った。

「じゃあ、今んとこの美鶴と啓次郎のイメージモデルは、蓮美と待居さんですね」

「あんまりいい気はしませんね」待居が低い声を絞り出すようにして言った。

「すいません……」今泉は口元を強張らせ、首を小さくすくめた。

「いえ、今泉さんに言ってるんじゃなく……」待居は言いながら、小野川の胸元あたりに視線を振った。

「いや、僕は単に記憶の中の印象を言ってるだけですよ」

小野川は軽い口調でそう言って、何かをごまかすようにビールの追加を注文した。

「まあ、白状するとね……」彼は店員が持ってきたビールを待居のグラスに注ぎながら、話を再開した。「『凍て鶴』の啓次郎は、とりあえず僕の中では待居さんのイメージですよ。待居さん自身も、啓次郎に自分のどこかを投影してることには違いないでしょうし、現にこうやって待居さんのお顔を拝見しちゃったからには、それはしょうがないんですよ。

でもまあ、それだけでは僕としても芸がないんでね、似て非なる何かを追ってるっていうことですよ。蓮美とその男に、その何かがありそうなわけです」

「だからって、僕とその男を結びつけるのはおかしいでしょう」待居は語気を強めて言った。「僕のイメージが先にあって、木ノ瀬蓮美と一緒にいた男にそれをかぶせてしまってるんだ……あなた特有の思い込みでね」

「いや、そうじゃないんだなぁ」小野川は苦笑する。「思い出してくとね、蓮美の隣にいた男ってのは、やっぱり待居さんみたいなタイプなんですよ。そう言えばみたいな感覚が僕の中ではあるんですよねえ」

待居は無表情のまま、鼻で笑って首を振った。「それはいったい、何年前のことの記憶なんですか？」

「まあ、蓮美が自殺で騒がれる二、三カ月前ですよね」

「四年も前ですよね。そんな頃の記憶と、この前会ったばかりの僕とのイメージが結びつくわけですか？」

「いけませんか？」小野川は人を食ったように言った。

「別にいいとか悪いとか言ってるわけじゃない……いや、もちろんいい気はしません」

「どっちなんですか？」小野川は軽く吹き出した。「落ち着いてくださいよ」

　待居は憤慨したように息を吐いた。

「だいたい、作品の登場人物に作者を重ねるなんて、発想が貧困だとは思いませんか？　僕なんて人間的に面白い何かがあるわけじゃない。そんなところに役柄作りのヒントを探そうとしても、深みなんて出やしませんよ」

「だから、僕もそう言ってるじゃないですか。そこを打開するために、蓮美と一緒にいた男というものに目を付けてみたわけですよ」

「あなたはそこにも僕の影を持ってきてる。それじゃあ意味がないでしょう」

「そうは言ってませんよ。単にイメージとかタイプの話をしただけですから」小野川は笑って手を振り、今泉に首を傾げてみせた。「何か僕、悪いこと言ったかなぁ？　木ノ瀬蓮美みたいな美人と一緒にいたのが待居さんみたいなタイプの男の人だったって、そんな機嫌を損ねるような話じゃないですよねえ」

「そこに僕の名前を持ってくる意味が分からないからですよ」待居は不機嫌なままの声で言った。

今泉もさすがにバランスを取ったほうがいいような気がして、待居の顔色を見ながら口を挿むことにした。

「まあ、美人と一緒にいただけならまだしも、言ってみれば自殺サイト運営の幹部と目される男でもあるんですからね……そのへんで、たとえられると、あんまりいい気はしないのかも……」

「分かりましたよ」小野川が冗談ぽく両手を上げてみせた。「待居さんみたいなタイプっていうのは撤回しておきましょう。そんなことは重要じゃないですしね。僕はその男がどんな人間だったかっていうところに興味があるんですよ。そのへんの情報はないんですか？」

小野川に訊かれて、今泉は「うーん」と唸りながら、バッグからノートを取り出した。

幹部の実像は追えなかったが、パンジーの話と掲示板のログを打ち出した中から、この連中は幹部らしいとメモしていたくだりがあったはずだった。

「幹部も何人かいたみたいなんですよね……ハンドルネームで言うと、パイン、ローズ、コスモスっていうところが〔落花の会〕中期以降の幹部じゃないかと……」

「へえ……みんな植物系の名前なんだね」小野川はどうでもいいところに変に感心した

ように言った。

「まあ、そうしなきゃいけないって決まりもないんですけど、何となくそうなったみたいですよ。その幹部の中で、蓮美に一番近いところにいた男は、たぶんパインだと思います。掲示板の書き込みも多くてサイト上でも大きな存在でしたし、会の活動にも積極的みたいな話をパンジーさんも蓮美の口から聞いたことがあるって言ってましたし」

「パインか……会ってみたいねえ」小野川は腕を組んで遠い目をした。「恋人か側近か同志か……蓮美との関係は分かんないけど、何かしらの絆が彼女との間にあったわけだ。でも、お互いの遠くない未来には死しかなくて、実際に彼女は命を絶った。彼女のそばにいたパインの心の内には何があったのか……ぜひ訊いてみたいですね」

「でも、どこの誰だか調べる手立てがないんですよね。警察は摑んでるのかな……摑んでたとしても教えてくれないだろうし……」

「何かないですかね？」

「そうですね……」今泉は頬杖をつき、箸を意味もなくもてあそびながら考える。「まあ、死んでる可能性を考えても仕方ないから、生きてると仮定するなら、パインが今でもどっかの自殺系サイトを覗いてることを期待して、それ系の掲示板のいくつかに呼びかけてみるとかですかねえ」

〔落花の会〕のパインさん、これを見てたら連絡ください……そんな書き込みをしたところで、都合よく本人が連絡をくれるわけないよなと、今泉は自分のアイデアの稚拙さに失笑しかけた。

「それか、あれですよ……」小野川が今泉の話に乗っかるようにして、身を乗り出した。「『数年前にあった〔落花の会〕に興味があります。会に関わってた人の話を聞いてみたいです』みたいなのはどうですか？　パイン本人から反応があるかどうかは分かんないんだから、誰かほかの関係者捉まえて、そこからたどってもいいんじゃないかな？」そう言ってから、さらにそれを撤回するように話を続けた。「それか、この際、〔落花の会〕の諸々のことを蒸し返すような方向に持ってったほうがいいかも……『何年か前に〔落花の会〕ってのがあったよね』みたいな感じで切り出してけば、『私、リリーとメールし合ってたよ』とか、『心中に応募したけど行かなかった』とか、そういう反応が集まってくるかもしれない」

「なるほど」自分のアイデアがうまく転がされたそのやり方に、今泉は魅力を覚えた。「反応が期待できるかどうかは分かりませんけど、やりやすい手ではある気がしますね」

「本当ですか？」

「リリーのことは半分、伝説になってますから、その手の掲示板では今でもときどき名前が出てくるんですよ。『リリーは本当は殺された』とか、『木ノ瀬蓮美はリリーじゃなくて、本当のリリーは今も生きている』とかそういう陰謀説みたいなのも平気でささやかれたりしてますし……不自然ではないですよ」

「じゃあ、今泉さん、やってみてくださいよ」

小野川がそうけしかけるまでもなく、今泉はやってみたい気になっていた。

「私、〔落花の会〕のこと、いろいろ中途半端に済ませちゃってるなって、改めて思いました。蓮美の自殺前後のこととか、謎が多くて私も気になってたのに、ちょっと調べて分かんないから、しょうがないやってあきらめてました」

「じゃあ、ノンフィクションライターの血に期待しますよ」

小野川の言葉に、今泉は頷いた。

「血が騒いできました」

「楽しみですねえ」

小野川が待居に笑顔を向けた。

7

《831　よもぎさん
はじめまして。私は17歳の女子高生です。落花の会は未成年NGということですが、リリーさんや会員のみなさんに私のことを聞いてもらえたらと思ってカキコしました。
現在高校三年生。学校には毎日行ってますが、それは私が自分でも真面目すぎると思うほど真面目なためで、家族や周りもそう見てますし、いきなり今の生活からドロップアウトしたときの周りの反応を想像すると怖いからそれができないというだけのことです。
夏休みが明けてから一週間経っただけですが、もう気が重くていっぱいいっぱいです。
兄が地元の国立大に進んでることもあって、私もその大学に進むことを両親に期待されています。だけど、夏休みの間、私はほとんど受験勉強をしませんでした。最初はやろうと思ってたんですが、できなかったんです。私は自分が疲れてることに初めて気づきました。真面目な人間であることに疲れてて、これ以上無理をすることができないんです。
夏休みの間はほとんどネットばかり見てました。リスカをやると親に傷のことをいろいろ言われそうなので、今はスカーフを首に巻いて、気が遠くなる寸前まで自分で絞めたりしてます。それをやると気分が落ち着きます。》
《852 パインさん
はじめまして、よもぎさん。
>落花の会は未成年NGということですが、リリーさんや会員のみなさんに私のことを聞いてもらえたらと思ってカキコしました。

この掲示板まで未成年NGということではありませんよ。ただ、リリーさんもほかのメンバーも、未成年の方には落花思想は勧めないと思います。今は高校生という窮屈な所属に参っていたとしても、この先、いくらでも未来が開ける可能性があると思うからです。リストカットもネックチョークも一度覚えると麻薬みたいなもので癖になりますよね。ほどほどに。》

《８５３３　ローズさん
はじめまして、よもぎさん。
国立大しか進学を許されていないというのは、よもぎさんの思いこみにすぎないのでは。自分自身、無理していると分かっている以上、いつかは親をがっかりさせることになるのだから、大学のレベル程度のがっかりで済むならけっこうじゃないですか。がっかりさせてやれと思ってれば楽になるかもしれませんよ。》

《８５３４　リリーさん
はじめまして、よもぎさん。書き込みありがとうございます。
私も中・高校生の頃は優等生の殻をかぶってました。生徒会の役員とかもやってて、ある時期までは親や周りの大人から、よくできた子供だと思われていたと思います。でも、そのまま真っ直ぐな大人になるって、やっぱり無理なんですよね。
大人になるってことは、自分の意思を持つってことかもしれません。別に国立大に行かなくてもいいじゃないか……それも自分の意思。よもぎさんの悩みは、自分がそういう意思を持つ大人になることを両親らに受け入れてもらえるかどうか分からないという不安にあるんじゃないかと思います。

大事なことは、これから言動の一つ一つに自立を意識して、自分が大人になりつつあることを両親に気づかせることなんじゃないでしょうか。そこがクリアできれば、勉強のことは問題ではないと思いますよ。

大学生になる頃には、よもぎさんの不安も晴れてるような気がします。その頃にまだ今のような気分のままでしたら、またここを覗きに来てください。》

《12871　ひなげしさん
はじめまして、リリーさん。

今まで書き込みはしたことなかったんですが、三カ月くらい前からずっとROMしてて、気持ち的には会員になったつもりでいました。

同時に、三カ月前からずっと落花願望を抱えてました。で、一人きりではありますけど、今日ちょうど三十歳の誕生日でもあり、区切りのいいところで気持ちの整理をつけ、落花しようと決意しました。

このサイトのおかげで、心はとても穏やかです。今までいろいろありがとうございまし

た。》
《12872　アマリリスさん
お一人様ですか。勇気ありますね。羨ましいです。
ひなげしさんに神の祝福を。》
《12873　ダンデライオンさん
ひなげしさんに神の祝福を。》
《12874　コスモスさん
ひなげしさん、はじめまして。
提案ですが、落花の前にリリーさんとコンタクトを取ってみてはいかがですか？
別にひなげしさんを翻意させようと思って言っているわけではありません。リリーさんもそういう話はしないでしょう。ただ、ひなげしさんが会員のつもりで落花しようとされているなら、最初で最後、彼女とコンタクトされることをお勧めします。》
《12875　ひなげしさん
アマリリスさん、ダンデライオンさん、ありがとうございます。コスモスさんも……いつも書き込み読ませてもらってました。
＞提案ですが、落花の前にリリーさんとコンタクトを取ってみてはいかがですか？
可能ならばぜひ。でも方法が……？？》

《12876　パインさん
はじめまして、ひなげしさん。
今、リリーさんを呼び出してますが、携帯使いづらいところにいるらしいので、もうちょっと時間ください。》
《12877　ひなげしさん
パインさんまで……光栄です。ありがとうございます。本当に涙が出そうです。》
《12878　リリーさん
はじめまして、ひなげしさん。
とりあえず携帯からです。
ぜひ、お話をさせてください。
「リリーのひとりごと」にある「ご意見箱」をクリックして、フォームにひなげしさんの携帯番号とメアドを入れて送っておいてください。》
《12939　けんさん
ここはどこの新興宗教が母体ですか？》
《12940　パインさん
冷やかしと取られるような書き込みは削除対象になりますから気をつけてください。

ここはどこの宗教とも関係ありませんよ。》

今泉はベッドの下あたりに埋もれていたA４紙の束を枕元に広げ、ベッドに横になりながらそれらを読み返していた。以前、パンジーにコピーしてもらった〔落花の会〕の掲示板のやり取りの一部だ。

本を書くために読んでいたときはリリーの書き込みばかりに注目していたが、こうやって久しぶりに目を通すと、前はあまり気に留めなかった、興味深い会の様子が見えてくる。

掲示板の上で幹部や書き込みの常連たちとリリーがチャットのようにレスポンスを重ねることは滅多にない。彼らは話したいことがあれば携帯などのツールで個別にやり取りしていたと見られる。

初顔が掲示板に現れた場合、リリーはすぐには出てこない。露払いのように幹部たちがレスポンスをし、満を持してリリーが登場するという具合だ。印象としては、幹部たちがこの掲示板を管理し、流れをコントロールしているように見える。

その中でも、パインの存在は大きい。掲示板のやり取りからも、彼が会の中でもっとも積極的に参加しているのが分かる。

木ノ瀬蓮美の死後、彼はどうなったのだろうか？

今泉がコンタクトを取れた中で一番蓮美と親しかったのはパンジーだが、彼女はパインのことをほとんど知らないようだった。

パインの書き込みを拾ってみると、彼の身の上をさらしているような話も出てくる。

《9387　パインさん
実家からけっこう近いところに割と有名な自殺の名所があるんですよね。でも、実際行ってみても、私的には負のエネルギーを感じなくて、そこで散りたいとは思わないですね。中学校のときの嫌な先輩がそこでやってて、そいつの後追いになっちゃうってのもありますし。》

《9488　パインさん
＞頭痛の種って何ですか？
借金が少々ありまして（笑）。子供の頃、雪だるまを作るのは好きだったけど、雪だるま式に増えるのは嫌ですね（笑）。とりあえずは上手く転がればチャラになるようなのを画策してますが……それが駄目なら大人しく落花かな。》

《9519　パインさん
私の頃はもう就職氷河期だったんで、最初からあきらめてましたよ。まあ、東京にいれば何だかんだ言っても食えるからいいやってのがありました。》

パインは自殺の名所が近くにあるような、ほの暗さを伴った環境で育ち、おそらく大学進学を機に東京で独り暮らしを始めたのだろう。就職氷河期というのは今泉の頃もそうだったから、年齢的には近いのかもしれない。

時代的な不運に泣かされながら人生設計がうまく描けなかった彼は、気づけば借金を抱えていて、だんだん将来を悲観するようになり、吸い寄せられるように〔落花の会〕の活動に引き込まれていった……のか。

《956　パインさん
樹海って一度入ったら本当に出られなくなるんですかね。私は基本的にああいう静かな森の中みたいな雰囲気が好きなんで、ちょっと憧れる気持ちもありますね。》

もしパインが蓮美の後追いをしているとするなら、樹海に消えてしまっているのだろうか。

《1016　チューリップさん
私も前のバイト先で店長からのセクハラがありました。なかなか抗議できないんですよ

ね、性格的に。パインさんなんかはっきりした性格っぽいけど、こういう悩みはないんですかね?》
《10617　かすみ草さん
チューリップさん、パインさんは男性ですよ。オフ会でお見かけしましたが、りりしいイケメン紳士さんです。》
《10618　チューリップさん
そうなんですか。ごめんなさい。すっかり思い違いしてました(笑)。》
《10619　パインさん
かすみ草さん。イケメンはやめてください(笑)。そんな紳士でもないですし(笑)。ほかの掲示板では、違うHNでけっこう言いたいこと言ってます。ここはやっぱり、リリーさんの手前ということで……。
チューリップさん。気にしないでください。落花の会は女性率高いですけど、男性もいます。ハナミズキさんやヒバさんなんかも男性ですからね。》
もしパインが蓮美の後追いをしていないとするなら、今でも違うハンドルネームでほかの自殺系サイトなどに出入りしている可能性はある……か。
今泉はテーブルの前に座ってノートパソコンを開いた。ネットにつなげて、『誰かと死にたい症候群』を書いていた頃によく見ていた自殺系サイトのいくつかを当たってみた。当時、掲示板がけっこう賑わっていた記憶があるところでも、今はもうあっさりと閉鎖されていたりする。

どちらにしろ、複数の掲示板に似たような書き込みをすれば、すぐにばれて意図を怪しまれることになるので、今泉はとりあえずのところ、一つの掲示板に絞ることにした。期待するような反応がなければ、数日置いてほかのサイトに手を広げればいい。

〔うつ〜じんの逆襲〕というサイトが今でも動いている。本を書いていたときに一度、管理者に取材を申し込んだが、管理者は関西住まいの上に普通に会社勤めをしていて都合が合わず、会うことはできなかった。しかし、電話で話した感じでは人当たりのいい男性で、掲示板も変に荒れることなく和やかに運営されている。自殺系と言われる中では比較的マイルドな雰囲気があり、覗きやすいサイトだ。

今泉はそこの掲示板に、サトイモというハンドルネームで書き込みをしてみた。

《はじめまして。A型なのに部屋の片付けもできないうつ〜じん♀age29でございます。30歳を意識するようになって、何か急にうつ〜な気分になってしまって、なかなか抜け出せないです。将来への漠然とした不安というか……。

何年か前にもうつ〜になってしまったんですが、そのときは「落花の会」というところにお邪魔してるうちに回復しました。それを思い出して覗いてみたんですが、あそこはもう閉じられてるみたいですね。リリーさんとか優しくて、いいサイトだったのに残念です。

何か人寂しい気分だけで書き込みしてしまってすいません。》

8

《2152　ブルドッグさん
サトイモさん、はじめまして。
落花の会って懐かしいですね。リリーさんのその後のことはご存じですよね？　もし知らないでカキコしてるなら、そのへんの事情はググッてみてください。》
《2153　サトイモさん
ブルドッグさん、はじめまして。
リリーさんのことはもちろん知ってます。当時はニュースでも取り上げられてましたからね。
サイトはどなたか幹部の人が続けられてるかなって思ってましたけど……。
リリーさんには一度会ってみたかった。残念です。》

《22154　管理人さん
サトイモさん、はじめまして。管理人のうつ～じん1号です。
ここは以前、落花の会ともリンクし合ってて、その関係でリリーさんとも何度かメール
のやり取りをさせていただきました。
リリーさんの行いには私もいろいろ考えさせられました。彼女が、頼ってこられた方を
苦しみから一生懸命解放しようとしていたのは事実だと思います。
私は良くも悪くも彼女のようなことはできませんが、少しでも居心地のいいサイトを運
営したいなと思っています。》
《22155　サトイモさん
うつ～じん1号さん、はじめまして。こういうとこのカキコは久しぶりで、レスがある
のが嬉しいです。ちょっと気分が晴れてきました。
リリーさんは落花したあとにマスコミから魔女みたいな言われ方をしたりして、何だか
可哀想でした。彼女を支えてた幹部の人たちはあれからどうしちゃったんでしょう
ね。》
《22156　管理人さん
リリーさんは、叩いた人もいる一方で、称えた人もちゃんといましたよ。
幹部の人が消えてしまったのは、たぶん、リリーさんがそう望んだんだと思います。サ

イトも彼女自身が閉鎖していったわけですし。
どうしても帮助の問題が付いて回るから、彼女は仲間を守りたかったんでしょうね。》
《22157　エルニーニョさん
まあでも、その人たちも、もう生きてないでしょうね。》
《22158　エルニーニョさん
別に悪気があって言ってるわけでなく、そういうもんだと思います。誤解なきよう。》
《22159　シュガーレスさん
サトイモさん、はじめまして、ですかね。
リリーさん、懐かしいです。私も落花の会が活動してたころ、ちょくちょくお邪魔してました。
リリーさんに会ったこともあるんですよ。マスコミで言われてるような人じゃなくて、本当に優しくていい人でした。》
《22160　サトイモさん
エルニーニョさんは達観してらっしゃいますね。でも正直なところ、私も幹部の方々は後追いしてるのかもなと思ったりもしてます。
シュガーレスさんはリリーさんと会ったことがあるんですか。すごい。オフ会みたいなところで会ったんですかね？》

《22161　シュガーレスさん
＞オフ会みたいなところで会ったんですかね？　リリーさんともお会いしました。落花しようとしたんです。それで顔合わせに出て、花自体は直前でキャンセルしちゃいましたけどね。》
《22162　サトイモさん
そうなんですか～。それはそれで貴重な体験ですね。リリーさんとどんな話をしたんですか？　知りたいです。》
《22163　エルニーニョさん
盛り上がっているところ申し訳ないですが、ここは落花の会の掲示板ではありませんよ。》
《22164　サトイモさん
申し訳ありません（＞＿＜）。柄にもなくテンション上がって調子に乗っちゃいました。》
《22165　管理人さん
構いませんよ。ここで何を話すかは自由ですし、今は深刻な話題もないですから。》
《22166　サトイモさん
ありがとうございます。とりあえず、エルニーニョさんのご指摘ももっともだと思うので、自重します。

ですが……シュガーレスさん、もうちょっとリリーさんのこととかお話ししたいです。

もしシュガーレスさんさえよろしければ、フリーアドレス出しておきますんで……。》

〔うつ～じんの逆襲〕の掲示板で知り合ったシュガーレスとはフリーメールで何度かやり取りをし、〔落花の会〕の話題を交えながら、お互いの身の上を打ち明けるところまで話が進んだ。シュガーレスは山崎淑美《やまざきよしみ》という名前で、町田で独り暮らしをしていて、不眠症から体調が悪く、引きこもりがちで、たまにリストカットなどをしている女性であることなどがメールを通して分かった。

今泉は過去の自分の自殺願望や今のライターの仕事などを小出しにしながら、機会を窺って、一度〔落花の会〕の話を詳しく聞きたいと申し出るつもりだった。

それと並行して、今泉は多摩沢の図書館に行き、四年前の木ノ瀬蓮美の自殺後からの新聞の縮刷版を広げて、自殺や変死などのベタ記事を拾い集める作業を始めた。

本を執筆していたときは、〔落花の会〕は蓮美一人ばかりに目が行っていて、幹部がその後どうなったかということには興味が向かなかった。もちろん、幹部の消息が分かれば蓮美のことについても聞けるわけだから、一応調べてはみたのだが、サイトは閉鎖、警察の口は堅い、頼みのパンジーも詳しくは分からないということで、正直なところお手上げだった。

しかし、改めて考えてみると、〔落花の会〕の幹部がその後どうなったかということは、なかなかそそられる謎である。

どこかで何事もなかったかのように生活しているというのが現実かもしれないが、物議をかもした自殺系サイトに集っていた者たちであるから、その後も何がしかの波乱を起こしている可能性もある。〔うつ～じんの逆襲〕の掲示板で指摘されていたように、もうこの世にはいないことも大いに考えられる……。

というわけで、今泉は大手新聞の社会欄や多摩版を当たり、自殺などの記事を拾ってみることにしたのだった。

・男子中学生、自室で遺体　いじめ苦に自殺か？　遺書見つかる
・会社社長無理心中　資金繰り厳しく　母子死亡、本人は重傷
・アパートで遺体発見　独居男性身寄りなく　死後数日　病死の疑い
・多摩沢で火事　民家全焼　要介護の女性逃げられず

見出しを追い、記事の内容にざっと目を通すが、ぴんとくるものはない。

〔落花の会〕の幹部の中でもローズは蓮美の死後十日ほどで後追いしているが、かといって、ほかの幹部たちも同じように一週間や二週間でこの世を去っているわけではないだろうという読みを、今泉は持っていた。多摩沢池に幻想的に浮かぶという蓮美の最期の演出を施した彼らだけに、それが伝説と化してネット社会に刻み込まれるまで、陰でそれに一役買うことを自らに課していたのではないかと考えるのだ。蓮美を魔女扱いするような声がネットで飛び交えば、それに対する反論などもしていたのではないかと思う。

蓮美の死から二カ月後くらいになると、気をつけて見る必要がある。しかも年末だから、自殺の記事もちょくちょく目立つ。

・自宅風呂場で練炭　中年男性、病気を苦に自殺か

男というだけでパインを意識してしまうが、記事を見ると、五十代と出ている。病気を苦にしてというところも含め、パインとは人物像が違い過ぎる。

・多摩川で男性水死体　自殺と事故、両面から捜査

水死体は身元不明で推定年齢三十代から四十代。これだけでは何も分からないが、一応メモだけ残しておくか……。

・塾講師、飛び降り死　生徒の成績伸びず悩む

八王子の進学塾の女性講師。二十八歳。なかなか真面目で熱心な先生だったということだ。生徒の成績不振により一部の親からクレームなどがあったらしいが、それだけが理由と決めつけられる状況でもなさそうだ。男性ではないが、これもメモしておこう。

・浴室から女性の遺体　年賀状に「ありがとう」

これも浴室での練炭自殺らしい。発見されたのは正月で、大晦日に自殺したと見られている。この部屋に住む女性から年賀状を受け取った友人が、自殺をほのめかす内容に心配して訪ねたところ、遺体を発見したという。女性の自殺ということだが、年賀状を友達に送るというやり方が〈落花の会〉っぽいと言えなくもない。一応これもメモを残しておく。

・住宅街で異臭騒ぎ　男性一人死亡　農薬による自殺か

調布のアパートで三十代の男が農薬を飲んで自殺したらしい。会社の同僚と金銭トラブルがあったとの話が出てきているようだ。どことなくパイン的なものを感じなくもない。これもとりあえず書き留めておくことにする。

その後も自殺関係の記事を拾い集めたが、なかなかこれというニュースは目に留まらなかった。自殺などニュースにならないことだって珍しくはないだろうから、新聞記事から何かが得られるという可能性はそれほど高くないと言ってしまえばそれまでなのだが……。

蓮美の死から半年後くらいまでの新聞を見終わったところで、今泉は一区切りつけることにした。もう半年分くらいは見てみたい気はあったが、集中力が続きそうにない。これからまた多摩沢には何度も来るだろうし、またそのときに続きをやればいいだろうと思った。

図書館を出た今泉は、このまま帰ってしまうより、天気もいいから多摩沢公園くらいは見ていくかと考え、足を伸ばしてみることにした。

駅前で年がいもなくクレープを買い、自動販売機でジュースも買って、公園に向かって歩いた。クレープは公園のベンチに座って食べようと思って買ったのだが、歩きながらついつい食べてしまい、公園にたどり着くまで持たなかった。ジュースも、喉が渇いていたのであっという間に飲み干してしまった。公園に着く頃には満たされた気分になっていて、もうこのまま引き返して帰ろうかという気持ちさえ湧いていた。

それでも半分惰性で公園に入り、ここまで来たら池くらいは見ないと帰れないぞと自分に意味のないハードルを突きつけて、のどかな空気が漂っている午後の遊歩道を進んだ。

池は陽光できらきらとしていた。ベビーカーを押す若いママがほとりを散歩している。仕事を抜け出してベンチで転寝《うたたね》しているスーツ姿のサラリーマンもいる。

ほとんどの人間にとって、ここは〔落花の会〕のリリーが落花した〝聖地〟ではなく、ただの憩いの場だ。それを意識して、今泉は我に返る気分になる。

散歩もたまにはいいものだ……今泉は何となく気分がよくなり、深呼吸を繰り返した。耳をそばだてると、鳥の鳴き声や水車の回る音が心地よく鼓膜に溶け込んでくる。

「……いやあ、それがねえ、美鶴役は誰がいいかって話になると、彼とは意見が一致するから面白いんですよ……」

それらの音に混じって、聞き覚えのある男の声が風に乗ってきて、今泉はあたりを見回した。

少し離れたところに、池に向かって置かれたベンチがあり、男が二人座っていた。今泉からは後ろ姿が見える。

「僕も彼も、美鶴のイメージにはギャップがないはずなんですよ。それが、木ノ瀬蓮美の話を持ち出すと、何か気に食わないらしいんですよね」

「ほう……何が気に入らないんでしょうな」

聞き覚えのある声の主は、やはり小野川充のようだった。ベンチの背に深くもたれかかり、足を投げ出すようにして座っている。

「小野川さん」

今泉は回り込みながら、彼の横顔に呼びかけた。

「お、どうしたんですか？」

小野川は今泉を見ると、眼を見開いて驚いたような顔をした。

「いえ、何となくぶらっと……」

そんなふうに答えながら、小野川と話していた男に目を向けると、今度は今泉のほうが驚かされた。

「いや、この人ね」小野川は隣の男を親指でくいっと指し、嬉しそうに言った。「蓮美のこととか興味があるらしいんですよ。ほら、例の中華屋で、僕が昔の記事のコピーを広げながら飯食ってたら、隣の席にいたこの人が声かけてきてね、何か、話が弾んじゃったって感じですよ。やっぱりね、あの事件はこの町の歴史の一部だし、この町の人間の記憶の一部なんですよ。この人、けっこうあの事件に詳しくてね……」

それは詳しいだろう……小野川の隣に座っている中年の男は、確か中橋《なかはし》という名前の多摩沢署の刑事で、今泉が『誰かと死にたい症候群』の執筆で取材を申し込んだとき、対応してくれた相手だ。実際には、対応してくれたという言い方は皮肉になってしまうくらい、何ら実りのない取材だったのだが……。

「こちらの女性はね、やっぱり、あの事件に詳しいライターさんですよ。この前、いろいろ話を聞かせてもらいましてね……」

小野川が中橋に今泉のことを紹介する。

中橋は明らかに今泉を見知った人間の目で見てから、ごまかすように、視線を逸らして澄まし顔を作った。そして、膝をぽんと叩いて立ち上がった。

「さて、私も仕事に戻らないと」中橋は浅黒い顔に笑い皺を刻んで、小野川に言った。

「いや、楽しい時間でした。今度、その『凍て鶴』とやらを読ませてもらいますよ」

「こちらこそ、また暇なときは声かけてください」

小野川は陽気に言って、中橋に手を振った。

「いやあ、『凍て鶴』の話をしたら、あの人、すごい興味を持ってね。それは面白そうな話だから、早速本屋に行って買って読むなんて言ってましたよ。僕、待居さんに感謝されますね」

中橋が立ち去ると、小野川は今泉を見て、そんなことを言った。

「小野川さん、あの人が誰か知ってるんですか？」

「いや、名前も聞きませんでしたけど」小野川はそう言って笑った。

「あの人、刑事ですよ。多摩沢署の」

「え、そうなの？」彼は本気で驚いたというような声を出した。

「私、本の取材したとき、会ったことあるんですよ」

「何だ、だったら、あんなそそくさ帰っていかなくてもいいのにね。意外と女性にシャイな人だなって思って見てましたよ」

「知ってる顔だったから、逆に気まずくなったんじゃないんですか。私が蓮美の事件のこと聞きに行ったときは、ほとんど何も教えてくれませんでしたしね」

「それはやっぱり、今泉さんが美人だから、意識しちゃって話せなかったんじゃないですか。僕とはけっこう話が弾んでましたよ」

美人だからどうとかというのは、素直に聞くことはできない。中橋が意外とミーハーで小野川と話したかったとか、よほど小野川の話に興味をそそられたとかいうことなら分かるが……。

「そうそう、ネットの書き込み作戦はどうですか？」小野川が訊く。

「ああ……今、やってるとこです」今泉は小野川の隣に座って答えた。「方々で書き込むと怪しまれるんで、とりあえず一カ所で……でも、早速、リリーと会ったことがあっていう人からの反応があって、期待持てそうですよ」

「それは楽しみですね。本人に話を聞けることになったら、僕も呼んでくださいよ」

「分かりました」今泉はそう言って、彼に頷いてみせた。

「今日は僕に会いに来たんですか？　それとも待居さんに？」

「いえ、図書館で過去の新聞記事とかを当たってみたくて……小野川さんがここにいるとも思ってなかったんです」

「僕はここんとこ毎日、ここに来てるんですよ。朝、ここを歩いてから昼は駅前ぶらっとして、またここに来てぼけっと考え事して、中華屋あたりで飯食ってから帰るみたいなね。やっぱりね、この仕事、インスピレーションが大事ですからね。今度の作品でそれを得るには、ここが一番いいわけですよ。ここにいるとね、もしかしたらパインがふらっと現れて、この池を切なそうに眺めるみたいなことがあるんじゃないかってね、何かそういうのを考えると、わくわくするじゃないですか」

「もし来たとして、その人がパインだって分かるんですか？」今泉は半分揚げ足取りのいたずら心で訊き、それから小野川が話していたことを思い出した。「ああ、蓮美と一緒にいるところを見たって言ってましたね」

「いや、実際はその男がパインかどうかも分かりませんし、仮にそうだとしても、四年も前のことですから、顔を見たところで分かる自信はありませんよ。それは待居さんが言う通りなんですよ。でもね、もしここで物憂げに池を見ながら佇む男がいたなら、僕はぴんとくると思うんですよ。直感でね。あの男がパインだ、間違いない……みたいなね。そういうのを想像すると面白いじゃないですか」

「確かに……面白いですね」

楽しげに語る小野川の横顔を見ていると、素直にそう思えた。

「小野川さんって、何かいつも楽しそうに見えるから羨ましいですね」

「何ですか、それ？」小野川は冗談でも聞いたかのように笑った。

「いや、ふとそう思ったんで」今泉は言う。「普通、そんな楽しそうにしてられないじゃないですか。さっきの刑事さんとだって、私ならそんなに楽しく話せないですよ。仕事にしても、売れっ子だから私とは比較できないかもしれないですけど、基本、物書きって、そんな楽しい仕事じゃないでしょう。でも、小野川さんだと、それがすごく楽しそうに見えるんですよね」

「ははは……」小野川は池のほうを見たまま、乾いた笑い声を立てた。「それはただの思い込みですよ。今泉さんとはまだ何回も会ってませんし、僕の一面しか見てないってことでしょ」

「そうなんですか……？」

「僕もそんなに毎日、楽しく暮らしてるわけじゃないですよ。まあ、この前、今泉さんの自殺願望を暴いた手前、言っちゃいますけど、ぶっちゃけ躁鬱《そううつ》ですしね。ずっと鬱じゃないだけましかなと思って、ほっといてますけどね」

彼はそう言ってから、何かをごまかすように、おどけ気味の笑みを見せた。

今泉は彼をじっと見たあと、問いかけてみた。

「私に自殺願望のこと訊いてましたけど、もしかして、小野川さんにもそういうのがあったんですか？」

「まあ、あったっていうか、ありますよ」彼はわざとなのか、淡々と他人事のように言ってみせた。「でなきゃ、そういうテーマをことさら前面に出そうとか思わないでしょうし」

あっさり認められて、今泉は逆に戸惑った。小野川が自殺に興味を持つのは、単純な生死についての好奇心だと思い込んでいた。彼自身は自殺問題とは離れたところにいると思っていた。

「自殺ってね、若者のほうに注目が行くけど、件数的には中高年のほうが多いわけですよ。若者の自殺だと若さゆえだとか、命を軽く考えてるだとか、いろいろ言われますよね。でも、人生一通り経験して、成熟してるはずの大人が死を選んでいくって何なんだろって思うんですよ」

「それは……病気とか借金とか孤独とか、人によって理由があってのことじゃないんですか？」

「もちろん理由はあるでしょ。それが解決すれば、その人は自殺しなかったかもしれない。でもそれより、その人たちがどういう結論に至ったかってことをね、僕は考えちゃうんですよ」

「結論……ですか？」

「そう。彼らはね、もう先が見えたんですよ。若者がね、『人生、先が見えちゃった』とか言っても、お前、何言ってんだってなりますけど、いい年したおじさんが『先が見えた』って言うとね、何か説得力があるじゃないですか。その人たちもね、ちゃんと生きれば、あと十何年かは生きられるだろうに、それは言ってみれば消化試合であってね、生きるに値しない時間だと判断したわけですよ。彼らの人生観から照らしてみてもね」

「はあ……」

今泉は聞いているだけで彼の考えに取りつかれそうな気がして、わざと気のないような相槌を打った。

彼はそれに構わず、話を続ける。

「それがね、僕にはすごく分かる気がするんですよ。僕の自殺願望っていうのはね、若者のそれじゃなくて、一通り生きた人間のそれだと思うんですよ。先の見えた感っていうのかな、そういうのを感じて、もういいやって言いたくなるんですよね」

「でも、小野川さんは今まさに脂が乗ってる時期じゃないですか。飛ぶ鳥を落とす勢いっていうか……これからだって、いくらでも面白い仕事ができるでしょうし、その仕事がみんなをあっと言わせるでしょうし」

「いや、とりあえず僕もこの世界で何年かやったわけですからね、この先どれだけの仕事ができるかなんてことは、自分が一番よく分かるんですよ。まあ、人がどう評価するかは別として、まず、そんな大した仕事はできないと言い切れますよ」

「そんな、言い切らなくても……」今泉は困惑気味に微笑した。

「だいたい、僕は基本的に過大評価されてる人間ですからね。これまでの仕事だって、自己評価で言えば、俺ってこの程度のものしか書けないのかってとこですよ。そう言うと、理想が高いからとか何とかって言われますけどね……違うんですよ。何ていうんですかね、実感したことを表現できてないっていうのかな、だいたい僕の書いてることは嘘ばっかりなんですよ。ホラーのストーリーで登場人物が追い詰められて殺されてね、僕はそういうのをぶっちゃけ、こんなことあるかよって笑いながら書いてたりするわけですよ」

それまでずっと池を眺めながら話していた小野川が、不意に今泉を見て、「今泉さんは、心底、何かを怖いって思ったことあります？」と問いかけてきたので、今泉は面食らった。

「私は……」

「ああ、今泉さんは恋人が自殺したときに思ったかもしれませんね」

小野川は今泉が言う前に答えを見つけ、そのまま話を続けた。

「僕はね、正直言って、それさえ分からないままホラーを書いちゃってるんですよ。まあ、別に死んでもいいやって思ってるから、余計に恐怖なんてもんが分かんなくなるのかもしれませんけど、とにかくそういう自分の嘘っぽさが嫌でしょうがないんですよね」

「でも、小説にしろ映画にしろ、フィクションていうのは壮大な嘘じゃないですか。それで読む人、観る人が惹き込まれるんだから、すごいことですよ」

今泉は思ったままを言ってみたが、小野川はあっさり首を振った。

「書いてる本人はつまんないんですよ。どうしてもそれを書きたいわけじゃないってことですよ。今泉さん、例えばね、嘘ばっかりの話を人に聞かせて面白いですか？　舌先三寸の詐欺師でもね、嘘ばっかりついてるのは、おそらく苦痛ですよ。どっかディテールが怪しいのが自分でも分かってるし、自信たっぷりに言ってみたとしても、本心はそうじゃなかったりするわけですよ。だけど反対に、自分にこんな変なことがあったみたいな実体験は人に話したいじゃないですか。それを経験したとき、想像もしてなかった発見があったりして、そういうのは誰かに聞いてほしいじゃないですか。それはやっぱりね、嘘ばっかりの話とは面白さが違うんですよ。僕は今泉さんみたいなノンフィクションライターの仕事は面白いと思いますよ。事実を中心にして書くわけですからね」

自分の仕事が小野川に羨ましがられるほど面白いものとは思わないので、軽く口を挿もうとしたが、その間もなく小野川が「いや……」と言葉を継いでしまった。

「本当はフィクションの書き手も、そういうのは入れてるはずなんですよ。自分の手触りみたいなものをね、あるいは自分にとっての切実なものとかね、そういうのを物語の中にうまく混ぜて、作品に命を吹き込んでるわけです。作家の仕事ってそういうことですよ。でも、僕の場合はそれがほとんどない……恐怖も分からずにホラーを書いてるくらいですからね。もちろん、子供の頃は怖いことっていっぱいありましたよ。でもそれを大人の自分の恐怖に置き換えることはできないですしね。大学入って東京に出てきて、それからはやりたいことやって、やりたくないことはやんないでって生きてきて、気がついたら何となくこういう仕事をやってるわけですよ。ノリで書いたら、それ面白いじゃんってな流れでね。それはそれでラッキーなんだけど、逆に言うと、何か中途半端に満たされちゃってて、切実さがどこを探してもないんですよね。で、結局、本当に自分が表現したいことは何だって考えたときに、自分の中には大して何もないっていうことに気づくわけですよ」

弱音にも似た心情を吐露した小野川は、一つ大きな吐息をついた。

「だからね、僕は待居さんなんかも羨ましいんですよ。ああいう仕事ができるってことがね。僕も犯罪小説家になるべきでした」

「じゃあ、今からでも……」

それまでの話を聞いていて、そんなことを言ったとしても小野川は即座に首を振るだろうとは思ったが、そんなに現実に満足していないなら、やりたいことをやればいいじゃないかと言いたかった。世間的な感覚で言えば、待居涼司より小野川充のほうが名を知られているし、才能を買われているだろう。そういう問題ではないのかもしれないが、小野川が感じている壁のようなものが、今泉には今一つ理解に苦しむレベルのものであるような気がした。

案の定、小野川は、今泉の言葉に首を振った。

「やったとしても、今の僕の中からは何も出てこない。僕はね、もっと切実に人生を生きてくるべきだったんですよ」

彼はそう言い、遠くを見るような目をした。

「今泉さんは、待居さんの『凍て鶴』をどう読みました?」

「どうって……」

これも本当に答えを求められているのかどうか分からず、今泉は口ごもった。

「僕はね、待居さんの『凍て鶴』って、物語としてはそんな手放しで褒めそやすほどのもんじゃないと思いますよ。まあ、待居さんの前ではもちろん言いませんけどね」

小野川はいたずらっぽく笑って続ける。

「いや、いい作品ですよ。最近読んだ中で面白かった本はと訊かれたら、躊躇なく名前を挙げられますよ。どう映像化しても、それなりのものができるでしょう。でも、いつまでも記憶に残るほどの名作かって訊かれたら、笑ってごまかすかもしれない。まあ、作品の全体的な印象っていうのは、そんな感じですよ。だけどね……」

小野川は言葉を切って、今泉を見た。

「待居さんの『凍て鶴』は、局所的にすごく光るものがあるんですよ。啓次郎の目から見る美鶴とかね。内縁の妻として身近にいるのに、謎めいている。魅力がある。見るからにか弱い。でもなぜか触れがたい……そういう存在感が啓次郎の目を通して、抜群にうまく書けてる。それから、父親殺しの部分……最後に啓次郎が肇の首に手をかけて殺すシーンです。手に力を込め、肇が必死に爪を立てて引っかいてそれを解こうとしても、なお一心不乱に絞め続ける。肇の顔色が変わり、表情が乱れ、喉仏が音を立てて砕ける……大した臨場感ですよ。たいていの人間は誰かの首を本気で絞めたことなんてないはずです。だけど、あれを読めば、人の首を絞めるのはこんな感じなんだろうと迫ってくるものがある。あの小説のクライマックスとしては、申し分のないシーンですよ。僕の映画では啓次郎と美鶴の心中をラストにしようと思ってますけど、小説『凍て鶴』ではそんなの蛇足になるだけです。それだけの凄みがあのシーンにはありますよ。さすがの犯罪小説家です。彼がどんな人生を送ってきたか知りませんけどね、何か切実なものを悶々と抱えて生きてきたんじゃないかって気がするわけです。そんなの実は何もなくて、ただ頭の中だけで広げて書いてるんだとしたら、彼はある意味、天才ですよ」

小野川は真面目な顔をしてそう言い、それから少し身体の力を抜くように肩をすくめてみせた。

「まあ、どっちにしても僕にないものを持ってる。話すとけっこうつれない人ですけどね……興味は尽きないですよ。映画で僕自身、犯罪小説家である啓次郎役をやろうって思ってるのも、そのへんの興味とか憧れみたいなのが混じってるわけで、そこはちょっと楽しみではあるんですけどね」

「じゃあ、今度の映画に、小野川さんならではの切実なものがうまく込められるといいですね」

今泉が言うと、小野川は素直に頷いた。

「まあ、できるかどうかは分かりませんけどね」

その言葉は、小野川なりのポジティブな気持ちを表現したものと今泉は理解した。池を静かに見つめる彼の横顔を見ると、その眼差しからはある種の野心めいた光が見て取れ、彼が口にしたような弱音に当たる影はどこを探しても見当たらないような気がした。

「今週末……今泉さんも待居さんの授賞式に行かれます？」

帰るつもりなのか、小野川は立ち上がってから、微笑み混じりに問いかけてきた。

待居の授賞式など自分には関係のない話だと思っていたので、今週末にあることすら知らなかった。

「いや、私なんかが行っても……」

「何言ってんですか。祝い事なんか、みんなで押しかけてったほうがいいんですよ。待居さんも絶対喜びますし、行きましょうよ」

「はあ……いいんですかね……？」

小野川に言われるうち、行かないほうが失礼なような気もしてきて、結局、今泉は小野川と一緒に、待居の授賞式に少しだけお邪魔することにした。

9

日本クライム文学賞の授賞式は、五月中旬の金曜日の夕方、東京會舘で執り行われた。

この何年かはスーツなど無縁の生活を送っていて、今さら二十代の冴えない会社勤めの頃の着古しを引っ張り出すわけにもいかず、待居は新宿のデパートで光沢のある黒のスーツを新調しておいた。それに身を包んだ上に、控え室で胸元に受賞者のリボンを付けてもらうと、姿見の前に立っても、我ながら誇らしい人間に見えてきて、そんな自信めいた思いで気をよくしたまま、待居は編集者に促されて会場入りした。

授賞式開始頃になると、会場は数百人の出版関係者を始めとして、取材記者、カメラマン、あるいはパーティードレスや着物を着た文壇バーのホステスたちの姿で、華やかな空気が出来上がっていた。

「さて、本年の日本クライム文学賞受賞作の『凍て鶴』は、昨年末の発表当時から各紙誌で絶賛の書評が掲載されるなど、新進作家・待居涼司氏が大きく飛躍するきっかけとなりました秀作でございます。本賞の選考会でも評価の声は高く、この作品を本年の受賞作に収めることは、本賞の歴史の上でも大いなる収穫であるとの声も聞かれました。また、評価は出版界だけにとどまらず、映像化の企画にもオファーの手があまた挙がっているという話も洩れ伝わってきております……」

そう言えば、風友社の三宅によれば、小野川や報映の別所もこのパーティーに顔を出すかもしれないということだ。本当に来ているのだろうか……待居はざっと会場を見渡してみたが、この人数の中では簡単に見つけるのは無理な話だった。

司会者の受賞作紹介を経て、選考委員のスピーチが続いた。大御所作家の仁山昭《にやまあきら》が壇上に立った。

「……受賞作の『凍て鶴』はある土地の名家を舞台にして描いたサスペンスであり、ロマン小説であります。長男の死とともに家に戻ってきた次男が、長男の未亡人を内縁の妻にして新しい生活を始めていく。しかし、そうするうちに自分の知らなかった実家の姿が見えてくる……という話です。そのストーリーに斬新なアイデアがあるという小説ではありませんが、家族内の封建性とそれに隠された犯罪が重みのあるテーマとして、形のいいプロットを支えています。さらに、物語全体に時代的な香りのよさがあり、文章も極めて端正で練られている。未亡人で主人公の妻となる美鶴を始め、登場人物たちにも、人間の浅はかさ、業の深さというものをうまく背負わせている。手練《てだれ》の作品であるという評価が選考会内でもありました……」

仁山が選考委員席に退がると、賞状とトロフィーの授与があり、待居は壇上でそれを抱えてカメラのフラッシュを浴びた。それに続いて受賞者の挨拶を求められた。

「待居涼司です。このたび、このような歴史ある賞をいただきまして身に余る光栄ですが、そもそも、私はデビュー以来、ミステリー、サスペンス、クライムノベルと呼ばれるものを書き続けてきたわけでありますけど、この『凍て鶴』を書いたときには、この作品がそういったジャンルの範疇に入るかどうかという意識もありませんでした。今なら、作品の中に家族殺しという現代の病に通底する問題を抱えている犯罪小説だと強弁できるかもしれませんが、書いてるときはただ、登場人物たちの心の声を拾い、そこに何があるべきかを一緒に考えながら、それを文章にしていった……そんな作業の積み重ねでしかありませんでした。しかし、その積み重ねは、これこそ小説書きの原点ではないかという実感を私に与えてくれ、これまでにない達成感を得ることができました。そして結果的に、このような賞をいただく栄誉にあずかり、ミステリー、クライムノベルの分野で高い評価をいただけたことは今後につながる自信にもなりました。これを励みにして、これからの仕事も頑張っていきたいと思います。本日はどうもありがとうございました」

盛大な拍手を浴びながら、待居は一礼して壇上から下りた。

「お疲れ様です。受賞の言葉、すごく感激しましたよ」

乾杯が終わると、席に座り直す間もなく、風友社の三宅が空のグラスを手にしてやってきた。もう乾杯前から喉を潤さずにはいられなかったとでもいうのか、顔はすでに上気している。

「いや……特に感激されるような挨拶をしたつもりはないんだけどね」

「いえいえ」

「待居さん、おめでとうございます」

三宅の後ろから、元気な女性の声が飛んできた。見ると、ミヤコ書房の編集者、東山がパンツスーツ姿で立っていた。

「まずはこれで一冠目ですね。この調子で、あと一つ二つ……」

「とんでもない。これだけでもう十分だよ」

「そんなことおっしゃらずに。あ、うちの出版部長が来てるんで紹介します」

言われて、東山の横に立つスーツ姿の男と名刺交換をした。

「どうもどうも、おめでとうございます。待居さんの作品はデビュー作から拝読しておりますけれど、それぞれの登場人物の存在感、リアリティが非常に素晴らしい。『凍て鶴』の美鶴も不思議な妖艶さがあって、実に魅力的ですしね。あれはもう、映像化の話なんかもいっぱい来てるでしょう?」

「ええ、まあ……」

待居が曖昧に答えると、ミヤコ書房の出版部長は当然だとばかりに頷いた。

「どこかに決まったんですか?」

「まあ決まったと言っても、こういう話はこれから先、どうなるかも分からないものですし……」

「そうですか……でも、そういうのも楽しみですね。いや、うちの東山も頑張りますんで、またどうかよろしくお願いします」

「ええ、こちらこそ」

挨拶を交わして彼らが脇に退くと、またその後ろからどこかの編集者と思《おぼ》しき男が待居の前に進み寄ってきた。気づけば、その後ろにもそのまた後ろにも、ずらりと列ができている。

「有学社の大橋と申します。『凍て鶴』には私も大変感銘を受けまして、一度ご挨拶にお伺いしたいと思ってました……」

「文芸館新社の書籍編集長、中尾です。彼は書籍デスクの北川、彼は文庫編集長の山本、彼はうちの編集部の所です。どうも大勢で押しかけてきてすいません……」

「清鈴書店新宿店の岡田と申します。もしサイン会などご興味ございましたら、ぜひうちのほうで……」

「どうも、『小説未来』の柏原です。以前、お電話で一度、コラムのほうをお願いしまして、その節は……」

引きも切らない祝いの挨拶に訪れる人々を相手にしているうち、束にして上着の内ポケットに入れておいたはずの名刺がほとんど出ていってしまった。それに気づいたのは、ようやく祝いの列が途切れたときだった。

そのタイミングを見計らったように、賞を主催する文格社の編集者、増田がやってきた。

「ちょっと待居さん、仁山さんがそこにいらっしゃいますから、『小説文格』のグラビア用にツーショットを撮らせてもらっていいですか？」

増田に連れられて仁山のもとに行くと、仁山は気さくな物腰で握手を求めてきた。

「やあやあ、おめでとう」

「ありがとうございます」

「ちょっと談笑する感じでお願いします」カメラマンの横で増田が言う。

「何か俺が怖い顔してるみたいな言い方じゃないか」

仁山はそう言って周りを笑わせ、待居の肩を叩いた。

「いやあ、でも本当、面白かったよ。作品全体の香りがよくてね、それに何と言っても美鶴の存在感だよね、妖しくて、それでいて可憐で……ああいうのは、誰かモデルにしたような人間がいるの？」

「いえ、特にそういうのは……」

「あ、そう。まあ、とにかくこれを励みに、また頑張ってくださいよ。受賞者のその後の活躍でこういう賞の格も上がっていくわけだから」

撮影も無事済んだらしく、待居は増田とともに礼を言って仁山のもとを離れた。

「仁山さんがあんなに人の作品を褒めちぎるのは珍しいですよ」増田が感心したように言う。「元来、辛口な人ですからね。それだけ、今回は『凍て鶴』が頭一つ抜けての受賞だったってことでしょう」

「いやあ、待居さんも何だか、仁山さんと並んでても貫禄負けしてませんでしたね」

そう言いながら、横にいた三宅がニヤリとした笑みを向けてきた。

「何言ってんの」待居は冗談として聞いておいた。

「さあ」三宅は何かに一区切りつけるような声を出した。「ここにいても疲れるだけでしょうし、ちょっと早く出ましょうか。二次会の前にどっかで休みましょう」

待居は手首のタンクディヴァンを見た。いつの間にか式が始まってから二時間近くが経っている。

主役の自分があっさり消えていいのだろうか……そんなふうに考えている自分に気づき、待居はおかしくなった。パーティー嫌いの自分が、何か妙な恍惚感を覚えて、ある種の名残惜しさを抱いている。これだけ四方から称賛の声を浴びれば、それも致し方ないと言うべきか……。

「その前に、少しだけ腹に入れていきたいね」

待居が言うと、三宅は、「じゃあ、何か適当に持ってきますよ」と言って、料理が並ぶテーブルのほうに歩いていった。

ずっと自分を祝ってくれる人々に囲まれていた状態から不意に一人になり、待居は手持ち無沙汰な気分になった。空になっていた手持ちのグラスを近くのテーブルに置き、新しい飲み物をもらおうと、コンパニオンの姿を探した。

その視線が、こちらに近づいてくる一人の男に留まった。赤いTシャツ一枚にジーンズというラフな装いは、この会場の中では否応なく目立つ格好だった。

「どうも、どうも」

小野川は左手をジーンズのポケットに突っ込みながら、頭に載せているサングラスの横で右手の二本指を立て、待居にいかにも親しげな挨拶をしてみせた。

「いやあ、待居さん、一張羅ですね」彼は待居のジャケットの裾をつまんで、無邪気に笑った。「僕も一張羅着てこようと思ったんですけど、しばらく着てないうちに虫に食われちゃってましてね。スーツの生地って、そんなに美味いもんなんですかね。あれ二回しか着てないからショックですよ。『凍て鶴』でレッドカーペットを歩くことがあったら、僕もまた買わないとね」

「わざわざ本当に来ていただけるとは」待居は小野川の話を受け流して、頬が軽く引きつるのを感じながら儀礼的な挨拶を返した。

「いや、本当におめでとうございます」

小野川が改まって握手を求めてきたので、待居は義務的に応じた。その後ろには報映の別所やライターの今泉も控えていて、待居と目が合ったところで彼らも一礼を送ってきた。

気づくと近くで歓談している人々の目が、「お、オノミツだ」というように集まってきた。

いた。人気作家には目が慣れていても、少し畑違いの有名人には物珍しさが手伝って、相応の興味が生じるらしい。

「お二人はご友人か何かですか？」

文格社の増田がまた寄ってきた。

「友人も何も」小野川は待居の肩に手を置いて、冗談混じりに答えた。「ジモティですから」

「ちょっと仕事関係でお会いすることがあってね」待居は小野川とは温度差のある淡々とした口調で答えた。

増田は、分かったような分からないような顔をして頷いている。

「僕が映画撮るんですよ、『凍て鶴』の」と小野川。

「へえ、そうなんですか⁉」

増田は大げさなくらいに驚いた顔をしてみせ、声のトーンを上げた。

「じゃ、じゃあ、お二人のツーショットも撮らせていただいていいですかね？」

「どうぞ、何枚でも」

小野川が気さくに応じる。関係者からビールの入ったグラスを受け取って、早速ポーズらしきものを決めている。

まだ正式発表していない企画の話なのにいいのかと思ったが、報映の別所も和やかに笑っているだけだ。待居も仕方なく、小野川と並んで、カメラマンに向き合った。

「小野川さんが撮られるってことは、初監督ってことですか？」被写体の表情を和らげようとしてか、増田が話しかける。

「そうっすね。監督・脚本・主演で」

「そうですか！　主演というと啓次郎役で⁉　いや、それは楽しみですね。小野川さんが撮る『凍て鶴』ってのは、いったいどんな感じになるんでしょうね」

「原作がしっかりしてるから、僕はそのよさを壊さないように気をつけるだけですよ。まあ、原作の隠し味になってる部分を引き立てるものになればいいかなって思ってますけどね」

「隠し味をですか……？」

「そう……ほら、『凍て鶴』にはさ、待居さん独特のペシミズムっていうか、破滅思想みたいなものが横たわってるでしょ」

「ああ、はあ……」増田は再び、分かっているのかそうでないのか不明な表情をして相槌を打った。

「いや、待居さんの作品にはそういうのがあるんですよ。事件があって、それに関わった人間たちに待っているのは決して新しい人生ではない、みたいなね。ここでいっそ人生の幕を下ろしたら、諸々の澱《おり》も取れて楽になるよねっていう、そういう選択肢が登場人物の行く先に、ごく自然にあるのが待居文学なわけですよ。分かりますか？」

「なるほど」増田は感じ入ったような声を上げた。「確かに待居さんの作品には、安易なハッピーエンドでは済まされない苦味が利いてますよね」

「でしょ。だからね、僕はそこを際立たせようと思ってるんですよ。特にラストはそのカラーを前面に持ってくるようなものに変えようと思ってましてね。それだけでも、この映画を撮る価値はありますから」

「いや、それは楽しみですね。やっぱり、一流のクリエイターの目で見ると、同じ作品でも我々では思いつかない部分がフィーチャーされるんですね」

「待居さんはね、切実なものを抱えて、それを作品に込めてますよ。要はそれに気づくか気づかないかってことです。僕はこの人からインスパイアされたものを増幅させて映画にする。キーワードは〝犯罪小説家〟です。それは啓次郎であり、待居涼司であり、小野川充であり、自分のインモラルな部分をざらりと撫でられる観客自身です。美鶴という魅惑的な女性も、そんな目を通して描かれるところに意味がある。まあ、僕の隠し味はほかにもありますけどね、これ以上はまだ内緒ということで」

「そうですかぁ、いや、楽しみですねぇ」

待居は愛想笑いになっているかも怪しい表情を作りながら、居心地の悪い撮影の場をやり過ごしていた。カメラに目線を送るのに疲れて、小野川と増田のやり取りに注目している周囲の人間たちに視線を向けてみた。

報映の別所と並んで立っている五十絡みの男が待居をじっと見ている。知らない顔だった。今日、名刺交換した者たちの顔はほとんど憶え切れなかったが、それにしても、目の前にいるその男と挨拶した記憶はなかった。

「はい、どうもありがとうございました」撮影が終わり、増田が待居と小野川に礼を言った。「映画化の話はキャプションでそれとなく出してもいいんですかね？」

「どうぞどうぞ」小野川があっさりと言う。「僕がやるってこと以外には、まだ何にも決まってませんけどね」

「いや、それだけでニュースですよ」

増田はそう言い、再度頭を下げてその場から離れていった。

「どうも、ご無沙汰してます」

三宅が小野川と別所に挨拶しながら、皿に盛りつけた料理を持ってきた。

「いや、今日はね」小野川は快活な口調のまま、待居を見た。「ぜひ待居さんに一目お会いしたいって人を連れてきたんですよ」

小野川はそう言って、別所の隣に立っている男を視線で指した。

その男は、先ほど待居と目が合ったときとは違い、いかにも作った感じの笑みを顔に張りつけて、小さく会釈を送ってきた。

「多摩沢署の刑事さん……中橋さんですよ」

刑事……？

このような場に連れてくるのだから、映画関係者の誰かだろうと無意識に考えていた待居は、さすがに意表を衝かれた思いを隠し切れなかった。

「おっと、こぼれましたよ」

別所に言われて、待居は自分の足元を見た。手に持った料理の皿が傾き、パスタがこぼれ落ちていた。上着の腹付近にクリームソースが付いてしまっている。

「あ、ティッシュを」

待居は皿を近くのテーブルに置き、三宅にティッシュをもらって上着を拭いた。

「大丈夫ですか？」小野川がおかしそうに訊く。

「大丈夫です」待居はことさら落ち着いた声で取り繕った。

使ったティッシュをポケットに仕舞って中橋刑事に向き直ると、彼は先ほどまでとまったく変わらない、凍ったような笑みを浮かべて待居を見ていた。太っているとまでは言えないが、胸板もしっかりしていて、かなり押し出しのいい体格をしている。浅黒い顔には老いというより渋みを感じさせるような皺が刻まれている。

「いや、とんだ場違いなところにお邪魔してしまいました」中橋刑事は待居の前に一歩進み出ると、重低音の声で喋った。「小野川さんに誘われたのをいいことに、ついつい興味のほうが勝って、ついてきてしまいました」

「待居さんね、今度、刑事物とか書く予定があったら、中橋さんに話を聞いたらいいんですよ」と小野川。「中橋さんは僕の話を聞いてから、早速待居さんの作品をいくつか読んで、すっかり待居さんのファンになったらしいですよ」

「いや、こんなご高名な作家さんが多摩沢にいらっしゃるとは知りませんでした。しかも書かれてる作品のジャンルがミステリーというんですか、いろんな事件を扱ってて非常に興味深いもんですから、『凍て鶴』から遡《さかのぼ》ってデビュー作まで一気に読んでしまいましたよ。仕事中にも読んでたら、上司に怒られましてね、ふふふ」

中橋刑事は遠雷のような低い笑い声をあたりに響かせた。

「中橋さんはこう見えても文学部出らしいですよ。署の俳句研究会なんかにも入ってるんですって」

「お恥ずかしい」中橋刑事は顔をしかめて苦笑する。「いや、顔に似合わず、インドアな人間でして」

「だからね、小説の読み方とかも割と筋がいいんですよ。僕の待居論も、作品読んだらなるほどと思いましたよなんて言ってね」

「いや、作品に出てくる人間たちの希望のなさというんですか、そういう空しさがね、日頃のいろんな事件なんかを追ってる自分からしても、実に分かる気がするんですよね」

中橋刑事は待居をじっと見据えて、そんなことを言った。

「僕は別に、希望のない人間ばかり書いてるわけじゃありませんよ」待居は中橋から視線を外して首を振った。

「いや失礼、もちろんそうなんですけど、作品に出てくる中でも、特にそういう人間に魅力を感じるし、待居さんの筆もそういう人間を書くときに乗ってるような気がするんですよね」

「自覚はありませんね」

待居は素っ気なく言い、グラスのビールを喉に流し込んだ。

「でもしかし、作家というのは、しかもこんな賞を取られる人ともなれば大変な才能ですよねえ。いったいどんな思考が広がってるのか、一度頭の中を覗いてみたいもんですよ」

刑事はそう言って、声を立てずに笑った。

「やっぱりミステリーとか犯罪物の小説を書いてる先生っていうのは、普段から、こういう事件が起きたらどうなるかとか、そういうことばかり考えてらっしゃるんですかね？」

「当たり前じゃないですか」小野川が勝手に答える。「待居さんは頭ん中じゃ、人を殺すことばかり考えてますよ」

「ほう……」中橋刑事は、冗談か本気か分からないような感嘆の声を上げた。

「馬鹿な……」待居は首を振る。「そんなわけないじゃないですか。今日は何を食べようかとか、そういうことのほうがよっぽど重要ですし」

冗談混じりに返すと、別所や今泉らが和やかに笑った。

「そうですか……でも、かなり考え詰めないと、こういう小説はなかなか物にはできないでしょう。考えて考えて、自分がその事件を起こしてるくらいに気持ちを持っていかないと」

「だからと言って、実際に犯罪を起こしたりはしませんよ。そんなことしてたら、ミステリー作家はみんな犯罪者になっちゃいますから」

待居はそう言って、再び別所や今泉の笑いを誘った。

「面白い刑事さんでしょ」小野川が待居の肩を叩いて言う。「この人、僕にも、『ホラー映画の脚本なんて書いてると、本当に人を殺したくなったりしないんですか？』とか訊くんですよ」

待居もみんなに合わせて笑った。

「この刑事さん、木ノ瀬蓮美の事件を担当してた人なんですって。最初は刑事だなんて言わなかったし、詳しい話とかはごまかしたりするんですけど、ときどきぽろっと面白そうなことを言うんですよ。パインの目星は付いてるんだとかね」

「へえ……」待居は興味がないふうの相槌を打った。

「この間、中橋さんと話してるときに、うっかり口を滑らせちゃいましてね、蓮美と一緒にいた人間を見たことがあって、外見の印象は待居さんみたいな人だったって、また言っちゃったんですよ、これが……そしたら中橋さんが、その待居さんに一度会ってみたいって言い出しましてね」

待居は呆れて、小野川を横目で睨みながらため息をついた。

「勘弁してくださいよ。何年か前の一瞬見かけた印象みたいなことで、何で僕がそこまで引っ張り出されなきゃいけないんですか」

「いや、すいませんね」小野川は大げさなジェスチャーで手を顔の前に立てて詫び、それから中橋刑事に視線を向けた。「待居さん本人にこのこと話したときは、見事につむじ曲げられちゃいましてね。それなのに、本当、僕は口が軽くていけないんですよ」

そんな小野川の言葉にまた反応するように、中橋刑事の眼が待居を向いて鈍く光った。

「小野川さんは人を嫌な気分にさせる天才ですからね」待居は落ち着かない気分のままに、いつもなら言わないようなことを口走っていた。「物を書く才能以上に、そっちは天性のものが備わってますから」

小野川はびっくりしたように眼を見開いてから、手を叩いて笑った。

「その言い方はひどいなあ」

輪に加わっている者からも、遠慮のない笑い声が上がった。

中橋刑事からの視線をかわし、待居は腕時計に目を落とした。

「さあ、申し訳ないですけど、僕はそろそろ二次会のほうに移動しなきゃいけない……」

「あ、そうすか。二次会はどこで？」と小野川。

「いや」待居は迷惑な気分を口調ににじませて言った。「場所は三宅君じゃないと……」

「あ、私は今日はここで。一言お祝いを言いたかっただけですし」今泉が雰囲気を読んで気を回したように言った。

「私も今日はここで」別所も彼女にならって言った。

「何、帰っちゃうの？」小野川が不満げに言う。「来たばっかりなのに」

「私もこれ以上は場違いなんで、失礼させていただきますよ」

中橋刑事の言葉に、小野川は下唇を突き出した。

「じゃあ、僕も帰ろっかな」

「どうも、わざわざありがとうございました」

待居は彼らを追い立てるように一礼した。

「どうも……お目にかかれて光栄でした」

中橋刑事は頭を下げ返し、一歩退がって背中を向けようとしてから、もう一度待居を見た。

「そうそう、お会いしたらぜひ訊きたいと思ってたんですが、待居涼司というのはペンネームなんですか？」

「……そうですが」

「ちなみにご本名は？」

「……町井良二郎です」

「松井……？」中橋刑事は目を細める。

「いえ、町井です。字が違うんです。大手町の町に井戸の井です」

「ああ、なるほど」

中橋刑事は感情の読めない声で相槌を打ち、今度はあっさりと待居らに背中を向けた。

「面白い刑事でしょ」

小野川は待居の耳元でそんなことを冗談ぽく言い、じゃあと手を上げて中橋刑事のあとを追っていった。

「何だか……」彼らの去る姿を見送りながら、三宅が作ったような苦笑いを見せた。

「小野川さんはともかく、あの人はさすがに場違いでしたね。ははは……」

10

〈どうもどうも、先日はお邪魔しました。パーティーも大盛況で何よりでしたね。いやあ、あのときはほんのわずかしか話せませんでしたけど、やっぱりね、僕は嬉しかったんですよ。その喜びを待居さんに一言お伝えしようと駆けつけたわけでね。でも、ああいう場に触れるとテンション上がりますよね。映画のほうの励みにもなりますよ。賞とかね、僕としてはどうでもいいんですけど、別所さんなんか、『映画も原作に負けないようにカンヌでも狙いたいですね』なんて言ってね、まあ、それはともかく、僕も気合いを入れ直しましたよ。待居さんの原作は映画の親であると同時にライバルですからね。啓次郎のようにある意味、親殺しをしなきゃならないし、それでいて、親から大したもんだと認められなきゃいけない……そんなふうに思いましたよ〉

授賞式から四日後の午後、小野川から電話がかかってきた。彼は相変わらず饒舌《じようぜつ》で、パーティーの華やぎを今もなお引きずっているかのように、興奮気味の口調のまま一方的にまくし立ててきた。

〈しかし待居さんも、ああいう場ではなかなか絵になるもんですねえ。いや、これは別に悪い意味で言ってるわけじゃないですけど、待居さんのイメージって、こう、じめっとした湿っぽさが似合うような感じじゃないですか。まあ、何ていうか、黒のスーツ着るにしても、田舎の葬式とかそういうのが似合う人ですよ。それがけっこうね、ああいう場でもそれなりに馴染んでるから、へえって思いましたよ。馴染んでるって、主役だから当たり前なんですけどね〉

授賞式の日は、パーティーのあと小さなダイニングバーを借り切った二次会があり、さらにその後もけっこうな数の関係者が残って、文壇バーでの三次会まで付き合ってくれた。結局、待居が大きな花束を抱えてタクシーに乗せられたのは、午前三時に近い時間だった。

調子に乗ったつもりはなかったが、それだけの長時間になると、気づかないうちにかなりのアルコールを口にしていたようで、また、自分ではコントロールできない昂りや緊張もあったと見え、マンションに戻っても妙に寝つかれず、二日酔いとあわせて、体調がすっかり狂ってしまった。四日経っても、頭痛や疲労感こそ軽減したものの、虚脱感とでもいうのか、何となく身体に力が入らない状態は続いている。

そんな中で聞く小野川の声というのは、単に鬱陶しさが募るものでしかなかったが、待居としてもそれをアピールするほどの気力もなく、とりあえずは携帯を耳から離して、相手の喋るままに任せた。

〈いや、でも、あの中橋さんは面白い人でしたね。今泉さんも以前、本を書くときに例の事件のことで彼に取材を申し込んだことがあったらしいんですけど、けっこう愛想が悪くてほとんど何も教えてくれなかったんですって。その彼が意外とミーハーで、待居さんには興味津々でしたもんね。作家は普段から犯罪のことばっかり考えてるのかとか、言うことがおかしくておかしくて……〉

「あの……」待居はおもむろに口を開いて、小野川の話を止めた。「小野川さんは彼に何を話したんですか？」

〈え……何って？〉

「あの刑事さん、やけに僕に対して挑発的だったじゃないですか」

〈そうでした？〉小野川はとぼけた口調で反応した。〈彼も元文学青年らしいですからね。作家を見ると何か吹っかけたくなるんですかね。待居さんの本を読んですっかり気に入ったみたいですし。まあ僕と似たようなもんですよ。いや、僕、『凍て鶴』にも刑事を出したら面白いなって思いましたよ。どう思います？〉

「どうって……どんな役割を持たせるんですか？」

〈いや、それは何でもいいじゃないですか。美鶴の過去に何かがあるとか……〉

「いい加減ですね」待居はうんざりして言った。「話の展開が先にあって、その刑事が出てくる必要性があるかどうかっていうのが普通じゃないんですか？」

〈いや、とりあえずは思いつきですよ〉小野川は軽い口調で言って笑った。〈また小説

の関係で彼の話が聞きたくなったら、会ってやってくださいよ。待居さんなら、彼も喜んで協力するでしょ〉

「今のところは特にそういう必要性はないんで」

待居の愛想のない返事を笑って流し、小野川は話題を変えた。

〈それから、例の今泉さんのネットの書き込み作戦が当たって、〔落花の会〕関係で一人、会えそうな人がいるんですよ。心中志願して、顔合わせにも行ったとか。結局は、寸前で気が変わって辞退したんですけど、木ノ瀬蓮美とも話したらしいです。それで、何とかこっちの事情も説明して、明日会えることになったってことなんですよ。まあ、明日のその子の体調次第ではあるんですけど……待居さんも来ませんか?〉

「いや、僕はけっこうですよ」

〈そんなこと言わず、待居さんがいないとつまんないじゃないですか。また、ああでもない、こうでもないって話しましょうよ〉

「そういう人は精神的にも繊細でしょうし、興味本位で何人も集まって囲むようなことはまずいでしょう」

〈大丈夫ですよ〉小野川はまったく意に介さないように言った。〈今泉さんが慣れてるし、肝心なとこは任せますから。僕もさすがに無神経なことはしませんよ〉

どうだか……待居は思わず呟《つぶや》きそうになる言葉を呑み込んだ。

〈その子にとっても、語ることで自分の過去に区切りをつけることができるかもしれませんしね。お互いに有意義ですよ〉

「どちらにしても、明日は打ち合わせがあるんですよ。だから無理です」

〈えっ……本当ですか？　そんなの何とかなりません？〉

「僕にとっては、本業のほうが大事ですからね。ただでさえここんとこ、ペースを乱されて、新作の執筆が進んでませんし」

〈ペースを乱されてって、何にですか？〉

「受賞関係のこととか……諸々ですよ」

自分がペースを乱しているとは考えもしないのか……待居は呆れる思いで語気を強めた。

〈そうですか……まあ、それはそのうち戻る話じゃないですかね。人と会うのは刺激になっていいと思いますよ。三時からなんですけど、そっちと調整できないっすかね？〉

「無理ですね。時間的にもかぶってますし」

実際、同じ時間に打ち合わせの予定が入っているのは確かだったので、待居は気兼ねなく断ることができた。

「どうですか、昨日の電話じゃ、まだ疲れが残ってるみたいなことをおっしゃってましたけど……」

多摩沢駅前の喫茶店で待居の向かいに腰を下ろした三宅は、ウェイトレスにアイスコーヒーを注文したあと、おしぼりで手を拭きながら、そんなふうに待居の調子を窺ってきた。

「昨日の今日じゃ、そんなに変化はないよ」

一足先に店に着いてホットコーヒーを頼んでいた待居は、それを一口飲んでから、ため息混じりに言葉を返した。

「まあ、そうでしょうね」三宅は苦笑気味に言う。「でも、これから待居さんには何回かまた、ああいうお祝いの機会が訪れると思いますけど、そうは言っても、そんなにしょっちゅうあることじゃないですから、やっぱり、いい経験をされたと思いますよ」

「まあね」そこは待居も、微笑して素直に頷いた。

文学賞の授賞パーティーというのは、デビュー時の新人賞のささやかなものを除いて、待居は出席したことがなかった。『凍て鶴』が評判を取って注目度が増しているとしても、まだデビューして三年そこそこ、業界関係者との付き合いもそれほど深くない自分が主役の文学賞パーティーに、いったいどれだけの人たちが駆けつけるのか予想がつかず、賑わいにはそれほど期待できないような気がしていたが、こういう文学賞は業界全体で盛り上げようという空気があると見え、初対面であっても二次会、三次会まで付き合ってくれる人も多く、待居は一日を通して——式場パーティーでの小野川たちが訪れたひとときは別として——祝賀ムードに包まれることができた。

「そうそう、写真をプリントしてきました。今日はこれを渡したくて」

そう言って、三宅はかばんから小さなフォトアルバムを取り出した。

待居はそれを受け取って開いた。

「へえ、三宅君、いつの間にか、こんなに撮ってたの？」

授賞式や二次会、三次会での待居とそれを囲む関係者の姿が写真に収まっている。当日の会場では文格社のカメラマンがくっついていたが、三宅も自前のデジタルカメラを手にして、レンズを待居に向けていた。それでも、こんなにたくさん撮っていたとは思わなかった。

「いや、一生の思い出ですからね。僕も頑張りましたよ」

「へえ……」

つい五日前のことだが、こんなシーンもあったのか、こんな人とも話していたのかという発見めいた思いがある。当日は祝福の渦に流されていて、自分がどんなふうにしていたか思い出せないような無意識の時間が多かった。

「これなんか、僕としてもよく撮れてるんじゃないかって思うんですけどね」

三宅は自分の前に置かれたアイスコーヒーを横にどけて身を乗り出し、待居が壇上でスピーチしている写真を指差した。確かに、なかなか堂々としているように見えて悪くない。

「それにしても、本当、たくさんの人が来てたんだねえ」

会場の様子を写しているものもあり、待居はそれを見て思わず呟いた。

「本当、盛況でしたよ。みんなお祝い事が好きなんですよね。新しいスターが出てくるのを待ってるんですよ」

待居は頷きながらアルバムを繰る。一枚一枚をゆっくりと眺め、称賛の言葉に酔ったあの日を思い出した。

さらにページをめくると、小野川と肩を並べて立っている姿が写っている写真があった。

「こんなとこも撮ってたの?」

「撮ってましたよ……待居さんに料理を持ってったあとに。気づきませんでした?」

写真の中の待居は、こんな顔をしていたのかと思うほど、表情が硬く見える。

「小野川さんの登場はサプライズでしたね」

「まあね」

待居は早々とそのページを飛ばして、次のページに移った。二次会で先輩作家たちに激励の言葉をもらっている様子や、花束を抱えている姿などが収まっている。表情も小野川たちといるときから変わって、柔和な感じに戻っている。

三次会の文壇バーは店の照明が暗くて写りがいまいちなこともあるが、待居の顔にも疲労のあとが見える。それでも周りの人間たちが楽しげに語らっているように写っているのが何よりだ。

最後まで見終わり、待居はもう一度、二次会のところから見返した。

その時々では流れに任せているだけで実感は湧かないが、こうやって振り返ると、なかなか経験できないことだなとしみじみ思える。自分の人生を顧みても、これほどの祝福が自分に向けられることなどなかったし、そういうときが来るとも思っていなかった。作家になっていなかったら味わえなかったことだ。

「その後、どうですか？　新作のほうは」

三宅がアイスコーヒーを飲みながら訊く。待居はアルバムから顔を上げたが、口からは「うーん」という冴えない唸り声しか出てこなかった。

三宅は乾いた笑い声をわざとらしく立てた。

「その様子ですと、かなりご苦労されているような……」

「まあね……」

「どこでつまずいてるんですか？」

「どこでっていうこともないけど……まあ、書き出しとかしっくりこなくて」

「そうですか……何か僕にできることがあれば言ってくださいよ」

「そういうのも特に思いつかないな……何となく集中力が高まらなくてね」

「どこかお身体の具合でも悪いとか？」

「それはないけど……まあ最近、寝つきが悪いってのはあるかもしれない」

「受賞関係の忙しさで、生活サイクルみたいなものが、一時的に崩れちゃったのかもしれないですねえ……だいたいの作家さんは一日何枚とかって坦々と原稿を書くことで生活のリズムを作ってるから、イレギュラーなイベントでそれが狂うと、なかなか元に戻らないって言いますもんねえ」

「まあ、そうかもしれない」

待居は曖昧に肯定しておいた。自分の今の精神状態をいちいち説明するのも面倒くさい気がして、何かをごまかすように、またアルバムに目を戻した。

「あ、やっぱりここだ……」

不意に入口のほうから聞き覚えのある声がしたので、待居は顔を上げた。

「あ……」

三宅が同じように入口のほうを見て、それから驚いた顔を待居に見せた。

待居は声も出なかった。

小野川が今泉らを引き連れて、店の奥へと歩いてくる。

「いや、もしかしたらここじゃないかと思ってね、覗いてみたら、ばっちり当たってました」

言いながら、小野川は気さくに手を上げて待居に挨拶した。

「この間はお邪魔しました。素晴らしい授賞パーティーで何よりでした」

今泉がそう言って頭を下げるので、待居もとりあえず会釈を返した。

その後ろにいるのは、二十代半ばくらいの女性だった。ジーンズに薄手のタートルネックという地味な装いの上に、ひょろりとした細身で肉感がまるでない。顔立ちは十人並みだが、眉が薄く、化粧をしていても華として効果的には乗っていないような感じだった。

その女性は戸惑うような眼つきで待居を見つめていた。

「いや、昨日、待居さんにね、誘いの電話をかけたんですけど、打ち合わせがあるって言うんで……」

小野川が三宅に説明してみせる。

「ああ、そうだったんですか」三宅は恐縮したように、頭に手を当てた。「僕のほうで聞いてれば、いくらでもずらせたんですけど……」

「そこは待居さん、担当編集者思いですからね」小野川は冗談口調で言った。「もう打ち合わせは終わったんですか？」

「ええ、まあ……そんな重要な話があったわけじゃなくて、メインはこの間の写真を渡したかっただけだったんで」

「あ、そう……じゃあ、ここの隣、いい？」

「あ、どうぞどうぞ」

三宅の返事を待つまでもなく、小野川は待居たちのすぐ隣のテーブル席に座った。

「君らも座ってよ」

小野川に促されて、今泉がその向かいに座った。もう一人の女性は待居をちらちらと見ながら、おどおどした物腰で今泉の隣に座った。

「こちらのお嬢さんがね、待居さんには電話でも話したんだけど、〈落花の会〉の心中に応募して木ノ瀬蓮美にも会ったことがあるっていう山崎さん。僕もさっき待ち合わせで会ったばっかなんですけどね」

小野川に紹介された山崎はうつむき加減に頭を下げた。ウェイトレスがやってきて、彼女は小野川らとともにレモンティーを頼んだ。その注文する声もか細く、見るからに人慣れしていないようだった。

ウェイトレスが離れてから小野川が続ける。

「で、こちらが待居さんと三宅さん。待居さんは僕や今泉さんと一緒に、〈落花の会〉

についていろいろ調べてる一人です」

山崎は待居を見て一瞬何か言いたそうな唇の動きを見せたが、声は出てこなかった。

「僕は別に調べてる一人じゃないですよ」口答えするのは馬鹿馬鹿しいと思いながらも、待居は一応、そう言っておいた。

「いやいや、待居さんもメンバーに入ってますから」小野川は楽しげに言う。

「大丈夫ですか？　けっこう大人数になっちゃいましたけど、気楽に考えてもらえばいいですからね」今泉が表情の硬い山崎を気遣って言う。

「誰も取って食ったりしませんから」小野川が言い、自分で笑っている。

「すいません……慣れてなくて」山崎は頬を引きつらせるようにして歪んだ笑みを見せた。「でも、大丈夫です」

「疲れたら遠慮なく言ってくださいね」と今泉。

「はい」

「じゃあ、基本的に話は今泉さんに任せるよ。僕らは聞き役で」

小野川の言葉に今泉は「あ、はい」と頷いた。

「山崎さんはですね、私がネットのあるサイトに〔落花の会〕についての話題を書き込んだのに対して、返事をくださった方です。最初はちょっとこちらの意図を伏せた形になってたんですけど、それは説明して、理解していただけました。その上で、いろいろ話をしてもいいとおっしゃっていただいたので……」

今泉がそう言って目で問いかけるように見ると、山崎はぎこちなく頷いた。

「山崎さんが〈落花の会〉と接触したときのこととか訊いていきたいんですけど……いいですかね？」

「でも私……一度参加しかけただけで、ほとんど何も知らないと思います……」山崎は消え入りそうな声で言った。

「いいですよ。知らないことは知らないって言ってもらえば……じゃあ、とりあえず、山崎さん自身のことから聞かせていただきましょうか」

「私のことですか……？」

「ええ」今泉は山崎を安心させるように笑顔のまま話を続ける。「山崎さんは、おいくつなんですか？」

「二十六です」

「独り暮らしですか？　それともご家族かどなたかと？」

「独り暮らしです」山崎は最小限の言葉で答える。

「そうですか……今はお仕事か何か、やってらっしゃるんですか？」

「バイトをやったりやらなかったりで……体調が悪かったりして続かないんです」

注文の飲み物をウェイトレスが運んできたので、その間、今泉の質問は中断した。

「えっと……」今泉が自分のレモンティーに入れた砂糖をスプーンでかき混ぜながら、山崎に視線を戻した。「体調が悪いっていうのは、具体的にどこが悪いとか、そういうのがあるんですか？」

「どこが悪いっていうか、自律神経がやられてると思うんですけど……不眠とか腹痛とか……」

「病院には……？」

「はい……でも、病院行くのも面倒くさくなるときありますし、通ったり通わなかったりで。もらった眠剤飲んでも、だんだん効かなくなるんです。次の日もだるいし、量ばっかり増えて怖くなったんでやめました。今は三日に一日はわざと寝ない日を作ってます。そうすると、次の日は五時間くらい眠れるし、その次の日は三時間くらいは眠れるんで……」

「けっこう不規則ですね」

「自分では、これが規則正しいみたいな感じになってるんです」

「そっか……で、今は〔落花の会〕に接触したときのような自殺願望っていうのはあるんですか？」

「あのときのようなのはないです。たまに気が向いて自傷するときはありますけど……」

山崎はニットの袖口から覗く包帯に目を落として言う。

「気が向いたときに自傷するんですか……？」

「気が向いたときなんです。昔は精神的にいっぱいいっぱいになって逃げ出したいときにやってたんですけど、今はかなり冷静っていうか……生きてる実感に乏しいからやってみるみたいなとこがあるんです」

「なるほど……普段からずっと実感に乏しいわけですか？　自分が他人みたいな……」

「よく分かんないですけど……離人症《りじんしょう》みたいな病気とは違うと思います」

「ああ、そうですか……ならいいですけど」

「私って何がやりたいんだろって考えてみたり……でも、考えても、何もやりたくないとしか思えないみたいな……」

「でも、逃げ出したいとか、人生やめたいとかは思わなくなったんですね……？」

「思わなくなったっていうか……そういう考えのほうに私を引っ張ろうとするものが今はないって言ったほうがいいかも……私、けっこう影響されやすいたちなんで」

「〔落花の会〕の心中に応募したのも、あのサイトに影響されてってことですか？」

「そうですね」

「もともと自殺願望があったわけじゃなかった？」

山崎はじっと考えるようにしてから答えた。「あったことはあったと思います。その頃、映画で主人公が死ぬ話を観たんですけど、今までなら怖いとか可哀想って思ってたようなシーンなのに、何か胸がすくっていうか、心が洗われる気がしたんです。死ぬのって悪くないなって思えてきて……そんなときにネットをやってたら、〔落花の会〕に行き着いて、そのときの私の気分と合ってたんです。死ぬことは穏やかなことであって、きれいなことであって……この先何十年も生きること考えても全然楽しい気分にならないし、何か、〔落花の会〕で言ってることのほうが魅力的に思えてきたんです」

「それで会にアプローチしたわけですね。掲示板に書き込んだんですか？」

「そうですね……サイトを見つけてから二カ月くらいは見てるだけでしたけど、でも毎日何回もアクセスするようになってて、掲示板に『落花希望』のメッセージが書き込まれてるのを見てるうちに、自分でも書きたくなったんです」

「で、リリーから返事があったと……？」

「はい。本気なら私とじかにやり取りしませんかって、リリーさんは落花希望の人にはそういうレスをしてるんですけど、私にもそんなメッセージが返ってきました。そのあとはお互い、メールでやり取りして、どうして死のうと思ってるかとか、身の回りの嫌なこととかをいろいろ打ち明けたりして、悩み相談みたいな感じで話を聞いてもらってたんです。そういうのがしばらくあってから、『まだ落花希望ですか、それとも落ち着きましたか？』って訊かれたんで、私は『落花したいです』って答えました。そしたらリリーさんは、『もしかしたら一月後くらいに練炭で落花する集まりができるかもしれないから、よかったらお知らせします。それまで身の回りのことをちゃんとしておいてくださいね』って言われて……その二週間後にまた連絡があって、いついつにやることになったけど、どうですかって……」

「で、参加したいって言ったんですね？」

「はい。そう言ったら、『あとはもう何も心配しなくていいですよ』って言われて……メンバーも車も練炭も眠剤もみんな大丈夫だからって……それ聞いて、ああ、とうとう一線越えちゃったなって思いましたけど、同時にほっとして、すごく気分が落ち着いたのが自分でも意外でした」

「それで、リリーに会ったのは当日ですか？」

「約束の三日前にメンバーを集めて顔合わせがありました。リリーさんは〝最後の晩餐〟なんて言ってましたけど、カラオケ屋の個室でご飯を食べながら当日の打ち合わせをするんです。当日は夕方五時に多摩沢の駅前ロータリーでとか、車はこの方が用意してくれますとか、埼玉の名栗《なぐり》に何とかっていうキャンプ場があって、その近くに一晩中人が寄りつかないような場所があるから、そこで決行しますみたいなことを地図を使って説明してくれるんです。携帯は集合場所で電源を切ってもらいますとか、私と連絡取った履歴は一応消去しておいてくださいみたいなことも言ってました。でも、落花を決行されたあとは、リリーさん、いつも携帯替えてたみたいです」

会のことを語っているうち、初めは暗いだけだった山崎の顔には、いつしか興奮を示すような赤みが差していた。口調もためらいがちではあったが、本人の意思に関係なく口のほうが止まらないというような、ある種の躁的な陶酔が見て取れた。

「リリーは実際会ってみて、どんな人でした？」

「きれいで優しい人でした。癒されるっていうか、サイト上でイメージしてた通りの人って感じでした。集まった人が口々に言ってたんですけど、リリーさんはホスピスの看護師さんみたいだって……話を聞いてると穏やかな気持ちになって、死ぬのが怖くなくなるんです。ネット心中に集まる人って、やっぱり死ぬのが怖いんですよ。一人で死ねなくて、誰でもいいから一緒に死んでほしいって思って応募するわけだから。そういう気持ちをリリーさんは分かってくれてるんです。打ち合わせが終わったあとにみんなでカラオケしたんですけど、最後にリリーさんが『アメイジング・グレイス』を歌ってくれて……すごくきれいな声なんですよ。聞いてるだけで自然と涙が出てくるんです。当日の現場でも歌ってくれないかってリクエストが出て、リリーさんも『いいですよ』って言ってくれて、本当に死ぬの怖くないやって思いました」

「アァーメージーン、グレース……か。映画のどっかで使おうかな」小野川が鼻歌を歌いながら、そんな独り言を言った。

「でも、実際には、山崎さんは参加しなかったわけですよね……？」今泉が話を進める。

「はい……そのときは本当に参加するつもりだったんです。もう遺書も書き上げてましたし、落花の準備も終えてたんです。あのカラオケ屋からそのまま心中しに行くなら、躊躇せずについてったと思います。でもそのますんなり同じ気分で約束の日に至ったわけじゃなくて……前日にリリーさんから電話が来て、集合場所を変えるってことになったんです。警察が動いてる可能性があるから、多摩沢駅前はまずいかもしれないとか、そんなことを言ってました。それで上野駅前にするって……参加者に北千住や市川の人がいたんで、じゃあそっちのほうにしようかって、なったみたいです。私は町田だから、ちょっと遠いなって思いました。それから……落花までの準備の仕上げで前日に実家に電話したんですけど、それで里心がついちゃったっていうか……母が缶詰とかお菓子を明日送るって言うんです。ときどき送ってくれるんです。それ聞いて、私、それが届く前に出ていかなきゃいけないのかって考えて……もしかしたら今回はタイミングとして違うんじゃないかって気がしてきたんです。それでリリーさんに電話で相談しました。そしたら、抜けるのは全然構わないし、今までもそうやって思いとどまって自分の生活に戻った人もいるって言ってくれました。でも、リリーさんの周りでは警察の気配が日増しに強くなってるから、落花の集まりを決行するのは、たぶん今回が最後になると思うとも言ってました。で、一晩考えて、一応、集合場所に行って、そこで考えが変わらなかったら、抜けるって言ってもらえばいいって……。

だから、私は言われた通りに、次の日、待ち合わせの上野まで行きました。そのときにはもう参加しないって決めてました。でも、待ち合わせ場所まで行くとメンバーが待ってて、車に乗ってなよとか、いろいろ話しかけてくるんです。みんな、私も参加すると思い込んでるんです。リリーさんはなかなか来ないし、このままここにいるとずるずる心中に引き込まれる羽目になるんじゃないかって思ったら何だか怖くなってきて、私、みんなの隙を見て、その場から黙って離れたんです。で、駅前の通り沿いを早歩きで逃げるように歩いてたら、車が停まってリリーさんが降りてきました。私、彼女の顔見たらそれ以上動けなくなって、やっぱり参加するしかないのかなって、そんなことをぼんやり思いました。リリーさんは私を見て、にこっとして『お疲れ様』って言って……で、笑顔のまま、『帰りますか？』って訊いてくれたんです。その言葉一つで、私は何だか三途の川から戻ってきたような気分になって、また泣いちゃいました。リリーさんはずっと笑顔で、『抜ける人がいるのは、本当は嬉しい』って言ってくれました。最後に私をハグしてくれて、会のことは忘れるように、何かあってもリリーさんのこととか誰にも言わないようにって言われました。たぶん、もう会えないだろうって、彼女には言われました。あれから一月後くらいにリリーさん自身が落花して、実際その通りになりました。会に参加したこともリリーさんに会ったことも、今まで誰にも言わなかったんですけど、ネットとかでは彼女のことを魔女みたいに言う声もあって、そんなんじゃないって思いがずっとあったんです。そんなときに、それ系のサイトの掲示板で久しぶりにリリーさんについての書き込みを見つけたんで……」

今泉が書いたものに彼女が反応し、こうやってコンタクトを取るに至ったということだ。

「そうですか」今泉が穏やかに微笑んだ。「いろいろ詳しく話していただいてありがとうございます。私はリリーに会ったことないんですけど、でも自分なりに彼女の面影を追ってみて、魔女みたいな女ではないっていう話には同感なんですよ。彼女は人生に疲れた人を死に誘う人ではあったけれど、それだけがすべてじゃないって感じさせる人でもあったってことですよね」

「生と死をどっちがいいとかじゃなくて、同列に考えてた人なんだと思います。誰かが死にたいって言ったら、世の中の人はみんな反対しますよね。それが当たり前なのは分かります。でも、それだけじゃ解決にならないんです。そんな中で、正面切って死んでもいいよって言ってくれる人は貴重じゃないですか。それも適当に言ってるわけじゃない。生きろって言う人は、その後の面倒は見てくれないけど、彼女は死ぬ面倒を見てくれる。私は、彼女のしたことは博愛なんじゃないかって思うんです」

「なるほど……」今泉は山崎の言葉を嚙み締めるように相槌を打った。「リリーのそういうスタンスは今でも支持するっていう考え方ですか？　つまり、自殺はありだと……」

「その人その人に、死んでしまったら悲しむ人がいると思います。私にも何人かはいます。そういう意味では最悪の選択かもしれません。でも、人はいつかは死んでしまうんです。どっちにしろ、いつかは死に向かわなきゃいけない……そうなら自分で時期を選んでもいいんじゃないかって気もします。悲しむ人がいるのを承知の上でそういう選択をするなら、それは尊重されてもいいんじゃないかって思います」

「確かにそういう考えもありかもしれないけど……」今泉は伏し目がちになり、言葉を選ぶようにして言った。「私は自殺や心中の取材をしてて、いつも思うことがあるんですよ。それはですね、その人たちは自分で人生の幕を引いてしまったけど、もしそうしなかったら、その先にどんな人生が待ってたんだろうってことなんです。病死した人や事故死した人なんかも同じかもしれないけど、自殺した人は違う選択も自分の意思でできたわけだから、余計にどうなんだろうって思うんですよ」

「変わらないと思います」山崎は冷ややかに言った。「だって私がそうなんですから……分かります。今までと同じような日々が続くだけです」

「それはまだ分かんないよ」小野川が口を挿んだ。「山崎さんだって、まだ二十六でしょ。僕が二十六のときは五年前だけど、まだほとんどフリーターと一緒でしたよ。山崎さんだって、これからどんな才能が開花するか分かんないし、どんな男性と恋に落ちるか分かんないですよ」

山崎は無表情で首を振る。「そうやって人生が劇的に変わる人は、世の中でも一握りです。普通の人は何年経っても同じ生活を飽きもせずに続けてるだけです。〈落花の会〉の掲示板に、リリーさんじゃないけど、会の誰かが書いてました。『いろんな人がこれ以上生きたくもないのに、挫折や屈辱の怨念にまみれて生きさせられてる……死ぬ自由を得られたとしたら、それは一つの大きな愛を得られたに等しい』って。自殺はその人の人生を終わらせるわけだから、ある種の負けなのかもしれません。そう言う人の意見も分かります。でも、当人にとってみれば、それで大きな自由を、救いを得られるんです。その人にとって、それ以上の何が望みなんでしょうか。それくらいのものが手に入るなら、負けでも何でも構わないっていう考え方だってあると思います」

山崎の切実な言い方に、一同は対する言葉が見つからないように沈黙した。それを調子外れの軽い口調で破ったのは小野川だった。

「いや、ぶっちゃけ、僕も自殺はありだと思いますよ。だから木ノ瀬蓮美に興味が湧くんだしね」

「私もありだと思います……ていうか、思ってました」今泉は慎重な口振りで言う。

「でも、自殺してはいないってことは、やっぱりどこかに、それは違うんじゃないかって思う部分があるからじゃないですかね。山崎さんも結果的に今こうして生きてる以上、そうなんじゃないかと……」

「どうなんでしょう……自分がどうして今も生きてるのかってことを考えると、気持ちがどんどん深いとこに沈んでいきそうで、あんまり考えないようにしてるっていうか……」

「そっか……そうですよね」今泉が山崎の微妙な反応を見て、話にブレーキをかけた。「ごめんなさいね、ついついディープなほうに話が行っちゃって……」

「まあ、そういう是非論はこの際どうでもいいんですよ」フォローのつもりか、小野川が言う。「人の心なんて、先のことは分かんないわけですよ。こうやって話を聞いてる我々の誰かが何年後かに落花しちゃってる可能性だってなくはないわけですし」

彼は乾いた笑い声を小さく立てて続けた。

「まあ、それより、あれですね……その掲示板の書き込みはなかなか含蓄《がんちく》がありますよね。『死ぬ自由を得られたとしたら、それは一つの大きな愛を得られたに等しい』ですか……リリーじゃなくて会の誰かっていうのは、幹部のことですか？」

「幹部か、そうでなくても常連の人だと思います。あの掲示板は新しく来る人の書き込みに何人かの常連が反応するみたいな感じでしたから」山崎はそう言いながら、ふと待居のほうを見た。「もしかしたらパインさんの書き込みだったかも……」

山崎の問いかけるような視線を受け、待居はその意を測りかねて眉をひそめた。

今泉が怪訝そうに待居を見た。小野川もみんなの視線に釣られるようにして待居を一瞥し、「山崎さんはパインのことを知ってるんですか？」と彼女に尋ねた。

「え……？」山崎はうろたえるような声を出して、瞳を左右に動かした。「ていうか……」動揺気味に声を落とし、また待居を見た。「パインさん……ですよね？」

今泉が、小野川が、三宅が、驚いたような顔を待居に向ける。

何を言い出すんだ、この女は……待居も眼を見開き、絶句したまま、彼らと顔を見合わせた。

11

「ていうか……パインさん……ですよね？」

山崎の言葉は疑問形でありながらも、そう信じて言っている人間のものだった。

今泉知里は山崎の表情を見て何かの冗談を言っているのでないことを確かめると、その目を待居に向けた。

待居は口を半開きにした状態で固まっていた。その口から言葉は出てこない。血走った眼がぎょろりと動いて今泉に向いた。

「えっと……」今泉は誰に何を訊いたらいいか分からなくなり、結局、今までの流れのまま、山崎に質問を投げた。「どういうことですか？」

「パインさんじゃないんですか……？」

山崎はみんなの反応に臆したのか、さらに声を落として、自信なげな口調で訊いた。

「あはははははっ！」

突然、小野川が笑い出した。待居の驚きと戸惑いが入り混じったような表情を見て、愉快この上ないというような顔をしている。

「この人はパインじゃないですよ。さっき紹介したでしょ。待居さんです。作家の待居涼司さん」

「はあ……」

山崎は理解したのかどうか分からないような声を出して待居を見ている。

今泉はその様子に興味をそそられ、一瞬、逡巡したのち、山崎に尋ねてみた。

「どうして待居さんをパインだと思ったんですか？」

問いかけられて、山崎は今泉を見た。「いえ……」

「パインに会ったことがあるんですか？」

訊きながら、今泉は自分の心臓の鼓動を意識した。待居の顔を見ることができなかった。

「あの……」山崎はおどおどと視線を動かした。「話したことはないんですけど……さっき話した会の集まりで、当日、リリーさんに会ったとき、リリーさんが降りてきた車の運転席にいたんです」

「いた……パインが？」

「リリーさんは落花のときは現地まで来てくれて、もちろんみんなが逝くまで見届けるとかそこまでじゃないんですけど、準備を手伝ってくれたり、最後の最後になって気持ちが変わった人の相手になったりしてくれるんです。打ち合わせのときにそういうことを説明してくれて、現地まで付き合うんだけど、それにはもう一台車がいるから、それも用意しないといけないって話をしてました。で、リリーさんは運転免許を持ってなくて、当日、リリーさんが乗る車はパインさんが運転する予定だって……」

「リリーがそう言ってたんですか？」

今泉が念を押して訊くと、山崎はこくりと頷いた。「そう聞いた気がします」

「それで、当日、その車の運転席を見たら……」今泉は言いながら、ゆっくりと待居を見た。

待居は表情を凍らせ、山崎を睨むように見ている。

「あの……すいません、似てたような気がして」山崎が消え入るような声で言った。

「馬鹿馬鹿しい」待居は吐き捨てるように言って首を振った。「何年前の記憶ですか？

「そんな話ばっかりですね」

そんな話ばかり……小野川も木ノ瀬蓮美が生きていた当時、彼女と多摩沢のスーパーで買い物をしていた男を見かけたと話していた。その男が待居に似ていたと。

確かに四年も前の記憶に正確性を期待できるのかという問題はある。しかし、二人の人間からほとんど似たような話が出てきたということは、無視していいことではない。

今泉は心臓の高鳴りを顔に出さないように気をつけながら、誰かが何かを言うのを待った。

「だからね、それは面白い話なんだけど、残念ながら、この方はパインじゃないんですよ。ただの作家さんですから」

小野川が、場の緊張を強引に緩ませるような口調で言った。

「ただの作家さんて……パインのほうがすごいみたいなことになってますね」待居の担当編集者、三宅が引きつり気味の笑顔で軽口を叩いた。

「少なくともこの場では、物書きより希少な存在ですからね」小野川は冗談で返している。

「すいません……何か、失礼な間違いをしてしまったみたいで」

山崎はか細い声で謝り、待居に頭を下げた。

「いえ」

待居は憮然とした顔のまま、一言だけでそれに応じた。

「待居さんはいつも機嫌が悪い顔してますからね。大して怒ってないですし、気にすることはないですよ」

小野川が笑って言う。待居は苦虫を嚙み潰したような顔でそれを聞いていたが、何かを言うことはなかった。

自分の言葉が微妙な空気を呼んでしまったことにショックを受けたのか、山崎は一気に口が重くなってしまった。躁状態で喋り続けていた反動も出たのかもしれない。気分を変えるようにして、蓮美が自殺した件の感想など、話を進めて今泉は訊いてみたが、本人もおそらく何を言っているのか分からないのではないかというような、虚ろな反応だった。

12

「素顔」風友推理新人賞を受賞した待居涼司さん

「真っ暗闇の道を手探りで歩いてきた感じ。これがスタートに過ぎないことは分かっているが、これからの道には明かりが灯っているはず」。作家を夢見て五年。念願のデビューが決まった喜びが言葉ににじむ。

人気実力派作家をコンスタントに生み出している同賞の今年度受賞作「ひずみ」は、リストラされた男二人の再生と転落を対比的に描いた意欲的長編だ。「エリート人生を踏み外した男が殺人に加担する場面など、異様な迫力があって引き込まれた」と、選考委員の評価も高い。

新人賞への応募を重ね、八作目の今作でこれまでの努力が実った。武蔵野文化大学進学を機に上京。在学中は同学の伝統的同人誌「あすなろ」に参加し、創作の腕を磨いた。卒業後は大手メーカーに就職してサラリーマン生活を送っていたが、「書くことが好きで作家になりたかった。安定した生活には魅力を感じない」と、会社を辞めてアルバイトをしながら新人賞への応募を始めた。自信作が予選で落とされ、「書こうにも何を書いたらいいか分からなくなり、頭が空っぽの状態になったこともあった」という。しかし、受賞作はスランプの末にようやく書きたいことを見つけ、着想を固めてから三週間ほどで書き上げた。「何かが乗り移ったみたいに書けた。あまり寝てないし、もう一度やれと言われても無理」と執筆当時を感慨深げに振り返る。

賞金五百万円は当面の生活費に回す予定だが、「記念に時計でも買ってしまうかも」と自分へのご褒美も考えている。ここで安定してしまうつもりもない。「これからも人間の危うさに迫った小説を書いていきたい」と目を輝かせる。三十二歳。

先日の続きをと思い、多摩沢の図書館で新聞の縮刷版を広げたところ、その月の最後のほうで、待居涼司の記事が目に飛び込んできた。蓮美の自殺から七カ月後に当たる頃のものだ。

デビューが決まったばかりの待居涼司は、こざっぱりとした今とは違い、髪はぼさぼさと伸びていて、どこか浮世離れしているような印象がある。たまたま写真の写りがそうなのかもしれないが、頬の肉も削げていて、眼つきも柔らかさを感じない。作家を夢見てひたすら応募原稿を書いていた日々の辛苦がまだ表情に残っているかのようだ。

今泉は三日前の、喫茶店での出来事を思い出す。

山崎が待居を見て言った言葉。

パインさん……ですよね？

冗談にもならないと、切り捨てるべきかもしれない。

しかし……。

もしかして……という思いが、今泉には拭い切れなくなっている。

あのあと山崎は、自分の言葉で人の気分を明らかに損ねてしまったのがショックだったらしく、すっかり落ち込んだ様子だった。あの喫茶店を出たあと、フォローのために今泉は彼女を誘って、違う店に移った。静かな店でケーキを食べて、多少山崎も気を取り直したようだったが、待居をパインと思ったことについては、自分の思い違いだったとして、それ以上のことを語ろうとはしなかった。今泉にしても、山崎が精神的には決して安定していない人間だという頭があるので、無理に突っ込んで訊くことはできなかった。

あの翌日、今泉は小野川に電話をかけてみた。

〈どうも、どうも。昨日は楽しかったですね。おかげ様で有意義な話が聞けましたし〉

小野川は相変わらず上機嫌な様子だった。

こちらこそと、今泉は前日のお礼を言い、あのあと山崎と別の店で少し話をして駅まで送っていったことなど報告した。

〈それはそれは、いろいろお疲れさんでした〉

「いえいえ……でも、山崎さん、待居さんに失礼なことを言ったんじゃないかって、けっこう気にしてましたね」

今泉はそれとなく、そちらのほうに話題を持っていった。

〈気にし過ぎですよ〉小野川はからからと笑った。〈待居さんは不機嫌キャラなんですから、いつもああなんですよ〉

「前に小野川さんが、蓮美とスーパーで一緒にいた男が待居さんに似た感じだったっておっしゃったときも、待居さんはむっとしてらっしゃいましたもんね」

〈だから、ああいうキャラなんですよ〉

「キャラですかぁ」今泉はそう合わせ、冗談の延長のように訊いてみる。「でも、私、ちょっと気になったんですけど、小野川さんも山崎さんも、パインは待居さんに似てるってことになってますよね？」

〈僕のは忘れてくださいよ。また待居さんに噛みつかれちゃうから〉彼は笑い混じりに言う。

「それで小野川さんは山崎さんに、彼はパインじゃないですよって何度もフォローしてたんですか？」

〈それでも何も、待居さんは待居さんですからね〉

「でもでも……パインが待居さんじゃないとは言い切れないじゃないですか……なんて思ったりもしたんですけど」

〈ははは、それだったら本当に面白いですけどね、残念ながらパインは別人らしいんですよ〉

「らしいって……？」

〈ほら、授賞式に一緒に行った刑事の中橋さん。あの人に僕、蓮美と一緒にいた男が待居さんみたいなタイプだったって話したら、あの人興味津々でね、会いたいって言うから連れてったわけですよ〉

そうだった。さすがに小野川といえども、ああいう場に進んで見知ったばかりの刑事などを連れていくはずはない。中橋のほうが、ぜひ会ってみたいと言ったのだ。

〈で、実際会ってみて、帰り際、中橋さんがぽつりと言ったんですよ。パインとは似てないって〉

「似てない？　てことは、中橋さんはパインが誰だか摑んでるってことですか？」

〈そのへんを突っ込むと、あの人も口が堅くなるんですけどね……まあ、そこは警察だから、目星くらいは付いてるのかもね。あるいは何かの情報で顔つきだけは把握してるとか……〉

そんなやり取りがあり、今泉の中にむくむくと湧き上がっていた疑念はとりあえず跳ね返されたのだった。

しかし、中橋が目星を付けているパインが、本物のパインだと言い切れる保証はないのではないか。

蓮美は自殺に当たって、会の内部に捜査の手が及ばないよう、慎重に証拠等を消したと言われている。自殺後、警察が会の行動の解明に手を焼いている様子だったのも、その説を裏づけていると言っていいだろう。

もし警察がパインの正体を突き止めているなら、そのままほっておくはずはない。彼にも自殺幇助の容疑をかけることはできるだろうし、少なくとも会の全貌を明らかにするために、取り調べを課すだろう。今泉にも新聞記者時代の同僚たちとつながっているアンテナが一応生きていて、本の執筆時にもいろいろ助けてもらったのだが、そのアンテナにもそんな話は引っかかってきていない。

中橋が待居に会ってみたいと思ったのには、それなりの理由があるはずではないか。少なくとも待居の小説に興味を持ったとか、そういう単なるミーハーな動機だけだったとは思えない。

〔落花の会〕が活動していた頃というのは、記事によるなら、待居がアルバイトで食いつなぎながら、新人賞への応募原稿を黙々と書いていた時代に当たる。現在の、一人前の作家として作品をヒットさせ、映画化も決まり、脚光を浴びて次作を期待されているような環境ではない。今泉自身、新聞社を退職して体調も思わしくなく、これから自分はどうすればいいのかも分からなくなっていた頃を振り返ると、その時代の心境は類推できる。ひたすら気が塞ぎ、自分には何の存在価値もないとしか思えなくなるような自信喪失状態の中で、自分はいったい何をやりたいのか、答えの出ない自己問答を続けなければならないような日々だ。

何を書いたらいいか分からなくなったこともあったと、待居はインタビューで話している。

そう言えば小野川も、自分には切実に書きたいものがない、自分の中からは何も出てこない……というような彼独特の悩みをこぼしていた。

何かを書こうとする人間にとって、書きたいことが見つからないことほど生き地獄に感じることはないのではないか。かつての文豪らの自殺も、執筆の行き詰まりが一番大きな理由だろうと言われたりもする。人生に悲観していても、自分の頭の中に素晴らしいアイデアが渦巻いていれば、それを形にするまで自分の命を捨てたりはしないだろう。

待居は新人賞に応募するも落選を繰り返し、何を書いたらいいか分からない状態……スランプに陥った。

出口が見つからない袋小路。作家デビューなど夢の夢。三十歳を過ぎて、後戻りはできない人生。そして……。

自殺という選択肢が頭をよぎったのではないか。

その思いが、彼を〔落花の会〕のサイトに引き寄せた。

インターネットというのは、不思議な世界だ。『誰かと死にたい症候群』の中で、今泉自身、けっこう気に入っている文章がある。「現実の街にあるなら躊躇して足を踏み入れないような場所でも、ネット上ならためらいなく覗くことができる。個人がアクセスしたネットの履歴は、その人間の心の街の地図であり、そこを歩いた心の軌跡である……」だったか。

つまり、現実社会ならまず結びつかないような人間関係が、ネットでは趣味嗜好の本音を通して成立することがあるのだ。相手の顔が見えないことで、例えば老人とギャルが、お堅い公務員と犯罪者が同じサイトの住人として、ごく自然なコミュニケーションを取っていても不思議ではない……そういう世界だ。

だから、作家になる前の待居涼司がふらふらと〔落花の会〕のサイトに足を踏み入れ、そして、そこにどっぷり浸かって蓮美を支える立場になっていたとしても、驚くことではない。会は社会を賑わせ、蓮美は死を選んだ。幹部としては、もしかしたら後追いも考えていたのかもしれない。しかし幸か不幸か、待居はその後、作家デビューのチャンスを掴むことができた。自殺への誘惑から解き放たれ、〔落花の会〕での活動は完全に過去のものとなった。そうなら、犯罪性を持ち、警察もマスコミも関心を向けている〔落花の会〕との関わりなど、隠し通したくなるのが自然というものだ。ここ最近の待居の言動を見ると、そういう人間が起こすべき反応を見せているように思えてくる。

待居の誤算は、小野川充という類まれな感性を持った奇才との出会いだった。小野川はかつて多摩沢に住み、木ノ瀬蓮美にも関心を寄せていた。多摩沢と〔落花の会〕という待居が浸かっていた空気を知っていた。同じ物書きとして感じるところも多い小野川は、待居の作品からそれらを苦もなく読み取ってみせたのだ。

今泉は待居の作品五作のうち三作を読んでいた。喫茶店での出来事があってから、残りの二作も読んだ。

待居の作品で、自殺がテーマになっているようなものはない。デビュー作の『ひずみ』も、主人公が人生から転落して悪事に手を染め、最後はとうとう友人の恋人を絞め殺してしまうという犯罪小説である。その殺しの描写などには、確かに言われてみれば、異様な臨場感がある。『凍て鶴』などに比べて荒削りな部分はあっても、独特の熱っぽさで読ませてしまうようなところがある。しかし、自殺する人間が出てくるわけではなく、それはほかの作品でも同じだ。転落する人生模様はある種の破滅志向と言えなくもないが、その手の小説が要請するパターンだとも言える。そこから自殺願望的なニュアンスまですくい取るのは、なかなか難しい。

ところが、小野川はそれをやってみせた。おそらく犯罪描写の退廃的な匂いだけでなく、小説全編から、自分のような凡人では読み過ごしてしまっているようなものをすくい取っているのだろう……今泉はそう思う。

待居は待居で、隠しておきたい心の底まで見透かされるような小説を書いているつもりはなかったに違いない。自分の中から何を持ってきたにしろ、ある意味でそこが焦点とはならない、エンターテインメントに結実した作品を仕上げたつもりだったはずだ。だから、小野川が『凍て鶴』の解読に木ノ瀬蓮美という鍵を持ち込んできたとき、待居は恐怖に近い衝撃を覚えたのではないだろうか……。

そこまで、興奮した頭が思考をどんどん進めていき、その仮説が自分の中で見る見る信憑性の高いものに育っていくことに悪酔いするような薄ら寒さを感じたところで、今泉は思いとどまった。

先走り過ぎだ。実際には、待居と〔落花の会〕との結びつきは、どこにも確認されていない。中橋は、パインは別人だと言ったのだ。

今泉は、自分が育てた仮説を、雑念であるかのように頭の中から振り払おうとした。

しかし……。

簡単に捨てるには惜しい仮説だと思った。

13

図書館を出た今泉は、この前と同じように駅前のクレープ屋で買ったクレープで小腹を満たしながら歩き、多摩沢公園に足を踏み入れた。

そして、多摩沢池を眺めるベンチには、この前と同じように、多摩沢署の中橋が腰かけていた。もちろん偶然ではなく、図書館のロビーから電話をかけ、一度また話を聞きたいと申し出たのだ。

気配に振り返って今泉を見た中橋は、軽く会釈して池のほうに向き直った。今泉が隣に座ると、彼は「今日もいい天気ですな」と眼を細めた横顔で言った。

「で、話というのは？」

「中橋さんは、例の木ノ瀬蓮美の事件をまだ追ってらっしゃるんですか？」

「そればかりに関わってるわけじゃないですがね……まあ、聞き耳はいつも立ててますよ」

「待居さんの授賞パーティー、中橋さんもお出でになるとは思いませんでした」

あのときは小野川と待ち合わせる形で中橋とも一緒に会場入りしたが、二人で話す機会はなかった。

「小野川さんが行きましょう行きましょうって言うもんですから、ついつい分をわきまえず顔を出してしまいました」

「あれは何か期待するものがあったんですか？」

「期待……」中橋は考えるような間を置いてから答える。「『凍て鶴』を小野川さんに勧められて読んだら感銘を受けましてね……それで作家先生に一度会ってみたいっていうミーハーな根性ですよ」

「中橋さんには似合いませんね」

「小野川さんにも話しましたけど、こう見えて私は読書が趣味なもんですからね」

「じゃあ、私の本は読んでいただけましたか？」

「ああ、あれね。わざわざ送っていただいて……もちろん読みましたよ。力作でしたね。

特に何ですか……ネットはある種の人間にとって、現実よりも本当の自分を生きさせることができる社会になり得ているっていう視点がね、なかなか含蓄があって考えさせられましたよ」

「ありがとうございます。あれも一応、一生懸命書いたんですけど、消化不良の部分もけっこうありまして……特に木ノ瀬蓮美の章については、もうちょっと深く掘り下げられなかったかと、忸怩《じくじ》たるものがあるんです」

「そうですか？　よく書けてたように思いましたけどね。特に木ノ瀬蓮美の生い立ちなんか、よく調べたもんだと唸りましたよ」

「そこは彼女の田舎を回って何とでもなりましたからね。でも、肝心の〔落花の会〕の内情とか蓮美の自殺の真相とかは、かなりごまかして書いた自覚があるんですよ。中橋さんから話を引き出せなかったのが敗因です」

「ははは……敗因ですか。それは申し訳ない」

「いえ、私が未熟だからです」今泉は首を振る。「中橋さんて、小野川さんにはけっこう喋ってるようなのに、私が相手になると口が重くなるでしょ」

「そんなつもりもないんですけどね」中橋はかすかに笑った。「小野川さんはほら、あんな感じで向こうからどんどん喋ってくるから、こっちもついつい余計なことを言ってしまう……あれは不思議なもんですな」

「確かに……いつの間にか彼のペースに引き込まれてて、本音をさらけ出すのが当然みたいな空気にされちゃいますからね。私もかつての自分の自殺願望まで吐き出す羽目になりましたし」

「ほう」中橋は興味深そうに眼を細めたが、それ以上は突っ込んでこなかった。

「その点、私は駄目ですね。記者上がりだから、どうしても質問攻めになっちゃう。中橋さんも、そういうタイプの相手には慣れてるでしょうし」

「でもまあ、あなたの取材にも私は精一杯お答えしたつもりなんですけどね」

「会の幹部のことになると、中橋さんは、はぐらかそうとしてたみたいでしたけど」

「正直に言えば、我々にとっても、そこが一番重要でしたからね。木ノ瀬蓮美亡きあとは、そこに焦点を絞らざるを得ない。だから、うかつなことは言えなかった」

「それだけ慎重に捜査を進めても、結局は実を結ばなかった……ということですか？」

「残念ながらね……初動が甘かったのは事実でしょうな。目立った外傷はない。遺書もある。自殺サイトの管理人だ。そんなことから、自殺には違いないということで一呼吸置いてしまった。

はっきりしてる部分ははっきりしてるわけですよ。死後硬直等の状況からして、死亡推定は日付が変わる頃の前後二時間。夜の十一時頃に実家に最後の電話をし、それからサイトのコンテンツを閉じて、トップページにメッセージをアップしている。そして、その後のせいぜい一、二時間程度で彼女はこの世からおさらばしてる。周到に準備した計画的な自殺であることは明らかです」

「死因は分かってるんですか？」

「所見的には、まあ、外窒息の状態ですな」

「外窒息……？」

「そう……外傷もなく自殺に違いはないということで解剖には回しませんでしたけど、心臓内血液は採ってあります。それを調べると、まあ、高炭酸ガス血症なわけですよ。普通の心不全で死んだ状態にも似てますけどね……でも、病気で死んだとは思えませんし、もちろん、薬物の反応もない。一酸化炭素でもありません。喉に何かが詰まってる様子もないし水も飲んでないから、口を塞いだりビニール袋をかぶったりして窒息したんじゃないかと思いますな」

窒息……。

「凍死という可能性はないんですか？」

中橋は首を振った。「死斑の色なんかも凍死となるとちょっと違ってきますからね。そんなに寒い夜でもなかったし、水に浸かっていながら、胸元あたりは濡れた形跡もない。時間的にも一、二時間程度で死ぬのは、ちょっと無理がありますな」

蓮美が自殺したとき、そばに数人の幹部がいたことは間違いないはず。そんな中で蓮美は自ら頭にビニール袋をかぶり、息苦しさに悶えながら絶命したということか。華麗なる自殺のイメージとはあまりにかけ離れた光景しか浮かばず、今泉は事実として受け入れがたかった。

「池に浮かんだまま、自分で息を止めて眠るように死んだなんて噂も聞きましたけど……？」

別に蓮美の肩を持つわけではないが、「伝説」を持ち出して、中橋の反応を見てみたかった。

「人間、そんなふうには死ねませんよ」中橋は一言で切り捨てた。「自殺でそんなきれいな死に方なんてない。みんな死ぬときは、のた打ち回ったり、けいれんしたり、泡を吹いたり、眼を剝いたりして苦しむんです。それに、入水《じゅすい》すれば顔がふくれ上がるし、硫化水素なら身体が緑色に変色する。きれいに死ぬと言われる一酸化炭素だって、身体が鮮紅色を帯びるのは死んでからしばらくの間の話であって、腐敗が進めばどのみち見るも無残な姿になるんだ」

「でも……木ノ瀬蓮美は鮮やかに死んでみせた。その裏がどうなってるにしろ、残ったのはその伝説ですよ」

「まあ、我々警察が、そんな伝説を生む隙を与えてしまった責任もあるんでしょうな。だからせめて、本当はあったはずの、生ぐさい事実を暴いて、彼女を崇め奉ろうとするいてみせた。

人々の目を覚ましてやらなきゃならないとは思ってます」

「幹部の存在についてはどう考えてるんですか？　木ノ瀬蓮美の自殺は、彼女一人では演出できない……それは警察も重々承知だと思いますけど」

かつて取材をしたときには適当にかわされてしまった問題に、今日の中橋は小さく頷いてみせた。

「もちろん……雑誌記者たちが取り上げたように、池の北側に入り込んだような複数の足跡は我々も確認してます。彼女には〔落花の会〕の幹部、協力者がいる。おそらくどこか別の場所で彼女は自殺を遂げ、幹部があそこまで運んで浮かべた……その通りでしょう。あの緑のコートを着せたのも幹部かもしれない。そのり、彼女は息を止めてそのまま静かに死んでいったと伝説を作って流したのも幹部かもしれない。それくらいのことは我々も考えの中に入れてます」

「自殺幇助あるいは嘱託殺人、そして死体遺棄……それだけの疑いがあるなら、幹部を追い詰めない手はないですよね？」

「それがね……口で言うほど簡単ではなかったということですよ。木ノ瀬蓮美は自殺するに当たって、見事なほどに会の内情の痕跡を消していた。連絡ツールには闇流れの携帯を使い、幹部にも使わせていたと見られてる。それに加えて、彼女らの特性ですよ。それが我々の出足を鈍らせてしまった」

「特性……？」

「自殺願望を持ってるということですよ。これが本当に参るんですな。木ノ瀬蓮美のときも我々は彼女の包囲網を敷こうとしてた。証拠を集めて、自殺幇助の容疑を何とか固めようと動いてた……その矢先の彼女の自殺ですから、ショックなんてもんじゃなかった。

その後も同じです。蓮美の自殺からちょうど一週間後、あの池でバラの花を蓮の葉に手向けるようにして浮かべる女を捜査員が見つけた。その捜査員の頭には、〔落花の会〕で幹部と目されているローズという人物のことが浮かんだ。それで尾行してマンションを突き止め、身元を調べた。しかし、その気配を感じたとは思いたくないが……彼女もまた数日後に自殺した」

府中のマンションで自殺したローズ……上宮律子《うえみやりつこ》のことは、今泉も本の中で少しだけ触れている。彼女についても当時の中橋は何も教えてくれなかったから、基本的な知識は記者時代の同僚から聞いたものだった。彼女の父親は彼女が中学生の頃に事業の失敗で首を吊り、以来、学校にも行かず、十五、六歳のうちから東京に出てきて夜の店などを転々としていたようだ。

《私はどうも遺伝子的に落花の運命にあるようです。父親がそうでしたからね》

《ローズって言うとなんか華やかな女みたいですが、全然逆で、茨の意味です。ワイル

ドローズですね。そういう人生を送ってるので（笑）。》

掲示板でのそんなコメントが印象に残っている。

中橋はそう思いたくないとは言うが、実際には、警察の気配を察して、逃げ場を失った感覚を強くした可能性が高い。自殺する前、彼女は実家の母親に電話をして、〔落花の会〕に関わっていて警察に監視されていると話している。死にたいという彼女の話を聞いた母親は警察に通報したが、担当の刑事たちに伝わって彼らが部屋に足を踏み入れたときには、すでに彼女は事切れていた。

こういう結果が続けば、刑事たちの意気が削がれてしまい、捜査に躊躇する空気が生まれても不思議はないというところか……。

「ほかの幹部は……？」

今泉が訊くと、中橋は首を振った。

「突き止められてないんですか？」

「まあ、そんなようなもんですな」

「そんなようなものって……パインは人物が特定されてるんじゃないんですか？」今泉は踏み込んでみた。「小野川さんとの話で、パインは待居さん似じゃないっておっしゃったとか……」

中橋は少し苦い顔をして、「そんなこと言ったかな」とごまかすような独り言を吐いた。

「パインは誰だか分かってるってことですよね？」今泉は重ねて訊いた。

「まあ、こいつじゃないかってのは浮かんでますよ」彼は一つ息をついてから白状するように言った。「所在不明ですけどね。西多摩沢のアパートはもぬけの殻だから」

「どんな人物なんですか？」

「当時で二十八かな。ギャンブルで借金作ってた男ですよ。安アパートの殺風景な部屋に住んでてね。サラ金会社には金の当てがついたとか言いながら、そのまま行方をくらましてしまった。実家、友人関係を当たっても、どこに行ったかは分かりませんでしたね」

「その男がパインだという証拠はあるんですか？」

「本人が我々に認めたわけじゃないから、ないと言えばない。ただ、蓮美と一緒に写ってる防犯カメラの映像があって、その人物はおそらく彼だと思われるということです」

「防犯カメラ……どこのですか？」

「銀行。蓮美が金を下ろすところに、彼が付き添ってたわけです」

「それが彼に似ていると？」

「そういうこと」

「それだけでパインだと言えるんですか？」

そう訊くと、中橋は少しためらいの表情を見せたあと、今泉を見た。

「あとは名前だね」

「名前？」

「松野和之《まつのかずゆき》。松野……パイン・フィールド」

「松野……」

そうか、パインはパイナップルではなく、松のことか……今泉は今さらながらのことに気づいた。

〈落花の会〉の会員たちのハンドルネームは、別に全員が全員、自分の名前を由来にしているわけではない。パンジーは単にパンジーが好きだからだったし、先日会った山崎は、〈落花の会〉では、あじさいというハンドルネームを使っていたという。それも、実家の庭に紫陽花があるからという理由だ。

しかしもちろん、自分の名前から取る者もいただろう。掲示板に書き込んでいるときは、まさか自分が警察にマークされる人間になるとは思っていなかっただろうから。

それと同時に思い出した。

「中橋さんが待居さんに会いに行ったのは、そういう期待があったんですね？」

「そういうとは……？」

中橋はあくまで感情の見えない表情で今泉を見る。

「あのとき……待居さんの本名を訊いて、『松井……？』って訊き直してたじゃないですか」

あれは、松井なら……という中橋のある種の期待が思わず出たやり取りだったのではないか。中橋も松野という行方不明の男をパインだと睨みながら、しかし、もしかしたらそうではないのではという可能性を、待居の存在に見出そうとしていた……のではないか。

「さあ、そんなことありましたかね？」中橋はしらばっくれるように言った。

この態度を、今泉はどう取っていいのか分からなかった。彼の頭に浮かんだ可能性は、もうあっさりと捨て去られたということなのだろうか。

今日の中橋は、以前には適当にごまかしていたことも、話してくれている。松野という男などはサツ回りの記者でもキャッチしていないような名前ではないか。しかし、肝心のその男が行方不明で捜査が行き詰まっているために、何かしらの取っかかりを摑みたいという意思が、今泉との会話にもにじみ出ている気がする。

しかし、それでいて、あるラインに来ると、中橋の口は重くなる。以前の彼が顔を覗かせる。そこがもどかしい。

いっそ、待居をパインと思い込んだ山崎の話をしてみようか……今泉はそんな気になる。中橋の目の色が変わるはずだ。

そんなふうに考えていると、中橋が今泉の心を読んだかのように、逆に訊いてきた。

「期待があったって言いますけど、あなたは私が何を期待してたと踏んでるわけですか？」

「え……？　それは……」

ずばり言おうとしたものの、自分でも意外なほど、口が動かなかった。

言えない……自分の答えが決してたやすく口に出せる類のものではないことに今泉は気づいた。

世に出ている作家を、ほとんどインスピレーションだけで、犯罪行為に関わっている人間だと疑っている……頭の中でなら許されるかもしれないが、他人にそれを披露するのは話が違ってきてしまう。しかも相手は刑事だ。

中橋もそのあたりは十分承知の上で、質問をはぐらかすようなことを言ったりしたのだと分かった。彼も頭の中には待居について疑念めいたものがある。それを態度である程度匂わせたりはしても、言葉でストレートに言ったりはできないのだ。

「いえ、私はただ……」今泉は言葉を濁した。「小野川さんが言う〝多摩沢文学〟なるものに中橋さんが興味を持って、多摩沢で起きたあの事件のヒントを待居さんの作品から摑もうとしてるのかなと思ったものですから」

中橋は今泉をじっと見つめてから、薄笑いを浮かべた。

「それはありますね。確かに私はヒントのようなものが隠されてる気がするんですよ。例えば、竹前啓次郎が美鶴のことを『凍て鶴のようだ』と表現する……タイトルにもなってる言葉ですけど、これは、彼女の名前から取った字を使って、ある種のニックネームを付けているとも言える。何となく、〔落花の会〕のハンドルネーム……蓮美とリリーにつながるものを感じるじゃないですか。まあ、偶然でしょうけど……そのあたりにね、多摩沢に沈殿する独特の空気が、なるほど込められているような気もするわけですよ」

待居に面と向かって指摘すれば、深読みのし過ぎと一蹴されるのだろう。しかし、最初、小野川が美鶴と蓮美を結びつけようとしていたのを聞いたときは少なからず強引に感じられていたのに、今、そのシルエットの相似性に目を向けると、胸騒ぎのようなものをかき立てられる感覚がある。

「今泉さんは……何か待居さんのことで、気になることでもあるんですか?」

中橋は抜け目のない視線を今泉に据えて訊く。

「いえ……そういうわけでは」今泉は口ごもりながら答えた。

「そうですか」中橋は今泉から視線を外して遠くを見た。「まあ、ああいう才能ある人間の考え方や生き方なんてことは、私も仕事を抜きにして興味があるもんですからね。何か面白い話でもあったら教えてくださいよ」

無責任な話なら、今でもできるだろう。しかし、彼のような事件を捜査している人間相手というのは駄目だ。もう少し、自分で調べてみてからでないと……。

14

松野和之については、当時二十八歳、住所地・西多摩沢、借金ありという手がかりを添えて、新聞社勤務時代の同僚の小林という男にお尋ねメールを送ってみた。今泉が新人の頃、札幌支社で机を並べていたが、その後、彼は東京本社の社会部に移っている。

当時、今泉が厄介な調べ物を抱えていると、彼は自分の仕事を脇に置いて、その問題に首を突っ込んでくれていた。親切というよりは、問題を解決するのが好きなタイプなのである。だから、今泉が仕事ではなく何かのクイズ問題を前に唸っていても、彼はそれが気になるらしく、自分の仕事を中断して、そのクイズを一緒になって解き始める。見事解けると、満足して、仕事に戻ることができるのだ。

先日、新聞の縮刷版から拾ってきた自殺記事についても、何か分かることがあれば教えてほしいとメールしておいたが、《時間があったら調べてみます。》という返事が来ただけだった。今泉のほうも、何か収穫があればラッキーだというくらいにしか考えていない。

その日の夜、小林から電話がかかってきた。

〈メール見たけど、あれは何の関係の人物なの？〉

「以前やってたやつの続きですよ。ネット心中の」

〈やっぱり……こないだの自殺記事もだよね？〉

「そうです。ただ、あれは、調べてることに関係あるかどうか分からないんですけどね」

〈でもさぁ、あのネット心中の本、全然売れなかったんでしょ？〉

気遣いもなく言われ、今泉は、とほほと悲しくなった。

「まあ、そうなんですけど、またちょっと、いろいろ気になって調べてるんですよ」

〈やめときなよ。そんな暗いテーマの本に食いつく読者なんて、そうそういないんだからさ〉

「そんなことないですよ」

でも、案外、世間一般の感覚というのは、そんなものかもしれないなという気もする。

独特の世界観を相手にしていると、それがよく分からなくなってくる。

〈何とか王子とかにくっついてサクセスストーリー書いてたほうが、よっぽど売れるってば。そうしなよ〉

「まあ、そうかもしれないですけど……」

残念ながら、自分の興味はそちらのほうには向いていない。

なぜだろう？

そういう華々しい活躍で人々に称賛される人間の人生を追う仕事は、さぞかし充実したものになるだろうことは分かる。取材相手のエネルギーに触れれば、自分の生き方もポジティブに変わるくらいの影響を受けそうな気がする。

しかし、冷静に考えて、今の自分はそういう仕事を望んでいないと言い切れる。

それよりは、木ノ瀬蓮美と〔落花の会〕の周りにある謎のままになっている部分を明らかにしてみたい。

自分はまだ、かつて抱いていた自殺願望にけりを付けていないのだ……今泉は思う。

中橋が言うように、木ノ瀬蓮美の死の裏にあった事実を明らかにして、その生ぐささに興醒めし、自分の心の奥に隠れているものともすっかりおさらばしなければならないのだ。

〈まあ、やりかけてんなら、しょうがないけど〉小林が言う。〈松野和之だっけ？〉

「そうです」

〈一応、ネットで検索かけてみると、多摩沢大学のワンダーフォーゲルサークルの名簿でヒットするよ。十年前の名簿らしいから、四年前に二十八歳だと、同一人物なんじゃないかな〉

「あ、そうなんですか?」そんな簡単な調べもやっていなかった自分が間抜けに思えてきた。「顔写真とか出てます?」

〈いや、写真は出てないな〉

「そうですか。でも手がかりになりそうです。ありがとうございます」

〈自殺記事のほうも、時間ができたら調べてみるよ〉

「すいません、いつも頼ってばかりで」

電話を切ってから、今泉はパソコンを開いた。ネットに接続して松野和之の名前で検索をしてみると、小林が話していたものらしきサイトが引っかかった。

そのサイトに飛んでみると、名簿が画面いっぱいに出てきた。

十年前のそのサークルの会員は十五人程度。会員の名前が並ぶ中に、「環境学部3年松野和之」が入っている。

しかし、それ以上の情報はない。名前のところにカーソルを持っていっても、何も変化はしない。

トップページでは、〔多摩沢大学ワンダーフォーゲル同好会〕という文字が大きく躍っている。活動報告、メンバー紹介、会長日記などといったコンテンツがあるが、遡れるのは三年前までである。おそらくこのサイトを始めたのもその頃からなのだろう。

今泉はとりあえず、現在の所属メンバーの紹介ページをプリントアウトした。それからまた、松野和之の名前で引っかかったサイトの一覧をチェックしてみたが、あとは少年スポーツ大会の成績リストやどこかの研究所の論文作成者など同姓同名の無関係な人間と思われるものばかりだった。

翌日、今泉は多摩沢大学まで足を伸ばしてみた。多摩沢大学は文学部から理工学部まで有する総合大学であり、緑の色濃い多摩沢にあるキャンパスは、地図で見るだけでもその広大さが分かる。多摩沢公園からは西に一キロほど離れた場所にあり、最寄り駅は西多摩沢駅になるが、多摩沢駅からでも歩いて行ける。

キャンパスに入った今泉は、大学のホームページからプリントアウトした案内図を広げ、三号館のビュッフェを目指した。ワンダーフォーゲル同好会のサイトには、部員たちはいつも、そのビュッフェに集まってお喋りを楽しんでいると書いてあったからだ。

三階にあるそのビュッフェは丘の上に建っているということもあり、とても見晴らしがよくて、気持ちのいい食事ができそうなところだった。建物が比較的新しいのか、造りもおしゃれで、心なしかガラスケースに収まっているランチのサンプルさえ美味しそうに見える。

ただ、キャンパスに劣らず、そのビュッフェも広かった。しかも、ちょうど食事時で人が多く、どこからどう探したらいいのか分からない。

「すいません」

今泉は試しに、テーブルに着いて食事をしている女子学生に声をかけて、ワンダーフォーゲル同好会の連中はどこにいるか知らないかと訊いてみたが、案の定と言うべきか、「さあ……」と首を捻られて終わりだった。ほかの学生に訊いてみるものの、答えは同じだ。

時間を置いて、人がまばらになってから来てみるしかないようだ。

今泉はひとまずそこを出て、大学の図書館に足を運んだ。今泉が通っていた大学でもそうだが、どこの大学でもたいていニュース紙のようなものを定期的に発行していて、サークル紹介の記事などがあったりするものだ。今泉はそれを探してみようと思っていた。

目当てのものは、一階の図書閲覧室の入口近くにある大学刊行物コーナーですぐに見つかった。毎月刊行の「多摩沢大学ニュース」が年度ごとに綴じられて並んでいる。

松野和之が在籍していたと思しき四、五年分を抜き出して、閲覧席で広げてみた。大入学式での学長の式辞から始まって、新入生の抱負や新任教員の紹介などが続く。大学スポーツのニュースのほか、ゼミやサークルの紹介記事もあり、これは期待できるかもしれないと思いながらページを繰っていったが、ワンダーフォーゲル同好会の紹介記事は見つからなかった。環境学部のゼミの紹介記事はあるものの、そこに載っているゼミの様子を写した写真を見たところで、松野和之が写っているかどうかなど分からない。一通り見終わり、松野和之が学内ニュースで取り上げられるような目立つ学生ではなかったことだけ分かった。

多摩沢大学ニュースを書棚に戻し、半分このまま図書館を出る気になっていたところに、「多摩沢大学」とだけ背表紙に記された布張りの大振りな上製本の並びが目に留まった。これも年度ごとのものらしい。

一つを開いてみて、思わず声を上げそうになった。卒業アルバムだ。教員の言葉、当時の社会ニュース、大学ニュースなどが巻頭にまとめられ、そのあとには、学園祭などの行事をスナップした写真からゼミの集合写真、サークルの集合写真、そして、学部ごとに個人個人の顔写真も名前入りでずらりと並べられている。

今泉はにわかに緊張しながら、松野和之の卒業年度だと見られるアルバムを棚から抜いた。環境学部のページを探し、学生の顔写真を指で追っていく。

いない。およそ二百人の中に松野和之の名前がないのを確かめ、アルバムを戻した。

その前の年か次の年か……。

そうか、卒業年は四年次の年度の翌年になるわけで……今泉は次のアルバムを開いた。

環境学部。ずらっと並んだ顔写真を追っていく。

松野和之、松野和之……。

いた。

この男がパインなのか……？

面長で、骨張った顔をしている。眉の形がいいからか、割と整った顔立ちにも見える。しかし、眼は細く一重で、朗らかな人間とは保証できない……そんな印象の男だ。

今泉は近くのカウンターに座っている職員に怪しまれないように平静を装いながら、そのアルバムを手にして、奥のほうの書架の陰に隠れた。そこでもう一度アルバムを広げ、携帯のカメラで松野和之の顔写真を撮った。シャッター音が妙に大きく響いた気がして焦った。

閲覧席に座って、ゆっくり見る。

ゼミは新谷ゼミに所属していたらしい。そことワンダーフォーゲル同好会の集合写真にも松野は写っていた。松野和之はやはり、待居涼司には似ていない。中橋が待居に会って、小野川にそう呟いたというのはもっともなことだ。

アルバムには学生個人の連絡先までは載っていない。もう少し松野について詳しく調べるにはどうしたらいいか……今泉は思案にふけりながら図書館を出た。一時を回って午後の講義が始まっているからか、キャンパスを歩いている学生の数も少なくなっている。もう一度、ビュッフェのほうを覗いてみようかと思いつつ歩いているところに、来たときには見過ごしていた小さな掲示板が目に留まり、今泉はそちらに寄ってみた。

ぱっと見に雑然とした掲示板に思えたが、それもそのはず、そこは様々なサークルのメンバー募集の張り紙で埋まっていた。

ワンダーフォーゲル同好会は……？

あった。

今泉は右上のほうにその張り紙を見つけて、目を凝らした。

「ワンダーフォーゲル同好会　来たれ新入会員　女子・新入生歓迎　代表連絡先・三原
090-△△△△-××××」

風雨にさらされ、すっかり薄汚れているが、三原というのはホームページの会長日記も更新している今年の代表である。連絡先番号はおそらく三原の携帯番号だろう。

今泉はほとんど反射的に自分の携帯を出し、その番号をプッシュしていた。

〈もしもし……？〉

数秒の呼び出し音のあと、電話がつながった。

「あ、すいません。三原さんですか？」

〈そうですけど……？〉

「あの、実は掲示板の、サークル勧誘の張り紙を見て電話したんですが……」

〈入会希望ですか？〉

「いえ、そういうことじゃないんですけど……」

〈はあ……〉

今泉は名乗ってから、十年ほど前にワンダーフォーゲル同好会に在籍していた人間のことを探していて……と電話した理由を話した。

できれば、一度会って話を聞かせてほしいと頼むと、三原は、〈でも、松野さんって全然知らないですけどね〉と渋ってみせたが、〈今、ちょうど学校に行くとこですから、少しくらいなら……〉と会うことだけは承知してくれた。


ビュッフェの入口で今泉が待っていると、やがて階段の下からリュックサックを背負った男子学生が姿を見せた。長髪を後ろに結び、あごに短いひげを蓄えている。履き古したようなトレッキングシューズで階段を一段抜きにして軽快に上ってきた。

彼は今泉を一目見て、会釈を送ってきた。

「三原さんですか？」

「そうです」

彼は今泉を促すようにして、ビュッフェに入っていく。

ビュッフェはすでに、昼時のような混雑は収まっていた。空きテーブルのほうが多い。

三原が自動販売機でジュースを買おうとするので、「あ、私が買いますよ」と今泉は財布を出した。

「いいんですか？　すいません」

この程度で協力してもらえるなら安いものだと、今泉はコインを入れてジュースを買った。

近くのテーブルに向かい合わせで座る。

「松野さんでしたっけ？」

ジュースを飲み、携帯でメールか何かを確認しながら三原が口を開く。

「ええ……松野和之さん」

彼は頷いてすぐ、首を傾げる。

「知らないいんすよね。松野さんって人は」

「あんまりOBと会う機会はないんですか？」

「一個上、二個上の人とは会ったりしますよ。暇だからって、山登りや飲み会に参加する人もいますからね。でも、卒業して四年以上経っちゃうと、知ってる後輩もいなくなるから、さすがに来なくなりますよね」

「これ、当時のメンバーをホームページで見たんですけど」今泉はプリントした紙を広げた。「この中で、三原さんが知ってる人はいませんか？」

三原はその紙をしばらく見ていたが、首を振っただけに終わった。

「誰も知りませんね」

「そうですか……」

まあ、同じサークルとはいえ、十年の歳月があればそんなものだろうなと思わざるを得ない。

「サークルのメンバーはいつもここに集まってるんですか？」

松野和之へつながる糸口を見失い、今泉はほとんど雑談気味にそんな質問を投げかけた。

「そうですね。今はいませんけど、いつもなら三限目くらいの時間になると誰かしらいますよ」

「そういう習慣は、三原さんが入る前からなんですか？」

「そうでしょうね。それこそこの松野さんがいた頃から、そうなんじゃないんですか。ほかにも学食ありますけど、県人会の溜まり場になってたりとかイベント系サークルの溜まり場になってたりとか、それぞれ独特の雰囲気があるんですよ。うちらはまあ、ここが落ち着くみたいな感じで」

「ワンダーフォーゲル同好会っていうのは、どんな雰囲気のサークルなんですか？」

「別に普通ですよ。まあ、イベント系サークルみたいな華やかさは全然ないですけどね。基本、山に登って酒飲んでみたいなのが好きな連中ですから」

「男くさい感じですかね？」

「そうですねえ、否定はしませんよ。女の子もいるにはいるんですけどね」

「女の子も一緒に山登りするんですか？」

「しますよ。そんな珍しいことじゃないですよ」

「そうなんですか……私だったら、途中で音を上げちゃいそう」

今泉が言うと、三原は笑った。

「山登りって言っても、そんなハードなやつじゃないですよ。僕ら、別に高山病にかかるようなことか、滑落の危険があるようなところを登ってるわけじゃないですからね。女の子にしても、バードウォッチングとか自然観察とか、そういうのが好きな子たちですよ」

「ああ、そういうの……」

確かに、今泉が漠然とイメージしていたものとは違うかもしれない。

「まあ、もちろん、山歩きにしろキャンプにしろ、体力はいるし、いろいろ憶えなきゃいけないこともあるんで、こっちで練習したりはしますけどね」

「へえ……多摩沢公園でテント張ったりするんですか？」

冗談で言ったつもりが、三原は「そうそう」と頷いた。

「え、本当に？」

「やりますよ。多摩沢公園でもやるけど、その隣に森があるでしょ。あれ、うちの大学の敷地なんですよ。昔の農学部で今は環境学部に変わってるんですけど、そこが研究用に所有してるみたいな名目の土地なんですよ」

「ああ、あの森……」

「大学から、あの森につながる林道があるんですよ。入口に管理室やちょっとした研究施設みたいなのがあるんですけど、そこから山ん中に入ってって、歩荷とかやったりするんですよ」

「ボッカ？」

「人を背負って歩くトレーニングですよ」

「へえ……人を背負って山を登るんですか？　十分ハードじゃないですか」

「まあ、一応、そういうこともやっとかないと、いざというとき困りますからね」

「そういうのも伝統的にやってるわけですね？」

「まあ、そうでしょうね。それとセットで、一年に一回、森の中をゴミ拾いしたり、間伐材運んだりして歩くのも、うちらの恒例行事になってますからね」

「ゴミなんて、誰が捨てるんですか？」

「風で飛んできたようなのが落ちてたりするんですよ。あと、やっぱり、誰かが遊びで入ってきたりするんじゃないんですか。あの森はけっこう侮《あなど》れないから、危ないですけどね。間伐してるとこならまだしも、手つかずの自然が残ってるとこもありますし、そういうとこは夕方くらいになるともう陽が地面まで届かないから、めっちゃ不気味な感じになりますよ。ゴミ拾いしてても、死体見つけたらどうしようとか、そんな雰囲気になりますからね」

「死体ですか……？」今泉は眉をひそめた。「その森で死体が見つかったこと、あるんですか？」

「いや、実際に見つかったことがあるなんて話はさすがに聞きませんけど、下の公園の池で何年か前、女の人が自殺したの知りません？」

「多摩沢池のことですよね。もちろん、知ってます」

「そのことがあるから、後追いの自殺者があの森に引き寄せられて、富士の樹海みたいなことになってるとか、もっともらしい怪談話をするやつが出てきたりするんですよ」

三原は自分で話しておきながら、寒気がしたのか、肩をすくめて、身体をぶるっと震わせた。

「へえ……その女の人の自殺の話は私も興味があるんですけど、それは、怪談話で済んじゃってるんですか？　あの女の人は、実は誰かの知り合いだったとか、やたらその話に詳しい人がサークル内にいるとか、そういうことは？」

「いや、別にそこまでリアルな話はないですけど」

「実際に森で死体を見つけたとか、そういうのもないんですね？」
「ないですよ。あったら大騒ぎですよ」
三原は笑って一蹴した。

今泉は帰りに、三原が話していた多摩沢の森のほうに足を向けてみた。大学の裏門から細い道が伸びている。駅とはまったくの逆方向だ。

左右には大学の教員駐車場があり、そこを抜けると、畑や栽培用ハウスなどが並んでいる。民家もぽつりぽつりと見えるが、人通りはない。途中からは舗装が途切れ、轍のえぐれた砂利道がそれに代わる。右のほうに弧を描いて森に伸びている。

何分か歩いて、ようやく森の入口が見えてきた。ほとんど上り坂だったので、ここまで来るだけで今泉のふくらはぎは張ってしまっていた。

正面に、薄汚れた小さな二階建てのコンクリート建物がある。「多摩沢大学環境学部多摩沢の森研究室」との看板が掲げられている。扉は閉ざされていて、誰かが中にいるような感じではない。駐車スペースらしき空間もがらんとしている。

その向こうには森が広がっていて、入口に立てられている施設案内図を見ると、一応は何本か遊歩道があるようだ。しかしそれも研究室の近辺であって、多摩沢公園の近くはただの森が広がっているだけになっている。

入口は「関係者以外立入禁止」と記された柵があるものの、入ろうと思えば入れそうである。

しかし、今泉は森の中へ入っていこうとは思わなかった。いや、心のどこかでは、自分を森の中へ連れていこうとする誘惑を感じている。それが分かっているだけに、今泉は意識的に拒絶するのだ。

『誰かと死にたい症候群』の取材をしていたときに、富士の樹海に足を運んだことがあった。インタビューをした自殺志願者の中に、かつて富士の樹海に行って死のうとしたものの、あまりの孤独感に震えが止まらなくなり、自分は本当に自殺がしたいのか改めて考えるきっかけになったと話した女性がいて、今泉もその雰囲気を描写するために樹海に入ってみようと思ったのだった。

あくまで客観的に自殺という行為を捉えるための取材の一環のつもりだった。以前の自殺願望はすっかり退治してしまっていて、今の自分はそんな体験を飯のタネに変えているくらいたくましくなっているという気持ちがあった。

しかし、いざレンタカーで出かけていって、人気《ひとけ》のない林道から樹海に足を踏み入れてみると、今泉はたちまち陰気なオーラに呑まれてしまった。ただ淡々とじめついた地面を踏みしめていく自分がいるだけで、頭のほうがまったく回らない。日常生活が手の届かない彼方へと離れていき、手放してはいけないものとの断絶を感じた。

彼も……彰も、こんな感覚で森の中に分け入り、そして自らの命を絶ったのだろうか。

ここに長くいれば、やがてその空気が身体に馴染み、それを拒むような身体の熱は知らず知らず失われていくのだ……そう悟っても、今泉は、その行く末がそれほど悪くはない気がして、歩みを止めることができなかった。

どれだけか歩いて、今泉は木の根に足を引っかけて、冷たい地面に手を突いた。土に汚れた手を見て、そこでようやく我に返ったような気分になった。これ以上奥に歩いていくことへの恐怖心が湧いてきたのだ。立ち上がって、小走りに戻った。自分が入ってきた林道も見えなくなっていたので焦ったが、幸いそれほど深くまでは入っていなかった。二百メートルほど歩くと元の林道が見えてきて、今泉は生還した。

本の執筆はあくまで自殺を客観視したスタンスで書いていたから、そのときの感覚を記すことはしなかった。けれど、書かなくても忘れてはいない。〔落花の会〕のことを調べているときもそうだった。時折、向こうの世界が扉を開き、今泉を招こうとする。暗くて孤独な向こうの世界から風を感じる。もしかしたら、彰が呼んでいるのかもしれない。生きているときには言えなかったけれど、本当はお前と死にたかったのだと……。向こうに行けば、もう気を張らなくていいし、何かにくよくよ悩まなくていい。楽になれる。そんな誘惑が今泉の心を瞬間的に撫でていく。

それはどこまで本当の感覚なのだろうか。

結果として自分はまだ生きている。一線は越えていない。しかし、それは、自分が一線の手前にも行っていないからというだけのことなのかもしれない。

もし、ふと気づいたときに、ビルの屋上に立っていたら、首にロープをかけていたら、毒薬を手にしていたら……自分はあっさりと一線を越えてしまうのではないか……あの、樹海に入ったときの、あるいは〔落花の会〕のリリーの考えに触れたときの誘惑が本気を出して、自分を一線の向こうに引っ張り込んでしまうのではないか……そんな恐怖がある。そして、いつかはそれに立ち向かい、それが虚妄《きよもう》だと切って捨てなければいけないとも思っている。

虚妄でなかったら……そのときは自分がどうなるかは分からない。

どちらにしろ、今日のところは、あの富士の樹海の感覚を思い出しただけに、立ち向かう自信はなかった。

またいつか……。

今泉は森に背を向け、来た道を戻ることにした。

15

次の日、今泉は再び、多摩沢大学に足を運んだ。昼休みの時間に環境学部の研究室棟を訪れ、松野和之のゼミの担当教授、新谷《しんたに》と会うことができた。

「松野君って、結局まだ見つからないの？」

机の上に弁当を広げたまま今泉に隣の椅子を勧めてくれた新谷教授は、おかずをつまみながら、そんな問いを向けてきた。白髪が目立つが、顔はそれほど老けた感じではない。喋り方にもざっくばらんな気さくさがある。

「え？　行方が分からないというのはご存じなんですか？」

ゼミの先生に話を聞こうと思ったのは、松野和之の学生時代の様子を知り、そこから現在に至る何がしかの手がかりが摑めたら儲けものだと思ってのことだった。彼のその後について、新谷が何か事情を得ているなら、話は早い。

「いや、以前、警察の人が来てね、松野君についていろいろ訊いていったから」

なるほど……今泉は合点がいった。

「そうですか。正直なところ、私も行方が分からないらしいということだけは聞いてて、実際そうなのかどうか……つまり、彼の住まいを訪ねてみたりとか、実家の親御さんに消息を訊いてみたりとか、そういうところまではたどり着いてないもので……」

「あ、そう」新谷は相槌を打って、弁当をつつく。「あのあと警察から何も言ってこないから、見つかってないんだろうね」

「警察はどんな話をしてたんですか？」

「何か、借金問題を抱えてるとか言ってたね。サラ金に手を出して、にっちもさっちも行かなくなったのかね。まあ、学生のときからパチスロ雑誌を脇に抱えてるような子だったから、さもありなんとは思ったけどね」

「ちょっと問題のあるような学生だったんですか？」

「いやあ、別にそういうのはないよ。ギャンブル好きだって言っても、その当時は趣味の範囲内だと思ってたし、特に非常識な行動を取るような子ではなかったからね。まあ、そんなに勉強熱心ではなくて、レポートなんかもやっつけで片付けちゃうようなところがあったし、がさつで思慮が足らない面もあるような子だったけど、根が寂しがり屋なんだろうね……みんなが集まるところに顔を出すのが好きだから、ゼミを休むことはなかったね。飲み会なんかも最後まで残って、楽しそうにしてたしね」

「性格的には暗い子ではなかったんですか？」

「暗くはなかったね。ただ、急に大きな声出して、ゼミを仕切り始めることもあれば、一時間、ずっと顔をしかめて黙りこくってるときもあるっていう、ちょっと気分屋っぽいとこはあったよね」

「何か、自殺願望的なことを口にしたりしたことはあります？」

新谷教授は記憶をたどるように天井を見上げながら唸った。

「自殺願望か……そういうのは憶えてないけど、地味にこつこつ生きるのは嫌だっていうようなことは口にしてたな。進路の話で公務員試験は考えてないのかって訊いたら、そう答えたような……」

「彼は結局、卒業してどうしたんですか？」

「いや、それが商社とかいろいろ就職活動したんだけど、希望するようなとこには無理だったみたいでね。ちょうど就職氷河期で厳しい時期ではあったんだよね。『まあ、何とかなりますよ』って、卒業するときには言ってたけどね」

「卒業してからは、連絡は？」

「卒業してからはないね。まあ、次の年の年賀状だけはもらったけどね……『何とかやってます』って。確か、警察が来たときに見せたな……」

彼はそう言いながら、机の引き出しを開け、はがきをファイルしているケースを取り出した。

「ああ、これこれ」

新谷教授は一枚の年賀状を抜いた。

彼が言う通り、年賀状の裏面には印刷されたイラストの空きスペースに、「何とかやってます」という一言が雑な筆跡で記されているだけだった。その横に名前と住所。もちろん、消息不明であるからには、そこにはいないということなのだろうし、だからこそ新谷教授も無頓着に見せてくれたのだろうが、今泉は一応、西多摩沢のその住所を暗記した。

「彼は、実家はどちらのほうだったんですか？」

「福井じゃなかったかな。東尋坊《とうじんぼう》なんかの話をしてたから、その近くだと思うよ」

「東尋坊……のどんな話ですか？」

「いや、あんな絶壁から飛び降りるのは無理っていう冗談話だよ」

「何の話題でそんな話を？」

「何だっけな……」新谷教授は頰を撫でて考える。「確か、自殺するならどんな方法がいいかとかそんな話だったような気がするね。いや、酒の席だから、自殺願望とかそういう深刻な話じゃないよ」

「で、彼は飛び降りは嫌だと？」

「高所恐怖症だからとか言ってたね。今から自殺するのに、高所恐怖症も何も関係あるのかって、ちょっと話が盛り上がった記憶があるよ」

「へえ……で、彼はどんな死に方ならいいって言ってたんですか？」

「どうだったかな……何人かと喋ってたことだから……」

「樹海で死ぬのがいいとか……？」

「いや、憶えてないね」新谷教授はそう言って、かぶりを振った。

松野の学生当時、ゼミで仲がよかった同級生はいたか新谷教授に訊いたところ、自分も学生同士の間柄まで詳しく見ていたわけではないから分からないが、一度、当時のゼミ長に訊いてみてもいいという返事をもらった。

そして、その夜、早速そのゼミ長から電話があった。

〈あの……私、石塚《いしづか》という者ですが、多摩沢大学の新谷先生に、そちらのほうにお電話するようにとのことで……〉

彼は丁寧な口調で、そんなふうに名乗った。

今泉も自己紹介し、電話では何だから、一度会って話を聞きたいと告げると、彼は今、仕事で博多に赴任していると言う。仕事の取材ならば九州だろうと北海道だろうと構わないが、今回は小野川の頼みがきっかけとはいえ、ほとんど自分の興味で動いていることだけに、懐《ふところ》も気にせず、どこにでも駆けつけるなどと格好いいことは言えない。

〈それに私、特別仲がよかったということでもなくて、松野の行方が分からないってことも知らなかったくらいで、わざわざ来ていただいても……〉

そういうことならと、今泉はいったん電話を切り、自分のほうからかけ直した。

「すいません……で、松野さんと仲がよかった人は、誰かほかにいたんですか？」

〈いやあ、誰ともそこそこって感じじゃなかったかなと思うんですけどね。普段はサークル仲間とつるんでたんじゃないですかね。学食でよくワンゲルの連中とだべってるの

を見ましたけどね〉

あのビュッフェでサークル仲間が集まるのは、やはりその頃からの習慣らしい。

「石塚さんが個人的に松野さんと話をするようなことはなかったんですか？」

〈同じゼミですし、話すことくらいはありますよ。別に嫌な人間ではないですしね。ただ、ギャンブルに目がなかったりして、見てて危なっかしいのと、気分にむらがあって取っつきにくく感じることがあったりするんで、親しく付き合おうとは思えないんですよね。ちょっと山男が入ってるからか、何となく野暮ったい気がするっていうか……いや、学生時代は本当、嫌な人間ではなかったんですけど〉

「彼、就職はしなかったんですよね？」

〈就活が駄目でしたからね。名の通った会社しか受けようとしないから苦しいですよね。でも、小さな会社で汲々とするくらいならフリーターやってたほうがましって考えてたみたいですよ。甘いって言えば甘いし、格好いいって言えば格好いいし、まあ考え方次第ですよね〉

「卒業したあとは、もうそれっきり音沙汰なしですか？」

〈連絡は取ってなかったんですけど、五年くらい前かな、僕もまだ東京勤めだった頃、いきなり電話がかかってきたんですよ。久しぶりでびっくりしましたけどね。その頃はまだ僕も学生のときと同じ西多摩沢に住んでたから、お互い近いってのがあったんでし

ょうかね、まだ西多摩沢にいるならちょっと飲もうよって、あいつのアパートに誘われたんですよ〉

「アパートって、西多摩沢四丁目の……？」

〈四丁目だったかな……朝日荘っていう、いかにもって名前の〉

年賀状の住所と同じだ。

〈僕もちょうど暇だったし、そう誘われるとなかなか断れないたちなんで、ビール買って行ったんですよ。そしたら何か、部屋は散らかってるし、畳の上にサラ金のチラシが散らばってるしで、どんな荒《すさ》んだ生活してんだよって感じですよ〉

「へえ……」

部屋が散らかってることで退《ひ》かれるのは今泉にとっても複雑だが、とりあえず、自分のことは棚に上げておくことにした。

〈それで、学生時代の思い出話をしてるうちはよかったんですけど、結局、そういう話が済んで出てきたのが、『ちょっと家賃が払えなくて困ってるから、十万円くらい貸してくれないか？』ってことなんですよ。それを体裁が悪いのか、本気か冗談か分かんないような言い方で言ってくるんですけど、わざわざ部屋に誘ってきたのはそういうことなんだって分かったら呆れてきちゃいましてね。こっちが冗談でごまかしても、しつこくて話が終わらないんですよ。だから、いい加減頭に来て、パソコンでもゲームでもど

っかに売ればいいじゃないかって言ってやったんですけどね〉

「パソコンが部屋にあったんですか？」

〈ありましたね。周辺機器もいろいろそろえて。ゲームもいろんなソフト持ってるし、あいつ、アウトドアにしろインドアにしろ要はオタクなんでしょうね。嵌まりやすいんですよ。で、パソコンは大事だからとか、ゲームはまだ全部クリアしてないからとか、ふざけんなって言いたくなりますよ〉

「仕事は相変わらずやってないみたいでしたか？」

〈いや、引っ越し屋のバイトをやってるって言ってましたけどね。力仕事を転々としてたみたいでした〉

「ほかにどんな話をしました？」

〈ほかにですか？　馬鹿らしくなったんで、適当に用事作って帰ってきましたからね。何を話したっけな……とにかく学生のときから成長してなかったたって印象ですよね。ゼミの連中で集まって飲み会やりたいねとか……そうそう、今度、多摩沢の森に入って、二人でサバイバルゲームやらないかとか、訳分かんないこと言い出したりして、本当、相手するのに困りましたよ〉

「サバイバルゲーム……ですか？」

〈その頃に地元の高校生とかがあの森に入って、そういう遊びしてて、怪我とかしたのかな、問題になったんですよ。まあ、あの森はうちらにしたら庭みたいなもんだとはいえ、そんな高校生の遊びに触発されんなよって話ですよね〉

「石塚さんはワンゲルサークルにいたわけじゃないですよね？　でも、あの森にはよく入ってたんですか？」

〈ゼミが森の生態とか森の管理とかを研究してましたからね。あの森で間伐の実習とかやったりしましたし〉

「へえ、なるほど」

〈でも、ワンゲルの連中みたいに、そんな奥には行きませんよ。何か怖いですしね。俺が作った秘密の洞穴があるんだよとか言われても、そんなとこ行きたいなんて思えませんよ。下手にそんなとこ行ったら、こいつに殺されるんじゃないかって、変なこと思いましたよ〉

「松野さんがそう誘ったんですか？」

〈そうです。あいつは森のフィールドワークだと生き生きしてましたからね。実際、道がないとこでも庭みたいに歩いてましたし、子供の頃の秘密基地みたいな感覚なんですよ〉

「殺されるんじゃないかって思ったのは、何か様子が変だったとか、そういうことがあったんですか？」

〈いやまあ、それは半分冗談ですけど、金貸してくれって話を断ったあとだったし、こいつ、何考えてんだろって思いながら聞いてた話だったからってことですよ〉

石塚との電話を終えて、今泉はベッドに寝転がった。

パインはどうやら多摩沢大学を卒業した松野和之に違いなさそうだ。名前に由来するハンドルネーム。借金や就職活動の失敗など、掲示板に書かれていた話と共通する点も多い。

〔落花の会〕は松野にとって、大学時代のワンダーフォーゲルサークルと同じ、自分の居場所だったということか。うまく行かない人生を投げる途中でネットの自殺サイトを巡り、〔落花の会〕を知った。サイトを運営する木ノ瀬蓮美が多摩沢の人間であることから、彼女と会い、その活動に嵌まっていった。

幹部として蓮美を支える立場にいた松野は、蓮美の自殺にどう関わったのだろうか？

そして、その後、彼自身はどうなったのか？

そこにはまだ謎が残るが、待居涼司がパインであるという説は今泉の中でも完全に捨てざるを得ないようだった。

何となく、残念な思いがした。

16

三日後、「その後どうですか?」という小野川の電話を受けて、今泉は彼と多摩沢駅前の喫茶店で落ち合った。

「パインが誰だか分かったんですって?」

先に来て、テーブルの上に原稿用紙を広げて何やら書き物をしていた小野川は、今泉の顔を見ると、ペンを置いてはやり気味の口調でそう訊いてきた。

自分の手で拾ってきたネタだけに、今泉も電話では気を惹くようなことだけを言ってもったいぶってある。それだけに、素直に食いついてこられると、なかなか嬉しいものだ。

今泉はウェイトレスにアイスティーをオーダーしてから、小野川に微笑んでみせた。

「分かりました。おそらくこの男だろうって人が」

「おぉ」小野川は一度のけ反ってから、原稿用紙に肘を突いて身を乗り出した。「どんな男です? 会ったんですか?」

「いえ、それがですね、行方不明なんですよ」

「行方不明?」

「そうです。だって、私が簡単に会えるような状態だったら、警察だって存在を把握してるんだから、蓮美の自殺のこともあるし、ほっといてないでしょう」

「ああ、そうか……そうですよね」小野川は何となく間の抜けた相槌を打った。「いや、中橋さんらが存在は知ってるけどどこにいるのか分かんないようなのを、今泉さんが突き止めてきたのかなと思って」

「私、そんな凄腕じゃないですよ」今泉は笑って手を振る。「警察が分かんないようなこと、私に分かるわけないですから」

「そうっすよね」小野川もおどけて笑った。「でも、どんな男かってことは分かったんですね？」

今泉は、中橋刑事が洩らした名前から、多摩沢大学にいた松野和之をたどり、関係者から聞いた松野の人間像を小野川に話して聞かせた。

「うーん、ワンゲルにギャンブル好き、フリーター生活で借金か……」

今泉がアイスティーを飲んでいる間、小野川は今泉の話を嚙み締めるようにして、ブツブツと呟いていた。

「外見はどんな感じかとか訊いてみました？」

「あ、一応、ビジュアルも撮ってきました。学生時代のものですけど」

今泉は携帯を開き、大学図書館のアルバムから取った松野和之の写真を小野川に見せた。

「え、こんな男なの？」小野川はそう言って、露骨に眉をひそめた。「想像してたのと違うなぁ」

想像と違うと言われても困る。

「どう違うんですか？」

「だって、木ノ瀬蓮美と合わないじゃないですか」

「そうですか……？」

松野和之は、決してイケメンとは言えないが、それほど悪い線でもない……と思う。ただ、今泉の男を見る目は、過去においてもそれほど友人たちの共感を得ていないので、はっきり言い切る自信はないのだが……。

「もうちょっと、インテリって言ったらおかしいけど、文化的な雰囲気のある男のイメージだったんだけどなぁ」

確かに松野は、みんながスーツ姿で写っている中、彼だけは古着みたいなシャツを着て写っていることもあり、どことなく野暮ったいし清潔感がないように見える。ゼミやサークルの集合写真でも似たようなシャツとジーパン姿でスニーカーを履いていた。それでもよそ行きで、普段はサンダル履きなのかもしれない。それが似合いそうだ。

「パインって感じじゃないなぁ。パインって語感だと、もうちょっと中性的で謎めいて、それが魅力的に見える人間みたいなのをイメージしますよね」

「ハンドルネームって、実際に会ってみると、案外、本人とイメージが合ってないことが多いんですよ」

「今泉さんはどんなハンドルネームを使うんですか？」

「その時々で違いますけど、名前から取ってサトイモとか……」

「それはぴったりじゃないですか」

自分で名乗っておいて何だが、サトイモがぴったりと言われると複雑な気がする。実際、ネットでやり取りした人と会うときは、「全然、イモっぽくないじゃないですか」などと言われるのを期待していたりするのだが。

「しかし、こいつがパインかぁ。違うなぁ」

小野川にとってはけっこうなショックだったらしく、まだ引きずるように言っている。

「役柄作りの参考にはなりませんか？」

「ならないですよ」

「待居さんがパインだったほうがよかったですかね？」

今泉が冗談めかして言うと、小野川は笑うこともせず頷いた。

「そう、待居さんみたいな男を期待してたんだけどなぁ」

「でも、そうすると、小野川さんの中では、美鶴と啓次郎のイメージは固まっちゃってるってことじゃないですか？　もう待居さん本人でいいじゃないですか」

待居の前で言えば、彼はまた怒るだろうが、そういう役柄作り的なことは黙ってやってしまえばいいのではないかという気がする。

「いや、この松野和之ではイメージが違い過ぎるってことですよ。待居さんでいいってことじゃないんですよね。イメージ的にはそうなんだけど、プラスアルファのインスピレーションが欲しいんだよなぁ」

「蓮美とスーパーで一緒に買い物してるところを見たっていうあの男が出てきてほしいってことですか？」

「それなんですよねえ。俺も記憶が曖昧だけど、この松野和之じゃなかったなぁ」

「〔落花の会〕と関係なしに、付き合ってる男がいたのかもしれませんね」

「そうかなぁ」小野川は今泉の考えには乗らず、腕を組んで首を捻る。「でも、それだとつまんないんですよね。蓮美にそういう精神的につながってる人間がいたとするなら、やっぱり〔落花の会〕の人間じゃないと……。いい悪いは別として、蓮美はその活動に文字通り命を捧げたわけでしょう。それとは無関係の世界が彼女にあったとか、そういうのは意外でも何でもなくて無粋ですよ」

いや、無粋とか言われても……会と関係ない人間と付き合いがあろうが、それは蓮美の勝手だという気がするが……。

小野川が組んでいた腕を解いた。

「〔落花の会〕の幹部の男って、パインだけなんですか？」

「私が把握してる範囲では、そうですね」

「あと、コスモスでしたっけ……」

「コスモスは女性だったと思いましたけど」

「根拠は？」

「根拠ですか……パンジーさんから聞いたわけではないですけど、うーん、そう言われると……たぶん、掲示板の過去ログか何かを読んで、そう思ったんだと思います」

「掲示板の文章を読んでも、その人間が男か女かって分かんないでしょう。いくらでも騙せる世界だし」

「まあ、それはそうですけど……」

「いや、これはコスモスが浮上してきましたよ」小野川が勝手に話を進めてしまう。

「そんなこと言われても、コスモスの正体なんて、簡単には分かりませんよ」今泉は呆れ気味に言う。

ついさっきまでパインパインと言っていたのに、今はもう、そんな存在はどこかに行ってしまったかのように、コスモスコスモスと言っている。その気の移りの早さには、さすがに今泉もついていけない。

「これ絶対、パインだけでは蓮美の支えになれてないですよ」小野川は言い切った。「でも、客観的に見て、パインが一番、会の活動に積極的だった幹部ですよ」

小野川は頷く。「それはそうかもしれない。松野はサークルみたいなグループ活動が好きで、そういう中では、自分の能力に関係なく出しゃばりたがるタイプだったんでしょう。実際、蓮美をサポートしてたに違いないし、彼女の死に際しても、いろんな役割を果たしてたんだろうと思う。けど、彼だけでは全部を首尾よくこなせないだろうし、全部を任せるほどの信頼感が蓮美の中にあったかっていうと、どうなんだろうって気がするんですよね」

「それはもちろん、パインだけじゃなくて、ローズやコスモスもいての活動だったとは思いますけど……」

「ですよね。そん中で、掲示板なんかの様子からパインが目立つけど、実はコスモスの存在も蓮美にとっては大きかったって考えは、十分可能性としてありじゃないですか？」

「そりゃ、可能性としてはあると思いますけど、パインが想像してたイメージと違うからって興味の対象から外してしまうと、蓮美の自殺の謎が見えなくなっちゃいますよ。蓮美の自殺にはパインが深く関わってるはずなんですよ」

「もちろん、それは分かってますよ」小野川は言う。「蓮美の死体を池に運ぶにしても力仕事ですからね。歩荷でしたっけ、そういうので足腰を鍛えてた人間が一役を担ってると考えるのはむしろ自然なことですよ」

「私は、あの森に何かありそうな気がするんですよね。パインが知り尽くしたあの森に……」

「何かって？」

「一つは、蓮美の自殺があの森の中で行われたんじゃないかってことですよ」

「どうやって？」

「いや、どうやってかは私も森に入ったことがないし、見当もつきませんけど……でも、あそこなら誰かに邪魔されることもない。格好の場所だと思うんですよ」

小野川は軽く唸りながら、思案顔で今泉の話を聞いている。

「それから、もし行方不明のパインが蓮美の後追いをしてるとするなら……私はその可能性も高いという気がしてきてるんですけど、そうだったら、彼はあの森を死に場所に選んでるんじゃないかなと思うんですよ。樹海に惹かれるって言ってた彼のことだし、あそこしかない気がするんです」

「聖地はあの池じゃなくてあの森か……」小野川は呟く。「でも、どうなんでしょうね。あれから何年も経ってて、その間も、学生たちが普通にあの森に入ってるわけでしょ。そんな死体があったら、さすがに発見されてるでしょう」

「でも、あの森だって広いし……」

「広いったって、言ってみりゃただの裏山じゃないですか。富士の樹海に比べたら猫の額ですよ」

「樹海と比べたら、そりゃそうかもしれないですけど……」

「でもまあ、あそこに何かはありそうですよね。確かに……蓮美の自殺の真相は、あそこにあるかもしれない」小野川は独り言のように言う。「でも、そうだとしても、パインの存在がそんなに大きいとは、やっぱり思えないな」

暗にコスモスについても調べてくれと言っているのだろうか……しかし、それをするなら、また取っかかりから探さなくてはいけない。中橋刑事がコスモスについても把握していて、またそれを教えてくれれば何とかなるかもしれないが……。

そんなことを考えていると、今泉はふと気づいてはっとした。

いったんは消えたはずの可能性が、そうではなくなっている。

待居涼司……。

今泉は、小野川や山崎の話から、待居こそがパインではないかという考えを一時期抱いた。

ただそれは、パインが松野和之であるという事実らしきものが見えてきた時点で、引っ込めざるを得なくなっていた。

しかし、今また……。
パインに代わる受け皿が浮上した。
小野川がスーパーで見たという、蓮美と一緒にいた男。
山崎が落花の集まりの待ち合わせ場所で見たという、蓮美を車に乗せていた男。
その男はパインではなく、コスモスだった……。
そうだったとしても、別におかしくはない。

17

それから三日ほどが経った日、パソコンのメールボックスを覗くと、新聞記者時代の同僚、小林からのメールが届いていた。

《今泉知里様
自殺記事の件、判明したことを簡単にお知らせします。
・多摩川の男性水死体
武藤芳典41歳。塗装工。日野市のアパート住まい。家族の届出で判明。血中から高濃度のアルコール検出。居酒屋で一人で飲んだあと行方不明。酔い覚ましに川べりを歩いたなどして転落の可能性（川は雨で増水）。事故死として処理。

・飛び降りの塾講師
香田幸絵28歳。八王子の進学塾「聡明館」講師。八王子市のアパートに一人暮らし。塾の入る八王子駅南口、第二大竹ビルの屋上から飛び降り。「疲れた」旨の走り書きメモ残す。生徒の成績不振で親からの抗議あり、授業内容の改善を考える話し合いが塾との間で続いていた。

・一酸化炭素中毒死の女性
市村千秋25歳。派遣社員。多摩野市のマンションに一人住まい。浴室で練炭による一酸化炭素中毒死。睡眠薬を服用。友人が自殺をほのめかす内容の年賀状を受け取り、マンションに駆けつけ発見。死後一日程度。部屋にも遺書あり、自殺として処理。

・農薬で自殺した男性
山田伸一32歳。立川のペット用品店勤務。調布市内のアパート自室で有機リン系農薬を服して中毒死。近所から異臭がするとの通報があり、遺体が発見された。同僚から十数万円の借金があるほか、離婚調停中の妻との慰謝料の問題に悩んでいた模様。遺書はなかったが、現場の状況から自殺として処理。

以上です。

小林康彦》

そう言えば、小林に自殺記事のメモを送り、この記事の詳細が分かれば教えてほしいと頼んでいたのだった。パインだのコスモスだのが頭の中を占領してしまい、ほとんど忘れかけていた。

多摩川の水死体は自殺でも何でもないらしい。読んだ次の瞬間には頭から追い払った。飛び降りと練炭自殺の女性、農薬自殺の男性については、二回読み返してから、小林に返信のメールを送った。

《小林康彦様

メールありがとうございます。

香田幸絵さん、市村千秋さん、山田伸一さんの自殺の件がちょっと気になります。警察の担当者、発見した人、家族、誰でもいいのですが、話を聞ける方がいれば、連絡先等、教えていただきたいのですが……。
今泉知里》

《今泉知里様
香田さんの同僚だった方、市村さんから年賀状を受け取ったという友人の方と連絡が取れたので、連絡先を記しておきます。両者とも香田さん市村さんの件で話をすることは構わないということです。

内川正志（香田）○○－△△△△－×××
大江早智子（市村）○○－△△△△－×××

山田さんについては、勤務していたペット用品店の電話番号を記しておきます。

ペットフード&グッズ・エルフ　○○－△△△△－×××

自殺なので、警察の人間からは大した話は期待できないでしょう。とりあえず、内川さん、大江さんに話を聞いてみたらどうでしょう。当時の取材で詳しい話を取れたのも、この二人だったということです。

小林康彦》

この中に〔落花の会〕と結びつく新たな取っかかりがあればいいが……早速教えてもらった連絡先に電話してみると、まず、香田幸絵の同僚だった男につながり、授業が始まる前の少しの時間なら会うことも可能だということだったので、今泉はその日の夕方、八王子まで行って、彼に会ってきた。

話が聞けたのは、本当に正味三十分ほどの短い時間でしかなかったが、香田幸絵の自殺についてはそれでだいたい輪郭が摑めた。その事情はそれなりに興味深いもので、塾の先生という仕事も大変だなという感想はしみじみ抱いたが、彼女の背後に自殺系サイトの影は感じ取れなかった。香田は自殺直前は連日、その問題の対処に追われていて、そうしたネットの世界に逃げ込んでいる暇もないような状態だったらしい。飛び降りにしても、その日、問題の生徒の親との話し合いが予定されており、衝動的な側面が濃いと思われるもののようだった。

次の日、今泉は、市村千秋《いちむらちあき》の友人である大江早智子《おおえさちこ》に連絡を入れてみた。新聞記事を拾っていたとき、今泉が一番気になったのは農薬自殺の山田だったが、パインが誰か判明してしまった以上、彼に対する興味は縮んでいる。代わりに、小林とメールのやり取りをしながら何となく気になっていたのが市村千秋だった。

大江早智子は世田谷区の千歳烏山《ちとせからすやま》駅近くのマンションに住んでいるという。会ってもいいが、子供を抱えているから、できたらマンションまで来てほしいということだったので、今泉は小さなケーキをいくつか買って、三時過ぎに彼女のマンションを訪ねた。

エントランスでインターフォンを鳴らすと、「どうぞー」という甲高い声がして、ドアが開いた。五階までエレベーターで上がってみると、奥のドアを四、五歳くらいの女の子が開けてくれていた。そこが大江の部屋だった。

「お邪魔します」

今泉は女の子に愛想を振りまきながら、ドアの中を覗いた。廊下の向こうでお腹の大きいお母さんがせわしなく洗濯物か何かを手にして歩き回っていた。

「すいません、バタバタしてて。上がってください」

女の子に先導されるようにして、今泉はリビングのほうに上げてもらった。広くはないが、気持ちいいくらいに物が整頓され、掃除も隅々まで行き届いている部屋だった。

「ごめんなさいね。幼稚園から帰ってきたばっかりで」

「すいません。こちらこそお忙しいときに」

今泉はソファから立ち上がってお辞儀し、ケーキの入った箱を彼女に渡した。

「まあ、美味しそうなケーキ」

箱を開けた大江は本当に嬉しそうに言い、キッチンでお茶を淹れ始めた。

「真央《まお》は向こうの部屋で食べてなさい」

彼女はケーキとジュースを子供に渡し、奥の部屋に行かせた。それから今泉と自分の分のケーキとお茶をリビングに運んできた。ローテーブルにそれを置き、今泉のはす向かいのソファに腰かけた。

「もう、お腹が減って減って」

大江は大きなお腹をさすりながら笑う。

「何カ月なんですか？」

「来週で八カ月です。二人目だから、いろいろ慣れてますけどね」

「でも、お姉ちゃんを幼稚園に行かせながらだと大変じゃないですか？」

「まあ、大変だけど、苦になることじゃないし」

彼女はそう言って微笑み、ケーキを口に頬張った。

年齢的には今泉とそれほど変わらないだろう。若さがあり、それでいて堂々としたお母さんである。日々の生活に幸せがあることを実感している人間の生き生きとした顔をしている。世の中、こういう人が普通なんだろうなと、今泉は妙な具合の感慨を抱いた。

「いろんな自殺のこと調べてるんでしたっけ？」大江が訊く。

「はい、そうなんです」

今泉はバッグから、自分の本を出して、彼女に見せた。あまり売れなかった本ではあるが、名刺代わりに使うには重宝する。

「へえ」大江は本を手に取って、感心するような声を出した。「『誰かと死にたい症候群』か……なるほどね。まさに千秋のことじゃないですか」

今泉はフォークの手を止めて大江を見た。

「千秋さんも、誰かと死にたいようなことを言ってたんですか？」

「言ってましたねえ」大江は深々と頷いた。「まあ、私なんかその気がないから、誘われたりはしませんでしたけどね。でも、電話で話をすると、『死にたい、死にたい』ってばっかりで」

「一人じゃなくて、誰かと？」

「うん、そうやって具体的な話が出てきたのは、彼女が本当に死んじゃう半年くらい前からですかね。『一緒に死んでくれる人が見つかりそう』とか、『相手がキャンセルして駄目になった』とか。それまでは『死にたい、死にたい』って言われても、まさか本気で言ってるとはこっちも考えてなかったんですけどね。うちの祖母だって母と喧嘩して『あたしゃもう死にたいよ』って私が子供の頃から言ってますけど、今でもぴんぴんして、同じように『ああ、死にたい、死にたい』って言ってますからね」

大江の話を苦笑で受け、今泉はさらに訊く。

「千秋さんとはいつ頃からの、どういうお付き合いなんですか？」

「田舎が宇都宮なんですけど、そこの高校のときの同級生です……って言っても、その頃から、そんなに仲がいいわけでもなかったんですけどね。千秋は基本的に友達が少ないんですよ。人付き合いが下手なんでしょうね。ちょっとお高く留まってるように見えて、仲間外れにされやすいんですよ。でも、大学受験のときに、私と彼女、一校目の受験が同じとこだったんで、一緒の電車で上京したんですよ。私もけっこう寂しがり屋なもんですからね。それでまあ、結局、入る学校は違ったんですけど、それからも連絡取ったり、たまには会ったりして……そんな程度の友達だったんです」

「でも、千秋さんは自殺に当たって、大江さんにそれをほのめかすような年賀状を送ってたんですよね？」

「そうなんですよ。『今までありがとう』って……」

「それで、彼女のマンションに駆けつけたんですね？」

「そうです。旦那の実家に行く準備してたんですけど、千秋に電話してもつながらないし、こりゃまずいと思って、飛んでいきましたよ」

「一人で行ったんですか？」

「子供がいるから、旦那も連れていけませんしね。一人で行って、一人で発見したから大変でしたよ。お風呂場で倒れてる千秋に駆け寄って、身体を揺すりながら呼びかけてたら、急に気分が悪くなって……危うく千秋の道連れになるとこでした」

「一酸化炭素、吸っちゃったんですか？」

「そう。バスタブを見たら練炭が置いてあったんで、あっと思ったんですけど……ふらふらになりながら慌てて部屋に戻って窓を開けましたよ。一人でしたから、あそこで倒れたら、本当、危なかったですよ」

「鍵とかはどうしたんですか？」

「開いてたんです。私も、鍵がかかってたら管理人か誰か呼ばなきゃと思ってたんですけど……たぶん、千秋が、私がすぐに入れるように、鍵をかけなかったんじゃないかなって思ったんですけどね」

「練炭を見て気づいたってことは、風呂場の戸もテープで目張りとかはしてなかったってことですか？」

「換気扇や排水口はテープでふさがれてたみたいですけど、ドアは開けられるようになってましたね」

「それはもしかして、千秋さんが大江さんを本当に道連れにしようと思ってたってことですかね……？」

深読みし過ぎかなとも思ったが、そんな可能性も捨て切れない気がした。

今泉がそう考えるのは、誰かと死にたいと願っていたらしい市村千秋が、結局は一人で死んでいるからだ。心中相手が見つからず、孤独に死んでいくのを決意しながらも、できれば自分と一緒に死んでくれる人がいたらいいと思ったのではないか。大江早智子がその人になってくれたら……そんなことを考えて市村千秋は大江に第一発見者となるような年賀状を送ったのではないかという気がするのだ。

しかし、大江は首を振った。

「そうだったら怖いけど、たぶん、それはないと思いますよ。彼女、自分が自殺してるとこに私が駆けつけたとしたら、そこは空気が悪いかもしれないから気をつけてね、なんて話してましたからね」

「そんなことを言ってたんですか……？」

「最初は漠然とした自殺願望みたいなものだったんですよ。それがやっぱり自殺する半年くらい前から、そういう具体的な話をするようになってね。でも、それだって、実際のところはどこまで本気に取ったらいいか分からなかったんですよ。本当に死んじゃったから、ああ本気だったんだなって分かったくらいで。彼氏もいるようなこと聞いてたけど、そういうのもあの子にとっては生きる支えにはならなかったのかな……そのへんが友達と言われても、理解しがたいっていうか、生きてきた世界の違いを感じるんですよね」

大江が一枚だけ持っているという、市村千秋と一緒に撮った写真を見せてもらった。

どこかのカフェで撮ったものらしく、二人の間にあるテーブルにはパフェが置かれている。大江が言う通り、市村千秋は目鼻立ちが整っている。ただ、黒髪が何となく重く見える上、例えば、一人孤独に川べりから夕陽を眺めているのが似合いそうな憂いめいたものを表情に張りつけている。

「その彼氏には、連絡がついたんですか?」

「いや、お葬式のときに千秋のお母さんとちょっと話したんですけど、それらしい人からの連絡はないって言ってました。私も会ったことはないし、名前も知らないから、それ以上は何も分からないんですよね。彼氏のこと、彼女は同志って言ってたから、自殺願望なんかで共通するものがあった人じゃないかとは思うんですけどね」

「同志ですか……」

「自殺する前の二カ月くらいは、それ以前みたいに相手を探してるようなことも言ってなかったから、本当はその人と一緒に死にたいって思ってたんじゃないのかな。でも、そうならなかったってことは……」大江はぼんやりとした目をして言う。「その人と別れちゃって……それでもう一人でいいやって決心がついちゃったのかも。部屋に置いてあった遺書にも彼氏宛のはなかったし」

「年賀状に書かれてたのは、『今までありがとう』ってことだけですか?」

「いえ、ほかにもいっぱい……暗い話ばっかり聞かせてごめんとか、今は心が決まって、すごく穏やかな気持ちですとか。あと、私が結婚して子供を産んでって、普通の幸せに包まれて生活してるのが、嫉妬とかじゃなくて純粋にいい人生だな、羨ましいなって思ってたって……これからも早智子は幸せになってねって……彼女、現実にはそんなこと言うキャラじゃなかったから、それは意外だったな。最後だからきれいにまとめようとしたのか、それが彼女の本心だったのかは分からないけど、そういう文章からも、今までみたいに口だけで『死にたい、死にたい』って言ってるのとは違うなって胸騒ぎみたいなものは感じましたよね」

「一人で死ぬのを決意したってことも書かれてました？」

「はっきりそうとは書かれてなかったですけどね。『時が来ました』って書いてあったかな」

「時が……？」

「彼女はそういう言い方をしてたんですよ。一緒に自殺する相手が見つかっても結局キャンセルになったときとか、『まだ、私の時が来てるってことじゃないんだ』って自分を納得させるように言ったりしてたし。彼女のようなタイプって、慢性的に自殺願望を抱えてるわけなんだけど、それにもバイオリズムみたいな波があって、それと環境的な条件が一緒にそろわないと、なかなか実行に踏み切れないみたいなんですよ。彼女が自殺する前は、それって結局、自殺する気がないってことじゃない？　って思ってたんですけど、いざ死なれちゃうと、まあ、その通りだったんだろうなって気がしちゃいますよね」

ネット心中の取材を通して見てきた自殺者のよくあるタイプに彼女もまた含まれる……今泉はそんなふうに思った。

「市村さんは、ネットなんかには嵌まってたみたいでした？　例えば自殺系サイトみたいなものには」

「さあ」大江は首を傾げる。「彼女から具体的に聞いたわけじゃないんで……でも、一緒に自殺する相手を探すとかっていうのは、出会い系か自殺系か分かんないですけど、そういうとこで探すんじゃないのかなって、私も漠然とは思ってましたけどね。そんな近くで簡単に見つかるもんでもないでしょうし……」

「部屋に置かれてた遺書っていうのは、家族に宛てたものだったんですか？」

「それが、一応、家族や友達に向けて書かれてるみたいなんですけど、そのへんがどうも微妙なんですよね。そうとも思えるし、違うとも思えるし」

「微妙……というのは？」

「『母なる存在よ』とか『友なる存在よ』なんて書かれてるんですよ」

「母なる存在……？」

「ええ……私に送ってきたようなやつじゃなくて、ポエムみたいな文章なんですよね」

「ポエム……どんなことが書いてあったんですか？」

「えっと……」

彼女はソファから立ち上がって、書棚の前に立ち、一冊のファイルを引き出した。ソファに戻りながらそのファイルに綴じられた書類を繰り、一枚の紙を探し当てた。

「これです。お葬式のときに彼女のお母さんからコピーをもらったんですけど……結局、お母さんも、遺書というより、彼女が残した最後の言葉みたいな捉え方だったんじゃないですかね」

今泉はそのファイルを受け取り、市村千秋が残した文章を読んでみた。

母なる存在よ　あなたに包まれ
導かれていた日々が今はなつかしい
あなたは星となって私の手もとを照らすけれど
そのかすかな光では　闇の深さしかわからない

姉なる存在よ　かれんな白い花よ
その美しさを忘れ　あだ花に目がくらむ者とは手を切ろう

花盗人は　木を食む虫けら
彼の木は朽ち　腐り果てて土に還るだけ

友なる存在よ　私にも時が来た
身を清め　部屋は片づいたけれど
怠惰　優柔　嘘　嫉妬
身に染みついた私の罪はどこに捨てればいいのだろう

自然と消えてくれるのだろうか
あなたのように穏やかな心で眠りたい

「あの……」

今泉は顔を上げて、大江を見た。

「市村さんの部屋って、どうなってました？」

「どうなってたって？」

「物が片づいてたとか、散らかってたとか……」

「ああ、それは片づいてました。片づいてたっていうか、本から何から処分したみたいに、すごい部屋ががらんとしてたんですよね。この紙がテーブルにぽつんと置かれてて……」

間違いない。市村千秋は〔落花の会〕の影響を受けた人物だ。

母なる存在、姉なる存在、友なる存在とは木ノ瀬蓮美のことだろう。

市村千秋は〔落花の会〕の幹部、コスモスではないか。

ローズこと上宮律子は木ノ瀬蓮美の自殺から十日後に命を絶った。まだ蓮美の自殺の余韻が残っているときでもあり、蓮美の自殺を論じる方々の掲示板で、「落花の会のローズさんが後追いしましたね」という書き込みがなされ、その事実は蓮美の伝説を盛り上げる役目を果たしながら、それをウォッチしている人々に認識された。

しかし、市村千秋の場合は、蓮美の自殺から二カ月以上経っていることもあり、ネットで〔落花の会〕と結びつけてこの件を取り上げる人間もいなかった。ただ、彼女もひそかに、蓮美を追ってこの世を去っていたのだ。

自宅マンションに帰り、今泉はベッドにもたれかかるようにして座り込んだ。電気をつけるのも煩《わずら》わしく、薄暗い部屋で物思いにふけったが、頭の中にあるもやもやとしたものは一向に形をなそうとはしなかった。

ローズ、コスモスと、すでにこの世を去っているとするなら、パインもやはり同様の結末を迎えていると考えたほうがいいかもしれない。

しかし、パインについては、これ以上、新聞の自殺記事を探したところで、彼の消息を知る手がかりを得られるとは思えない。素性を摑んでいる警察が行方を見失っているのだから、彼が死んでいたとしても、誰かに発見されている状態ではないのだ。

〔落花の会〕の幹部らは、蓮美の死後、それぞれが糸の切れた凧のように、制御を失った末路をたどっていったように見える。〔落花の会〕はやはり、木ノ瀬蓮美のカリスマ性で成り立っていた集まりであり、それ以上でもそれ以下でもない。幹部で集まって心中するという手もありそうなものだが、そうはしていない。

蓮美が死んでからの約二カ月間というのは、市村千秋にとって、どんな日々だったのだろうか。

ネットにおけるリリーの伝説化というのが、彼女ら幹部の最後の仕事だったのは間違いないと思う。ローズが自殺したときに、リリーの後追いだとネットに流したのも、市村千秋らの手によるものではないだろうか。そして、彼女らが死んだときには、もう伝説を流す役目の者はいなくなってしまったということだ。市村千秋と松野和之の二人は、お互い近い時期にこの世から去っている可能性がある。

いや……。

幹部らがそれぞれに糸の切れた凧だったと考えるのは早計か。

同志……。

市村千秋の彼氏が松野和之だったという可能性だってなくはない。

市村千秋の彼氏がすっかり姿を消してしまっていることに、今泉は少なからぬ引っかかりを覚えている。

浴室の戸に目張りがなく、部屋のドアの鍵がかかっていなかったことも。

本当は彼氏も彼女の自殺の場にいたのではないか？

市村千秋としては、彼氏と心中するつもりだったのでは……。

浴室で練炭を焚き、二人は一緒にこの世から旅立つ寸前だった。

しかし、そこでなぜか彼氏のほうは、そのまま死ぬことを拒否して、浴室から出てきた……。

あり得るとは思う。

そうなら、その彼氏は、市村千秋の家族に名乗り出ることもないだろう。けれど、なぜそんなことになったのかと考えると、いい答えは思い浮かばない。本人でもないのだし、分からないとしか言いようがない。

その彼氏が松野和之だとしたら……今泉の直感では、彼は多摩沢の森でどうにかなっているはずなのだが、市村千秋との心中から多摩沢の森へとつながる行動過程がよく分からないことになってしまう。

何かが微妙に嚙み合っていない気がする。

今泉はいったん考えるのをやめ、小野川に電話をかけてみることにした。

〈もしもーし〉小野川はすぐに出た。

「もしもし、今泉です」

〈どうもどうも〉

相変わらず朗らかな声だ。

「今、お電話、大丈夫ですか？」

〈いいですよ。今、漫喫《まんきつ》にいるんですよ〉

漫画喫茶の中で、そんな大声で喋っていいのかと、今泉のほうが気になった。

「いいですね。気分転換か何かで？」

〈いや、ちょっとネットで見たいのがあって〉

仮住まいのウィークリーマンションにはパソコンを持ち込んでいないか、持っていても通信制限を気にせずネットに接続できる状態にはなっていないのだろう。

どちらにしろ、何か急ぎの仕事を抱えている様子でもなかったので、今泉は今日分かった話を彼に聞かせることにした。

〈そうか、やっぱり、コスモスは女でしたか……〉

一通りの話を聞いた小野川は、残念そうな口振りで、そんな反応を返してきた。市村千秋がコスモスであるとするはっきりした証拠はないのだが、小野川もその点については疑いはないようだった。

「小野川さんの期待するところとは違いましたけど、それが現実ということで……」

〈まあ、それはしょうがないですよ〉小野川はあっさりと言う。〈それより、そうなるとコスモスの彼氏っていうのが気になりますね〉

今度はそちらに興味が移ったか。

〈いや、確かに今泉さんが言う通り、ドアの鍵がかかってなかったり、目張りがしてなかったりっていうのは、引っかかりますよ。彼氏と心中するつもりだったたって読みは、いい線行ってますよ。そうすると、その彼氏っていうのは、会の人間だった可能性も高いってことですし〉

「私も、もしかしたら相手はパインかなって、ちょっと思いましたけど」

〈パインかぁ〉小野川は一転して気乗りしなさそうな声を出した。〈今泉さん的にはパインとコスモスはカップルとしてフィットするわけですか？〉

今泉としても、二人に実際会ったわけではなく、写真で見たり、知り合いの話を聞いたりしただけなので、そこまで踏み込んだことは判断しようがない。

「それは何とも言えませんけど、糸がきれいにつながってない感じもするんですよね。私としては、パインは多摩沢の森で自殺してるんじゃないかって思い込みがあるもんですから」

〈ですよねえ〉小野川は唸り声混じりに言う。〈何か、役者が足りない気がするんですよね。幹部って、パインとローズとコスモスだけなんですか?〉

「いや、厳密にそれだけかと言われるとちょっと……まあ、言ってみれば、パンジーさんが挙げた名前がそれだけだったたっていうことなんですけど」

〈そのパンジーさんが知らなかったりしただけで、実際にはほかにいたとしてもおかしくないわけでしょ?〉

「まあ、そうですね。というか、パンジーさんから聞いた印象では、誰までが幹部で誰からは違うっていう線引きもないはずで、とりわけ蓮美とよく会ってて名前を聞いてたのがその三人てことだったんじゃないかなと思います。だから、ほかに関わってる人がいても不思議じゃないですし、実際、いたと思いますよ」

〈絶対いますよ。コスモスの彼氏とかもね、活動に関わってるはずですよ。恋人と心中しようとして、しかし、そうはできなかった。彼の心には何があったのか……ちょっと、そそられる謎ですよね〉

今度はその二人を美鶴と啓次郎の役柄作りに投影しようというのだろうか……相変わらず気移りの激しいことだ。

「そう言われても、コスモスの彼氏なんて突き止めようがありませんよ」

〈まあ、そのへんは駄目もとで、何か悪あがきしてみてくださいよ〉

小野川はおそらく、美鶴については木ノ瀬蓮美を投影することで心が決まっているのだろう。しかし、啓次郎のほうはシルエットが定まらない。パイン……松野和之では合わない。だから、コスモスの彼氏にまで興味を寄せて、愛と死の狭間に揺れる男の、何らかの実像を手繰り寄せたいと考えているのだ。

それは理解できるものの、何か悪あがきをしてくれと言われたところで、何をどうすればいいのか分からない。

大江早智子も知らないと言っているし、彼女の話では、市村千秋の母親も関知していないらしい。

〈落花の会〉についてもっと詳しく知っている人間がいればいいのだが……。

今泉は先日、会の集まりの話を聞かせてくれた山崎淑美のことを思い出し、とりあえずという感じで、彼女に電話してみることにした。

「あの、ライターの今泉ですけど、先日はありがとうございました」

電話がつながって、そう話しかけると、向こうからか細い声が返ってきた。

〈いえ、こちらこそ……あの、あのときは待居さんに失礼なことを言ってしまってすいませんでした〉

「大丈夫ですよ。そんなこといつまでも気にしないでください」

〈でも……〉

「待居さんもたぶん忘れてますよ」

〈そうならいいですけど……〉

「あれから私、取材を続けてたら、〔落花の会〕のパインらしいっていう人に行き当たりましてね、その人は消息不明なんですけど、写真なんかを見ると、待居さんとは違う感じの男でした。だから、山崎さんが見た男の人は……」

〈ええ、記憶違いなんですよ。馬鹿なんです。何年も前のことだし、本当、適当なことを言ってしまって……〉

山崎は早口になって、自分を恥じるように言った。

「いいんですよ。誰も気にしてないんで」

この話題を続けていても、彼女が自分自身を責めるだけのような気がして、今泉は早々と用件を切り出すことにした。

「それで、ちょっとまた訊きたいんですけど、山崎さんが会の集まりに顔を出したときって、コスモスって人には会いませんでした？」

〈いえ、会ってません。あのとき顔合わせの場に来たのは、参加者とリリーさんだけでしたし〉

「コスモスのことはご存じでした？」

〈掲示板ではよく名前を見てたんで、そういう意味では知ってます〉

「彼女に関する話みたいなものは、聞いたことありませんか？」

〈憶えてるのは、コスモスさんと会ったことがある人に言わせると彼女は美人らしくて、それで自殺したがるなんてもったいないとか、掲示板でも盛り上がったときがあったこととかですかね……〉

パンジーにもらった掲示板のコピーに、そんなやり取りはあっただろうか……あとで読み直してみよう。

〈あと、シェイクスピアが好きだとか、そんな話題もあった気がします〉

シェイクスピアか……それは今泉もどこかで読んだ記憶があった。コスモスの書き込みかどうかは憶えていない。

しかし、市村千秋が書き残したのが、シェイクスピアの好んだ十四行詩《ソネット》だったことを考えると、頷ける話である。コスモスが市村千秋であるということも、確たる証拠がないだけに心の中でも完全には決めつけられないでいたが、もはやそこに疑う余地はなさそうだった。

「ほかはどうですか？　例えば、彼女と誰かが付き合ってるとか、そんな話は……？」

〈誰かって、会の誰かってことですか？〉

「ええ」

〈さあ……そこまでの話は、掲示板なんかでは出ないと思いますけど〉

「そうですか……そうですよね」

電話を切ったあと、今泉は床に広がった資料の山から、〔落花の会〕の掲示板のログのコピーを抜き出した。この前はパインの書き込みを中心にざっと目を通したのだが、今度はコスモスと彼女に関する書き込みに注目してみる。

《732　コスモスさん
みなさん、はじめまして。
このサイトに出会って、リリーさんに共感し、以来、ずっと拝見させていただいてます。今度、オフ会があるということで、思い切って書き込みします。まだ落花の決心はついてないので、見るだけの人になってましたが、一度、リリーさんと会って、話をしてみたいなと思ってました。参加したいのですが、どうすればいいのでしょうか？》
《733　リリーさん
コスモスさん、はじめまして。
オフ会の参加、大歓迎です。「リリーのひとりごと」にある「ご意見箱」から、コスモスさんのメアドを送ってください。こちらから詳細を連絡します。》

そうか、コスモスは掲示板の常連から幹部になったわけでなく、いきなりオフ会に参加して、そこでおそらく蓮美に心酔して活動を支えるような立場に移ったのだろう。だから、掲示板での自己紹介的な書き込みは省かれているのだ。

《7348　コスモスさん
リリーさん、オフ会参加のみなさん、昨日はありがとうございました。
自分の悩みも聞いてもらって、行ってよかったと思いました。もつ鍋も美味しかったです。
リリーさんは想像通り、素敵な方でした。》

《7349　リリーさん
何をおっしゃいます。コスモスさんも素敵な方でしたよ……って二人で褒め合ってもしょうがないですね（笑）。
話し足りないこともあったので、また気軽にメールさせてください。》

《7350　コスモスさん
ぜひぜひ。リリーさんのお力になれることがあれば、喜んでなりますので。》

二人はオフ会で顔を合わせ、かなり気が合ったと見える。時期的にはちょうど、パンジーが脱会した頃だから、コスモスが活動に加わってくれるようになったのは、蓮美にとっても嬉しかったのではないだろうか。

《８６３４　コスモスさん
写真は大事ですよね。私は笑顔で写ってるのが少ないから、来《きた》るべきときのために撮っとかないと。》

《８６３５　ローズさん
コスモスさんは笑顔じゃなくても十分魅力的だからいいじゃないですか。
ちなみに、私はもうお見合い写真みたいなの撮ってありますよ（笑）。》

《８６３６　コスモスさん
ローズさん、すごい用意がいいですね（笑）。
写真も大事だけど、私は一編の詩を残したいなって思ってます。》

《８６３７　ローズさん
詩ですか。素敵ですね。コスモスさんらしいです。》

《８６３８　コスモスさん
シェイクスピアとか好きなんですよ。シェイクスピアも詩の中で、自分が死んでもこの詩が形見となって、あなたの手元に残るはずだみたいなことを書いてるんですよ。ちょっと落花の会の思想に通じるところありますよね。》

ここでシェイクスピアが出てきたのだ。死ぬときに何を残しておくかという雑談の流れでコスモス本人が書き込んでいる。

《8639　リリーさん
詩を残すって素敵ですね。「落花の心がけ」でも採用したいです。
シェイクスピアものは子供の頃漫画で読んだだけなんで、そんなに詳しくないですけど、『恋におちたシェイクスピア』は観ました。いい映画でしたね。》
《8640　コスモスさん
リリーさん、ありがとうございます。採用されると嬉しいです。
『恋におちたシェイクスピア』は私も感動しました。ＤＶＤも持ってますよ。》
《8641　パインさん
コスモスさんは意外とロマンティストなんですね。私は詩は苦手ですけど、俳句なら中学のときコンテストで入選したことがあるんですよ。》
《8642　コスモスさん

俳句、素敵じゃないですか。辞世の句とか残すと格好いいですよ。》
《8643　パインさん
辞世の句って、武士とかが残すイメージですよね。私がやってもギャグみたいですよ。》
《8644　ダンデライオンさん
『恋におちたシェイクスピア』私も好きです。ジョセフ・ファインズが格好いいですよね。
シェイクスピアものの映画だと『から騒ぎ』も好きです。》
《8645　コスモスさん
『から騒ぎ』いいですね。私は月並みですけど、『ロミオとジュリエット』がやっぱり好きです。悲劇だけど、あのシチュエーションとラストに憧れちゃいます。》
《8646　ダンデライオンさん
恋人との心中は確かに憧れますね。分かります。でも相手がいないと駄目ですね（笑）。》
《8647　ヒバさん
はじめまして。見てるだけの人間でしたが、シェイクスピアの話題が出ていたので書き込ませていただきました。僕もシェイクスピアは好きです。コスモスさんの言う詩は

「死の拘引」ですね。
肉体の価値は中身で決まる　この詩がその中身であり
この詩はきみと共にとどまる
なんて格好いいですね。》
《8648　コスモスさん
ヒバさん、はじめまして。シェイクスピア、お詳しいですね。作品とか、どんなのがお好きなんですか？》
《8649　ヒバさん
そんなに詳しいというほどではないですけど、学生のとき、人並みに洗礼を受けました。
僕は『ハムレット』とか『オセロー』なんかが好きですね。人間の表と裏、光と影が鮮やかに描かれてますし、悲劇のラストって、やっぱりカタルシスがあるんですよね。》
《8650　コスモスさん
『ハムレット』は私も好きで、お芝居を観たことがあります。『オセロー』は観たことないんで観てみたいです。》
《8651　ローズさん
ヒバさん、はじめまして。
もし気が向いたら、今度のオフ会など、コスモスさんもいると思いますので、顔を出し

てシェイクスピア話に花を咲かせてはいかがでしょうか。コスモスさんは可愛らしい方ですよ。》
《852　ヒバさん
ローズさん、ありがとうございます。
オフ会ですか。そういう集まりに参加したことがないので、どうなんでしょう。》
《853　ローズさん
ごめんなさい。今度のオフ会はこぢんまりしそうなので、新しい顔の方がいらっしゃるといいなと思っただけです。無理には勧めませんよ。
ヒバさんは一応、落花願望ありなのですか？》
《854　ヒバさん
漠然とした落花願望はあります。いろいろ自分に絶望してて、シェイクスピア風に言うなら、「もううんざり　死んでおさらばしたいくらいだ」というところです。》
《855　リリーさん
ヒバさん、はじめまして。
オフ会はご飯を食べながらお喋りしたりするだけですから、初めての方でも不安に思うようなことは何もないですよ。むしろ注目を集めて、主賓気分になれるかもです。
まあ、気が向いたらご意見箱に連絡くださいということで。》

オフ会の感想などの書き込みはあっただろうか……今泉は紙を繰《く》った。
《8707　ローズさん
昨日はみなさん、オフ会、お疲れ様でした。新顔ヒバさんもいらっしゃって、和気あいあいと楽しい会でした。》
《8708　パインさん
オフ会、お疲れでした。ちょっと飲みすぎて二日酔いです。》
《8709　ローズさん
パインさんは相変わらずでしたね。ちゃんと帰れましたか？》
《8710　パインさん
気づいたら部屋の冷蔵庫の前で寝てました。帰巣能力だけは自慢できるかも。》
《8711　コスモスさん
ローズさん、幹事お疲れさまでした。串揚げ美味しかったですね。
落花の会なのに、みんなで喋ってると落花のこと忘れちゃいますね。》
《8712　リリーさん
みなさん、昨日はオフ会お疲れさまでした。

ローズさん、幹事ありがとうございました。
コスモスさんがあんなに語るのも、意外で楽しかったです。》
《8713　コスモスさん
私も、ロミジュリを語らせると自分があんなに熱くなるとは思いませんでした（笑）。
お恥ずかしいです。》
《8714　ヒバさん
みなさん、昨日はありがとうございました。
楽しかったですし、行ってよかったと思いました。
コスモスさんの学芸会でジュリエット役をやったときの話とか、本当に面白く聞かせていただきました。》
《8715　リリーさん
私は、コスモスさんとヒバさんが二人とも、オフ会のためにロミジュリのDVDを観てきたというのが、何か微笑ましくていいなと思いました。》
《8716　ローズさん
私も見てて、心なしか二人の雰囲気がよかったような気が……。》
《8717　コスモスさん
もう、ローズさん、帰るときからそればっかりですね。》

ヒバか……。

この先をずっと追っていっても、コスモスとヒバが付き合い始めたというような書き込みは見当たらないから、現実にどうなったのかは分からない。

しかし、もしコスモスが〔落花の会〕の中で恋人を作っていたとするなら、その相手はヒバである可能性が高いように思う。ほかにそういう関係を匂わせるような人間は出てこない。

小野川風に言うなら、ここでヒバが浮上してきたというところだろうか。

どんな人物なのだろう。

これ以降、ヒバの掲示板への書き込みは多くない。掲示板の上では積極的に会の活動に参加しているようには見えないが……。

仮に、彼がコスモスと付き合い始めたのだとすると、会ともそれなりの関係が続いていたと考えるのが自然だろう。

《9115　リリーさん
すいかずらさん、細かい打ち合わせなどしたいので、ご意見箱に連絡先を入れてください。》

《9116　すいかずらさん
ごめんなさい。落花の集い、手を挙げましたけどキャンセルさせてください。ここ二、三日で自分の考えがいろいろ変化して、気持ちの整理がつかない状態ですので。》
《9117　リリーさん
キャンセルですね。分かりました。》
《9118　すいかずらさん
ご迷惑をおかけしました。》
《9119　リリーさん
それはけっこうですけど、大丈夫ですか？
連絡先を入れていただければ、個人的に話を聞きますよ。》
《9120　すいかずらさん
ごめんなさい。リリーさんと直接話をすると、また自分の気持ちが戻ってしまうような気がして怖いので。》
《9121　リリーさん
私は落花を説得するようなことはしませんので心配しないでください。》
《9122　すいかずらさん
やっぱり、死ぬのは負けだと思います。ここを見てると、何かそれでいいじゃないかっ

て感じになっちゃってますけど、いくら今が苦しくても、逃げて負けて終わって、あまりにも惨めなんじゃないでしょうか。》
《9123　リリーさん
そういう考えを否定するつもりはありません。どう考えるかは人それぞれでいいんじゃないでしょうか。自分の人生とどう向き合い、どう方向づけるかは個人の問題ですからね。勝ち負けとも違うと思いますよ。》
《9124　パインさん
この方はある種の冷やかしではないですかね。》
《9125　すいかずらさん
すいません。気持ちの整理がついてなくて、言葉が過ぎたかもしれません。冷やかしのつもりはありません。手を挙げたときは本当に参加しようと思ってたのですが……。もう書き込みも控えようと思います。失礼しました。》
《9126　ローズさん
すいかずらさんは冷やかしとは違うと思いますよ。気持ちが揺れるのは誰にでもあることですし。気にしないでください。》
《9127　パインさん
冷やかしでないならいいですけど。》

《9128　コスモスさん
すいかずらさんの決断は尊重したいと思います。
ただ、せっかく落花の会に来て、一度は集いに参加しようと思いながら、リリーさんと話もしないで終わってしまうのはもったいないなという気がします。
リリーさんは、生きようとする人にも力を与えられる人ですよ。》
《9129　かすみ草さん
好きにされたらいいのでは。脱会者を無理に追うのはやめませんか。》
《9130　コスモスさん
いえ、無理に追うとか、そういう意味で言ったんじゃありませんよ。》
《9131　リリーさん
まあまあ、みなさん落ち着きましょう。
ほかの参加者さんが動揺されるといけませんから、この話はこれくらいにしましょう。
すいかずらさんには、これからの人生で一つでも多くの愛にめぐり合えるように、お祈りいたします。》
《9132　コスモスさん
リリーさんが言うので、ここまでにします。
でも、リリーさんの考えが誤解されてるような気がしてならないので、一言だけ言わせてください。

リリーさんの考えは逃げでもないし、落花は負けでもありません。

うまく言えないですけど、そう言われるのだけは悔しいので。》

《913　ヒバさん
リリーさんの「多くの愛にめぐり合えるように」という言葉に答えがあると思います。

挫折や屈辱にまみれて、人生思うようにならない人にとって、愛は遠いものです。

しかし、これ以上生きたくもないのに生きさせられてる人が、死ぬ自由を得られたとしたら……それは一つの大きな愛を得られたに等しいんじゃないでしょうか。

僕は、落花思想は愛なんだと思います。》

ここでは、ヒバがコスモスの書き込みをフォローするように登場する。二人の仲が窺えるようにも思える。


死ぬ自由を得られたとしたら、それは一つの大きな愛を得られたに等しい……。

これは山崎が掲示板の中で感銘を受けたと言っていた言葉ではなかったか。小野川もそれを聞いて、いたく気に入っていた。

これはヒバの言葉だったのか……。

だからどうだということはないが、小野川がその事実に食いついてくる様子は目に浮かぶ。

少なくとも、〔落花の会〕についてのサムシングエルスを聞きたがっている小野川には、一つのネタになるだろうとは思う。

18

翌日、今泉は小野川と連絡を取って、多摩沢駅前の喫茶店で落ち合った。

「いやあ、待居さんも電話で誘ってみたんですけどね、締め切りがあるからって、すげなく断られましたよ」

小野川は来るなり、笑いながらそんなことを言って、今泉の向かいに腰を下ろした。

「待居さんは、山崎さんと会ったときのこと、まだ怒ってるんですか?」

「そんなことないでしょ。小説書いてる人は、締め切り迫ってるときは誰だって不機嫌なもんですよ」

小野川はそう言って、上機嫌に、ウェイトレスに飲み物を注文した。

「それより、すいませんね。今泉さんも手持ちの仕事があるでしょうに」

「いえ、そっちのほうは適当にやってますから」

今泉はまず、エディターズバッグから市村千秋の顔写真と、彼女が残した詩を取り出して、小野川に見せた。どちらも大江早智子の手元にあったものをコピーさせてもらったものだ。

「へえ、蓮美に劣らず雰囲気ある女ですねえ」

小野川は市村千秋の顔写真を見て、そんな感想を洩らした。

「やっぱり、彼女がコスモスと見て間違いないですね。掲示板でコスモスはシェイクスピアが好きだって書いてますけど、この市村千秋が残した遺書がシェイクスピアみたいな詩なんですよ」

「へえ……なるほどねえ」

小野川は詩のコピーに目を移すと、しばらく食い入るようにそれを見ていた。注文のアイスティーが運ばれてきても、それを手にしようともしない。

「何か意味深だな……」彼は独り言のように呟く。

「母なる存在、姉なる存在っていうのは、実の母や姉じゃなくて、蓮美のことを指してるんじゃないかって思います」

「まあ、そうでしょうね。それだけ蓮美に影響を受けてたから、幹部として会を支えてたんだろうし」

「掲示板でも、悩んでる人には、一度リリーさんと話してみたらどうですかみたいな書き込みをするのが彼女なんですよ」

「それだけ蓮美に心酔してるのがこの詩からも分かりますよ」

「歳は二つくらいしか離れてないんですけどね。でも彼女にとっては、母であり姉であり友であったってことなんでしょうね」

「姉妹っていうのが一番近いかもね。魅力の質が似てるっていうか……」

「そうですね。ただ、包容力みたいなものは蓮美のほうに感じるし、思念の強さみたいなものは千秋のほうに感じる……そんな違いはあるような気がします」

「それは言えますね」小野川も同意した。「でも蓮美同様、興味に値する人物ですよ」

「美鶴に投影できますか？」

小野川は満足げに頷く。「造形の厚みが増しますよ」

自分が調べたことにそれなりの意味があったらしいと分かり、今泉はほっとした。

「それにしても、この詩の真ん中部分は気になりますね」

小野川は、先ほど「意味深だな」と呟いたときの表情に戻って言った。

「真ん中部分というと？」

今泉は彼に渡したコピー用紙を覗き込む。

「姉なる存在よ　かれんな白い花よ　その美しさを忘れ　あだ花に目がくらむ者とは手を切ろう　花盗人は　木を食む虫けら　彼の木は朽ち　腐り果てて土に還るだけ……っていうところですよ」

小野川は詩を読み上げて、今泉を見る。

「これ、どういう意味のことだと思います?」

「さあ……確かにそこの部分は、何かシュールだなとは思いましたけど……要は、迷うことなく、あなたについていきますよってことじゃないですかね」

「大きな意味はそうかもしれませんけど、それにしては表現が回りくどいですよね。言葉の一つ一つにも意味があるはずですよ。あだ花に目がくらむ者って誰でしょう? あだ花って何でしょう?」

「さあ……白い花は蓮美ですよね。あだ花はそれに近い魅力的な存在か、あるいは対極にある存在、または彼らにとって危険な存在ですかね」

「全然、答えのレベルに達してませんよ」

小野川に笑われ、今泉は頭をかいた。確かに、答えておきながら、自分でも何を言っているのか分からなかった。

「あだ花に目がくらむ者っていうのは、花盗人でしょう」小野川は言う。「花盗人は木を食む虫けら……じゃあ、木を食む虫けらって何のことだと思います?」

「たぶん、シロアリみたいな害虫のことですよね。害虫レベルの人間だって言いたいんじゃないんですか」

小野川は一つ頷いてから、口を開いた。

「僕はこの前後に書いてあることより、まず、『木を食む虫けら』って言葉に引っかかったんですけどね。花盗人は害虫っていう時点で言葉が飛躍してるし、しかもそれを『木を食む虫けら』っていう回りくどい言い方をしてるところに何か浮いたものを感じるんですよ。いや、それも結局はあとから来た感覚で、読んだ瞬間はもっとストレートに見えてきたものがあったんですけどね」

「え……何が見えてきたんですか？」

「『木を食む』から見えてくる文字ですよ。木偏にカタカナでハムと書く字があるでしょう。松ですよ」

「松……⁉」

松。パイン。松野和之。

今泉は小野川から詩のコピーを返してもらい、そのくだりを読み返して思わず唸り声を上げた。

驚いた。そんなキーワードがここに隠されているとは……。

偶然だろうか……今泉は、市村千秋が意図せずに、こんな表現を使った可能性を考えてみる。

しかし、考えれば考えるほど、偶然とは思えなくなってくる。松というキーワードをここに込めたいがために、こういう言葉を持ってきたのだと考えたほうが自然だ。

「だとしたら……」今泉はしたり顔の小野川を見返した。「どういうことなんでしょう？　その前後で言ってることが穏やかじゃないですよね」

小野川は頷く。「パインはあだ花に目がくらんだ虫けらだと彼女は言ってる。何らかのトラブルなり仲間割れがあったんじゃないですかね……蓮美の死後に」

それが蓮美の死後だというのは、今泉にも頷ける考えだ。蓮美の自殺の演出は、幹部らが仲間割れしている状況ではなし得ない。それより、蓮美が死んだことで組織の求心力がなくなり、幹部同士の関係にも歯車のずれが生じ始めた……その結果としての亀裂だと考えるべきだろう。

「でも、これ、仲間割れどころの話じゃないような気もしますよ」今泉は自分の感情がざわざわと波立つのを感じながら、声を落とした。「書いてある言葉をそのまま受け取るなら、コスモスがパインを殺してるんじゃないかっていうふうに読めちゃうんですけど」

「腐り果てて土に還るだけ」とは、つまりそういうことではないのか？

「う－ん、どうなんでしょうね」

小野川は今泉の考えを否定はしなかったが、軽々しく乗ってもこなかった。

「コスモスって、見た感じ、華奢《きゃしゃ》な女でしょう。パインを殺そうとして殺せるかな？　仲間がいればいいけど……となると、ローズか。でも、ローズは蓮美が死んで十日かそこらで後追いしちゃったわけだし……まあ、その間にパインを殺したって可能性もなくはないだろうけど……」

ブツブツと独り言のように喋っている小野川を、今泉は「あの……」と制した。

「昨日、コスモスに彼氏がいたんじゃないかっていう話をしましたよね？」

「ああ、コスモスの自殺は、本当は心中だったんじゃないかっていう……」

「ええ。あのあとちょっと、会の掲示板のコピーなんかを読み返したりしたんですけど……」

「その関係の書き込みがあったんですか？」

「いえ……でも、本当に彼氏がいて、その人と〈落花の会〉で知り合ったとするなら、この人なんじゃないかっていうのはいたんです」

「へえ」小野川は興味をそそられたように眼を見開いた。

「コスモスとシェイクスピアの話で盛り上がって、オフ会でも会ってるんですよ。蓮美の死の五カ月くらい前のことです」

小野川は、今泉が持ってきた書き込みのコピーを受け取った。

「相手は何ていう名前なんですか？」

「ヒバです」

「ヒバっていうと、あすなろのヒバ？　ああ、こいつですね」

「あすなろって……？」今泉は眉をひそめて訊き返した。

小野川はコピーから顔を上げて、きょとんとした表情を見せた。

「違うんですか？　ヒバってほかにもあります？」

「ヒバって、木ですよね？　木材なんかで聞く……」

「そうですよ。それがあすなろじゃないですか。別名みたいなもんですよ」

「あ、そうなんですか……」

あすなろ……最近、どこかで目にした言葉だ。しかも、〔落花の会〕関係で……あすなろというハンドルネームを誰かが使っていたのだろうか？

思い出せそうで思い出せない。今泉は何だか気持ちの悪い思いをそのままにして、小野川がコピーに目を走らせている合間に、とりあえず電子辞書を引いてみた。

なるほど、ヒバはあすなろの別称とある。ヒバは檜葉で、あすなろは翌檜と書く。檜《ひのき》に似た木なのだ。檜よりはランクが下なのか、あすなろとは、「明日は檜になろう」という木の思いを勝手に代弁したような意味が込められた名前らしい。

やけに夢のある、未来志向にあふれた名前ではないか。ヒバなら単なる木の名前として聞き流せる。しかし、あすなろと名乗られたら、そこに何かの意味を探してしまう。

そんな前向きな名前を自殺系サイトである〔落花の会〕で誰かが名乗っていたというのか。思い出せない。気のせいだろうか。

「へえ、これ、ヒバの言葉だったんですね」小野川はそう言って、顔を上げた。「山崎さんが言ってたやつ……『死ぬ自由を得られたとしたら……』っていうのですよ」

「そうなんですよ」

「なるほどねえ」小野川は感心したように言った。「いや、このヒバっていうの、なかなかいいじゃないですか。パインなんかより、よっぽど雰囲気ありますよ。やっぱり、こういう集団には、コスモスやヒバみたいな文学的な人間がいないと、味わいとか深みが出てこないんですよねえ」

文学的……。

小野川のその言葉が鉤《かぎ》となって、今泉の記憶から何かを引っ張り出そうとする。

ああ、そうだ。

今泉はやっと思い出した。

待居のデビュー時のインタビュー記事で見たのだ。

「あすなろ」は待居が大学時代に参加していた同人誌の名前じゃないか。

今泉はさすがにぞっとして鳥肌が立った。

待居はパインではなかった。

コスモスでもなかった。

一時は待居に疑いの目を向けていた今泉も、そこでお手上げせざるを得なかった。

しかし、可能性は残っていたのだ。

ヒバは「自分に絶望して」落花願望を持っていると語っている。時期的に考えれば、待居がアルバイトをしながら作家を目指して、しかし何度新人賞に応募しても芽が出ず、辛酸をなめていた頃になる。

そんな男が自分に絶望して、〔落花の会〕のホームページにふらふらとたどり着いてしまったら……。

そこの掲示板に書き込むとき、いったいどんなハンドルネームを使うだろうか。

自分の名前には、直接植物につながるような字があるわけではない。上宮律子がローズと名乗ったように、何か親近感のある名前を持ってくるはずだ。

彼は思いつく。あすなろ。

しかし、その名前の前向きな響きは、こういう集まりの中では浮いて見えるかもしれない……そんなことを考えてか、あるいは照れのようなものが入ったのか、彼は捻りを一つ加えてみる。

あすなろの別称、ヒバにしよう……。

あり得る……というか、もし待居が〔落花の会〕に参加して何かハンドルネームを考えることになったとしたら、それ以外のハンドルネームはあり得ないとさえ思えてくる。

「いやあ、気に入りましたよ、ヒバ」小野川は読み終えたコピーをテーブルに置き、嬉しそうに言った。「この男、幹部ではなかったとしても、コスモスと付き合ってたとしたら、会の活動にもそれなりに関わってたんじゃないですかね」

「そうかもしれませんね。小野川さんが蓮美と一緒にいるところを見たって言ってた男も、もしかしたらヒバなのかも」

待居への疑念は口に出せなかった。どう処理すればいいのか、頭の中で整理がついていない。とりあえず思わせぶりに、小野川が見たという男に結びつけてみたが、小野川のほうは待居の存在まで思い及ばないらしく、ただ、「そうかもしれませんねえ」と喜んでいるだけだった。


小野川と別れた今泉は、タクシーに乗り込み、待居の母校である武蔵野文化大学に足を伸ばした。何の参考になるかは分からないが、とにかく、「あすなろ」という同人誌を目にしたかった。

大学図書館に行ってみると、「あすなろ」はすぐに見つかった。一号百ページほどの質素な体裁の同人誌で、年二回発行しているらしい。待居は在学中に、短編を二つ寄稿している。

今泉は閲覧席でその短編を読みふけった。一編は大学進学で離れ離れになった高校時代の同級生が再会し、過去のわだかまりを解くという一種の青春小説で、もう一つは昭和の時代を舞台にした書生と人妻の恋愛小説だった。どちらも学生の趣味として見るなら力作と言ってやってもいいが、随所に若書きな表現が覗き、現在の待居からしたら認めたくないような出来かもしれないなと思った。

時代設定に昭和を好むのはこの頃からかという発見めいた思いはあるものの、それ以外に取り立てて感じるような文章はない。逆に、二編ともあまりにふわふわとした甘酸っぱい味わいに終始していて、現在のざらりとした待居の犯罪小説の面影がどこにもないことが気になってくる。この頃から比べると、現在の待居は明らかに作風を変えているのだ。

今泉は武蔵野文化大学を出ると、多摩沢に戻った。今度はいつもの多摩沢図書館に行き、最近の文芸誌から待居のインタビューやエッセイを探してみた。ただ、何誌か当たってインタビューを二本とエッセイを一本見つけたが、自作『凍て鶴』についての通り一遍のことを語っているだけで、目新しい話は見つからなかった。過去の発言についてきちんと洗おうとするなら、この図書館では限界がある。

多摩沢図書館を出た今泉は、ほとんど無意識のうちに、多摩沢公園へと足を向けていた。ヒバと待居が頭の中でつながってしまった衝撃が尾を引いていて、まだ帰りがたい気分だった。

公園に入り、うららかな初夏の陽射しの下、考え事をしながら多摩沢池のほとりを歩く。

「ヒバについて、もう少し詳しいことは分かりませんかね？」

小野川は別れ際、面白い話の続きをねだるように、そんなことを言った。

今泉が半分予想していた通り、小野川の好奇心はヒバという男に向いたようだった。映画にシェイクスピア的な長台詞を使ってみようかとか、啓次郎にシェイクスピアの言葉を引用させたりするのも面白いんじゃないかとか、彼は思いつくままを乗って語り、自分をインスパイアさせるヒバという男の登場に興奮を隠せない様子だった。

小野川が啓次郎への投影に求めていたのは、ヒバのような人間だったのだ。今泉は、彼が何を求めているのかも分からないまま、ただ調べを進めていたようなものだった。しかし、それで彼の求めていたものが出てきたということは、それだけ彼の嗅覚が優れ、ここには自分の求める何かがあるに違いないと嗅ぎ取っていたということか。奇才と言われる人間の感覚は、常人の自分では想像も及ばないものだなと今泉は思う。

ただ、ヒバについてのさらに詳しいこととなると、話は難しくなる。

〔落花の会〕の掲示板から得られる情報はもうない。

パインのときのようにネットから情報を募るのも無理があるだろう。

それでも、今泉には、これが雲を摑むような問題とは思えなくなってきている。

ヒバの正体に、身近にいる一人の男の可能性が無視できなくなっているからだ。

ヒバはおそらく、会の掲示板に数度の書き込みをしていただけの存在ではない。コスモスと深い関係になり、彼女と一緒に蓮美をサポートする活動にも首を突っ込んでいたはずだ。

蓮美の自殺を演出するのにも、当然、絡んでいるだろう。

その後、幹部たちは、何らかのトラブルを抱えて分裂した。

パインはその延長でコスモスに殺された。共犯者がいる可能性は高い。それこそがヒバだ。

そしてすべてを整理し終えた二人は心中を決意し、コスモスの部屋のバスルームで練炭を焚いた。

だが結局、ヒバはパートナーを残して、そこから脱出した。心中は形を失い、現場はコスモスの単身自殺として片づけられた。

これらの推測が当たっているなら、ヒバは今も生きているだろう。自殺志願者だったとは思えない生命力のたくましさでもって、この世の中で成功を遂げているかもしれない。

待居涼司のように……。

今泉はふと、暖かかったはずの陽射しの陰りと薄ら寒い寂寥感を覚えて、我に返った。苔むし池のほとりをのんびり歩いていたはずが、いつの間にかそこから離れていた。

た地面から、ところどころ雑草が顔を出している。歩きづらくはないが決められた遊歩道からはすでに外れている。木々が密度を増す公園の奥へと自分は向かっている。

ここまでは来たことがある。かつて蓮美の事件の取材に来たとき、この奥はどうなっているのだろうと歩いてみた。このあたりで不意に気味が悪くなり、また奥を見通すと敷地を区切る柵らしきものが見えたことで、今泉は引き返してきたのだった。

その前回のボーダーラインを越え、今泉は引き寄せられるように歩く。もはや散策する者が歩くような場所ではない。羽虫が音もなく、今泉の周りをまとわりつくように飛び交う。やけに湿り気のある空気が冷えていて、首筋あたりが寒々しい。

それでも、まだここは公園内だ。バードウォッチングを楽しむ者なら、このあたりまで足を踏み入れてもおかしくはない。恐れることはない。

やがて、腰の高さの柵がはっきりと見えてきた。その向こうは厚い熊笹が生い茂っている。このあたりになると頭の上では巨木の葉が重なり合うようにして傘を作っていて、雲一つない空がその上にあるとは思えないほど光が乏しい。

今泉は立ち止まって、厚い熊笹に対峙した。

この奥の森に何がある？

小野川が〔落花の会〕に自分の求めるものがあると感じ取ったように、今泉もこの森に何かがあることを感じている。

この森には木ノ瀬蓮美の自殺の真相が、松野和之の行方不明の真相が隠されていると感じている。

小野川の期待に沿い、ヒバのより詳しい実像を掘り出そうとするなら、この森に足を踏み入れなければならない。そうして、ヒバという男を、殺人を犯した人間という部分まで掘り下げた上で、小野川に提示してみせる必要がある。小野川も究極的には、それを欲しているのだろう。

いや、小野川がどうこうというのはもはや口実に過ぎず、今泉自身が本能的に真相を欲している。死の匂いが溶け込んだこの森に入りたがっている……そういう自覚がある。

この熊笹さえなければ、自分は今このまま入っていってしまいそうだ……。

今泉は頭を振って、自分の中に膨張する考えをひとまず霧散させた。

今この時点で森に入ったところで、青木ヶ原のときと同じように、当てもなくさまよい歩くだけだ。何かを見つける可能性があるとは思えない。

今日はもう帰ろう。

自分の中の冷静な部分がそう提案してくれたことに、今泉はほっとした。自分はまだ大丈夫だ。何かに取りつかれたような人間ではない。

帰ろう。

今泉は心の命令に従って、きびすを返した。その瞬間まで背後のことなど気にもしていなかったので、振り返ったときに、すぐ目の前に人が立っているなどとは考えてもいなかった。

今泉は思わず、短い悲鳴を上げた。

待居涼司が暗い眼差しを今泉に向け、ゆらりと佇んでいた。

今泉の悲鳴に反応して、待居が眉をひそめた。口元も奇妙に歪んだ。

「僕ですよ」

見知らぬ人間ではないのだから、そんなに驚かないでくれと言いたげな彼の言葉が皮肉に聞こえた。今泉が悲鳴を上げたのは、そこにいる人間が待居であるからこそだった。

「何をやってるんですか？」彼は感情の読めない表情のまま訊く。

「何って……待居さんこそ」

「僕は、あなたがこちらへ歩いていくのが見えたから来てみたんですよ」

「今日は……」今泉は動揺を悟られないように、無理やり自分を落ち着けるようにして言う。「仕事の締め切りがあったんじゃないんですか？　小野川さんはそう言ってましたけど……」

「ありましたよ。ようやく終わったんで、気分転換に出てきたんです」

「そうですか……」今泉は髪をかき上げて相槌を打った。「このへん、ちょっと気味が悪いから、池のほうに出ませんか？」

今泉の言葉に、待居は小さく頷いた。

「僕も、こんなところまで来ないほうがいいと言いに来たんですよ」

彼はそう言って今泉を見つめたあと、ゆっくりと背を向けて歩き始めた。

池のほとりまで戻ると、青い空と暖かい陽の光は元のまま、そこにあった。人々が穏やかな顔をして散策を楽しんでいる。腕時計を見てみれば、まだ三時を過ぎたばかりだ。

池に架かる橋のたもとで、待居は立ち止まった。今泉の身体を強張らせていた緊張も、池の水面を撫でる生暖かい風がにわかにほぐしていく。

「今日は小野川さんと、どんな話をしたんですか？」

待居は今泉の顔を一瞥し、そんな問いを投げかけてきた。

「どうしてそんなことを訊くんですか？」

今泉の問い返しは、自分で思っているより挑発的に口からこぼれてきた。

「どうしてって……」待居が今泉を横目で見る。「小野川さんと会ってたっていうことだから、訊いてみただけですよ。だいたい、あなたと話すのには、その話題しかないでしょう」

「ごめんなさい……そうですよね」今泉は無理に微笑んでみせた。「例の〔落花の会〕のことですよ。あれからまた、小野川さんの希望に沿って、調べを進めてるもんですから」

「まだやってるんですか」待居は軽く顔をしかめて言った。「小野川さんにも期待されてますし、いろんなことが分かってくると、私自身、のめり込んでしまうたちで……」

待居は呆れたような吐息をついて、首を振った。

今泉はそれに構わず、少し口調を緩めて続けた。

「例のパインっていう幹部のことも分かりましたよ。待居さんには似ても似つかない男でした」

「当たり前でしょう」待居は吐き捨てるように言い、一呼吸置いてから訊いた。「どういう男だったんですか？」

待居が〈落花の会〉に無関係なら、単純に話の流れで訊いただけなのだろう。そうでないなら、今泉の調査力がどの程度のものなのか気になって訊いてみたというあたりか……どちらなのかは、彼の表情からは分からない。

「松野和之という男です。パインは松のパインですね。今は行方不明なんです」

気のせいだろうか……池をぼんやりと見ている待居の目が、奥の森を捉えたように見えた。

「コスモスっていう幹部のことも摑めました」

今泉は待居の横顔をじっと観察しながら話を続ける。

「市村千秋……コスモスは千秋の秋から来てるんでしょう。蓮美に心酔してて、妹分的な存在のようでした。蓮美が自殺した年の暮れに自宅マンションで死んでます。意味深な詩の書き置きが残されてました」

わざとなのか、待居は今泉のほうを見ようとしない。だから、残念ながら心の動揺が今一つ見えてこない。

「意味深な詩……?」彼は小さく呟くように、それだけを口にした。

「はい。会の中で何かトラブルが起きたように読める詩です」

「トラブル……?」

「蓮美が自殺したあと、幹部同士が分裂するようなことがあったみたいです。小野川さんが読み解いたんですけど、パインが何かしでかしたんじゃないかと」

「何かって何ですか?」

「そこまでは分かりません。でも、詩の内容からすると、パインが殺された可能性もある……無視できない謎です」

「あんまり良質な謎とは思えませんね」待居は苦笑してみせ、ニヒルに首を振った。

「何かしでかしたとか、可能性があるとか……どんな詩か知りませんけど、まともに検討する価値があるんですか? あなたは小野川さんに煽られ、この事件に首を突っ込み過ぎて、正常な感覚なら取り合わないような話を、謎だの何だのと言って喜んでるように見える。もっと冷静になったほうがいい」

「そんなことはありません。私は冷静ですし、この事件は惹き込まれるだけの何かがあるんです」

「また、何かですか……」待居は口元に薄い笑みを浮かべて言った。「あんな人気《ひとけ》のない森のほうに、取りつかれたように一人で入っていくあなたを見てると、とても冷静だとは思えませんけどね」

「あの奥の森に何かがあるんです。パインが殺されてるとすれば、おそらくあそこなんです」

「小野川さんがそう言ってるだけでしょう」

「小野川さんが言ってるんじゃありません。私がそう考えてるんです」

「同じですよ。小野川さんにそう導かれてるに過ぎない」

「導かれてるとは思いません」今泉は言う。「確かに小野川さんは独特の嗅覚を持ってると思います。でも、調べて考えてるのは私です」

「そう思うのは勝手ですけど、どちらにしろ楽しいもんじゃないでしょう。あなたは特に自殺願望を過去に抱えてしまってる。自分では免疫ができてると思ってるかもしれないけれど、またいつ自分の中のそれが毒を持つか分かりませんよ。そういう問題からは離れたほうがいいんじゃないですか」

「小野川さんも自殺願望くらい抱えてるって言ってましたよ」

待居はちらりと今泉を見てから、すぐに視線を外した。

「別に意外性はありませんね。あの人は見るからに躁鬱気質ですから」

「私だけが特別危ないわけじゃないってことです」今泉はあえて待居の顔を覗こうとせず、さらりとした口調で踏み込んでみた。「待居さんも自殺願望くらいあるでしょう?」

「ありませんね」待居は言下に答えた。

「作家を目指してた頃、新人賞にいくら応募しても結果が出なくて、死にたいくらいに思った……こともなかったんですか?」

「もちろん、そう言いたくなるような心境のときはありましたよ。自分の作品が評価されないときの挫折感は、そう言いたくなる類のものです。でもそれは実際の自殺願望とは違うでしょう」

「それで自殺系サイトを覗いたりしたことはなかった……?」

「当たり前です」

「そうですよね。結果的に世に出る人は、少々の挫折でそこまで弱ったりしませんよね」今泉は納得するふりをして頷いた。「でも自殺系サイトって、いろんな人間模様が覗けて面白いんですよ。待居さんはネットを使わないってことはないですよね?」

「もちろん、情報を拾ったりするときは使いますよ」

「どっかの掲示板に書き込んだりはしないんですか？」

「しませんね。そんな暇があったら、小説を書いてます」

「でも、仕事で文章を書くのと違って、ざっくばらんに書きたいこと書けますし、けっこう気分的に違うもんですよ。ハンドルネームを考えるだけでも楽しいですしね。〔落花の会〕だと、自分の名前に関係する植物なんかを持ってきてて面白いですよね。パインとかコスモスとか……私は知里だから、サトイモって付けたりするんですよ。小野川さんにイメージぴったりって言われちゃいました」

今泉はそう言っておどけたが、待居は無表情のままだった。

「もし待居さんが付けるとしたら、どんなハンドルネームになりますかね？　名前から植物を連想させるものってないから、好きな植物ってことになるんですかね？」

待居は少し考えるような間を置いてから、淡々とした口調で答えた。「さあ……名前から取るなら、宵待草ってのがありますけどね」

その答えにカモフラージュなどの他意があるのかどうか……相変わらず表情からは何も読み取れない。

「待居さんのその字はペンネームじゃないですか」

「ペンネームから取ったら駄目なんですか？」

「駄目ってことはないですけど、本名だと、植物を連想させる字はないですよねってことです」

待居は首を捻る。「だったらどうだって言うんですか？」

「いえ……待居さんの好きな花や木って何だろうなって思ったものですから」

「さあ、何でしょう……」待居は池のほとりを見渡して、思いつきのように言葉を足した。「桜も好きですし、藤も好きですよ」

「いいですね。でも、小説を書く人にぴったりとはいかないような気もしますけど」

待居は口元を歪めて今泉を見た。「言いたいことがよく分かりませんね。どうも話が嚙み合わないというか、禅問答でも繰り広げてるような気分ですよ。僕にぴったりな花があるってことですか？」

いくら待っていても、待居が「ヒバ」や「あすなろ」などと口にする可能性は低いのだった。むしろ彼がそれを口にするとしたら、ヒバではないということだ。彼がヒバなら、当然、今泉を警戒している。

「花じゃありませんけど、ヒバなんてのはどうですか？」

「ヒバ……？」

「知りませんか？」

「いや、ヒバくらい知ってますけど、どうしてまたヒバなんて……」

「もっと花も実も鮮やかな植物のほうがいいですか？　でも、ヒバはあすなろとも言われて、夢のある木じゃないですか。明日は檜になろうって夢……作家に合ってると思いますよ」

待居は引きつった笑みを浮かべて首を振る。「ちょっと僕にはロマンティック過ぎますね」

「だから、あすなろじゃなくて、ヒバなんですよ。ちょっと照れ隠しにね」

「言い方を変えようと同じですよ。作家は別に夢と向き合ってるわけじゃない。小説を書くっていうのは、もっとリアルな手触りのものですよ」

「なるほど……犯罪小説家というのは、そういうものかもしれませんね。向き合うのは夢でなく、悪夢のような現実なのかも。そして、それさえ小説を書くための血肉にしてしまう……さながら、貘《ばく》のようですね」

「あなただって、自分の天敵である自殺をテーマに仕事してるんだから、同じでしょう」

「だから分かるんです」今泉は頷いた。「でも、私も昔はそうじゃなかった。普通に、物書きという仕事に夢を見てました。待居さんは……作家を目指してた頃の待居さんはどうですか？」

「そりゃ、世間知らずという意味では、夢を見てたことになるかもしれませんね」

「その頃なら、ヒバやあすなろも合ってたと……？」

待居は今泉を訝しげに見る。「そう答えなきゃいけないんですか？　いったい何を言わせたいんですか？」

「いえ、ただ、待居さんが学生の頃、『あすなろ』っていう同人誌に寄稿してたっていうインタビュー記事を目にしたことがあったもんですから……多少なりとも、思い入れがあるんじゃないかと思ったんです」

「大学の同人誌には、確かに二度ほど寄稿したことはありますけど、積極的に活動してたわけじゃありませんよ。デビュー前の執筆経験を訊かれたままに答えただけです。『あすなろ』っていう誌名だって、もちろん僕が付けたわけじゃありませんから、思い入れなんてありません」彼はにべもなくそう言った。

自分はここまで調べているんだということを示して、彼の顔色を見てやりたかった。しかし、そうしたところで、彼の反応は期待していたようなものではなかった。苛立っているのは確かだが、動揺しているからと捉えるのは、こちらの都合が良過ぎる気がする。

「待居さんは、シェイクスピアは好きですか？」

今泉が訊くと、待居は、いきなり話が飛んだことに戸惑うように眉を動かした。

「シェイクスピア……何ですか、また……もちろん、嫌いじゃないですけど……」

「待居さんの作品にある悲劇性みたいなものって、シェイクスピアの作品にも通じる気がするんです」

「まあ、この世の物語の原型は、すでにシェイクスピアの時代に完成してるなんて言われるくらいですから、通じる気がするなんて言われても、ああそうですかと答えるしかないですね」

「彼の詩は好きですか？」

「詩ですか……残念ながら、好きと言えるほどには触れてませんね。今泉さんは好きなんですか？」

「私も嫌いではないですけど、論じられるほどには詳しくないです。文学部だったんで、授業の一つで触れた程度です」

「そうですか」ぱっとしない今泉の答えに、待居は浮かない相槌を打った。「で、そのシェイクスピアの詩が何か？」

「先ほど話したコスモスの詩ですよ。彼女はシェイクスピアが好きだったんです。彼女が残した詩もシェイクスピアが好んだソネットです。それだけじゃなくて、彼女は、ロミオとジュリエットばりの悲劇的な心中に憧れてた。

けれど実際には、コスモスは一人で自殺してます。もしかしたら結果的にそうだったというだけで、本当は誰かと心中しようとしてたのかもしれない……そう思うのは、シエイクスピアの話題で盛り上がって、それをきっかけにして出会った男が〈落花の会〉にいたからです。それがヒバというハンドルネームの男です」

言い終わってから何秒間か、今泉は待居と睨み合うようにして視線を合わせた。今泉が彼の表情から反応を読み取ろうとするように、彼もまた今泉の顔から何かを読み取ろうとしているかのようだった。

彼は不意に視線を外し、すっと息を吸い込んだ。

「それでヒバが出てきたわけですか」

今泉は何も言わず、彼の続く言葉を待った。

「でも、どうして僕に、シェイクスピアが好きかとか、ヒバはどうだとか、そんなふうに訊くんですか？」

「それだけじゃありませんよ」今泉は開き直って言った。「自殺願望はないかとか、自殺系サイトを覗いたりはしないのかとも訊きましたよ」

待居は呆れたように今泉を見据えた。

「僕がそのヒバという男だと言いたいんですか？」

今泉はあえて、ごまかすような答えは呑み込んだ。

「馬鹿馬鹿しい」待居は首を振って、吐き捨てるように言った。「パインの次はヒバですか。何でもいいから適当なのを持ってきて、とにかく僕を〈落花の会〉と関連づけたいんでしょう。まったく、小野川さんはイカレてますよ。尋常じゃない」

「小野川さんが言ってるわけじゃありませんよ」今泉は言う。「むしろ、小野川さんは、待居さんが関係してるなんて、これっぽっちも思ってません。こうやって失礼を承知で伺ってるのは、いろいろ調べを進めてるうちに、私の中で山崎さんの言葉を聞いたときからの疑念がふくれ上がって、待居さん本人にぶつけずにはいられなくなってるからです」

待居は首を振り続ける。「あなたは自分で考えてるつもりかもしれないが、それも、小野川さんがあなたにそう考えさせたいということなんですよ」

「小野川さんは、もっと知りたい、もっと調べてくれって言ってるだけです。調べて考えてるのは私です」

「あなたがそう考えるように調べさせてるんです。どうしてそんなに〔落花の会〕のことばかり調べるんですか？　どうして彼は、僕が関係してるなんて思ってないにもかかわらず、〔落花の会〕にこだわるんですか？　自分が蓮美の死体を見たから、多摩沢で起きた事件だから……本当にそれだけの理由なんですか？　それだけの理由で彼は『凍て鶴』に〔落花の会〕などというものを結びつけようとしてるんですか？　しかも、こんなに執拗に……おかしいでしょう？」

何がおかしいのだ……？　にわかに上気して、訴えかけるようにまくし立てる待居を前にして、今泉は戸惑いを感じた。

そう言われれば、おかしいと言えなくもない……そんな感覚が不意に今泉の頭に忍び込んだ。何がおかしいというのだ……自分自身に問いかけ、その正体を摑もうとしたが、その感覚は幻のように摑みどころがなく、今泉は戸惑っているうちにそれを見失ってしまった。

「小野川さんは、美鶴や啓次郎の人物造形に、自分なりの解釈を持ち込みたいんです」

今泉は強張る口を動かした。「そのためには、インスピレーションを与えてくれるものが必要なんです。そして、〔落花の会〕には自分が求める何かがあると、彼は独特の嗅覚で嗅ぎ取ったんです」

「なるほど、あなたは奇才と言われる小野川充の才気そのものに惑わされてるんですね」待居は皮肉めいた口調で言った。「あなたの感じる彼の才気が偽物だとは言いません。多くの人が彼を評価してるし、それに値するものを彼は持ってるんでしょう。けれど、今回に関しては、彼はそれを正しくは使ってない。映画作りのほうにその才気を向けてない。彼にとっては、『凍て鶴』がどうとか、美鶴や啓次郎がどうとかという前に、〔落花の会〕ありきなんです。たとえ今回、彼が手がける作品が『凍て鶴』以外のものだったとしても、彼は何かと理由をつけて〔落花の会〕を持ち出してきたはずです。監督という、自由に作品のコンセプトをいじって、その制作意図を声高《こわだか》に発信できる立場を得るまで、今までずっとそれを温めてきたんでしょう。

賭けてもいいですよ。〔落花の会〕はただインスピレーションを欲しいがために持ち込んだだけのものじゃない。それだけなら、クランクインした頃には〔落花の会〕のらの字もなくなるでしょう。けど、おそらく、このまま彼が映画を完成させ、そのキャンペーンが始まったとしたら、彼はことあるごとに〔落花の会〕のエピソードを持ち出すはずです。過去にネット上でこういう会があり、こういう人物がいて、こういう事件があった。それがこの映画に強く影響を与えていると彼は語るでしょう。人々の記憶から消えかかってた〔落花の会〕と木ノ瀬蓮美を檜舞台に引き上げて、世間の再評価を勝ち取る。それこそが彼の目的だと言っていい。映画制作のための手段ではなく、それこそが目的なんですよ」

待居の言い方には険があり、小野川に対する嫌悪を隠そうともしないものだったが、言っていることそのものは、現実味を保っていた。確かに、映画『凍て鶴』が完成したとき、小野川にその完成までの道のりを尋ねたならば、彼はきっとそういうエピソードを饒舌に語り始めることだろう。

だとしても、奇才・小野川充なら、そういうところから着想のヒントを得るのだ……世間はそう感心し、今泉自身も同様に思い、それを受け入れたはずだった。

しかし、待居の口から、何やら気味の悪い企みのように表現されると、奇才の魔力に自分は盲目的であり過ぎたのではという不安が込み上げてくる。

「意味が分かりません。それが目的って、どうして小野川さんは、そこまでして〈落花の会〉のことを取り上げなきゃいけないんですか？」

「どうして……！」待居はおうむ返しに言い、ふっと笑った。「僕は散々、そう思ってましたよ。どうしてそこまでこだわるんだと。対して、あなたは、今までそうは思ってなかったわけです。そこに答えがある」

「そこに答え……？」

「僕が一般的な人々の考えを代弁しましょう。簡単に言えば、世間一般の大多数は、ネットの心中サークルなんてものには興味がないし共感もしないんです。いくら主宰者が美女だろうと、きれいな言葉を並べ立てようと、すべての先に死を見据えてる思想なんて気味が悪いだけなんですよ。どうです？ 自分の考えとのギャップに驚きませんか？」

今泉は何も答えられなかった。横っ面を叩《はた》かれたような衝撃を覚えていた。

「僕は別に、これまでのあなたの仕事を否定してるわけじゃありません。ネット心中は当然、現代の病だし、そこにペンでもって切り込むのは意味がある。しかし問題なのは、あなた自身、自殺との距離が近過ぎて、自分が相手にしてる世界が異常だという感覚がなくなってしまってることです」

「近過ぎるなんて……」今泉は唇を震わせた。「そんなことはありません……私は克服してます」

「そうは思えませんね」待居が冷たく言った。

「私は自分の気持ちを確かめながら、この仕事をしてます。かつての誘惑とは決別できてます」

「しかし、あなたはいまだに、木ノ瀬蓮美やその周辺のことに心を奪われてる……信者と言ってもいいくらいに」

「違います。私は知的な興味で彼女を追ってるだけです」

「あなた自身はそのつもりかもしれない。けれど、はたから見れば、それだけ夢中になってるのは異様ですよ。それに気づかないのは、あなたを引っ張る小野川さんもまた、あなた以上に〔落花の会〕と木ノ瀬蓮美に執着してるからです。あなたはそこに気をつけなきゃいけないんだ。小野川さんの感性を盲目的に信じ過ぎです。彼はあなたの理解をはるかに超える蓮美の信者で、自分の自殺願望、破滅願望を持て余して生きてるんです。〔落花の会〕との関係性を問いたいなら、僕より先に、まず彼にその矛先を向けるべきなんですよ」

まさかという思いで、今泉は待居を見つめた。

「……どういうことですか？」

「これだけ言えば十分でしょう」

「小野川さんが……ヒバだっていうことですか？」

「そんなことは、僕は知りません。言えるのは、彼が映像の世界で持てはやされるようになったのも、僕と同じこの二、三年のことであって、〈落花の会〉が活動してた四年くらい前は、彼だって才能が開花しない不遇の時代だったってことです」

それは確かにそうなのだろうが、だからといって、今泉の中にあるヒバのシルエットが待居から小野川にあっさり変わるには、強い違和感があった。

「だいたい、彼は、木ノ瀬蓮美と一緒にいた男が僕に似てたなんて言ってたけれど、そもそもそういうところに信憑性がないんですよ」待居は吐き捨てるように言った。

「山崎さんだって……」今泉は乾いた声を絞り出した。「蓮美を車で送ってきた男が待居さんに似てたと……だから、待居さんがパインじゃないかと思ったって言ったじゃないですか」

「それだって、今から思えば、いくらでも考えようがありますよ」待居は首を振って言う。「僕のところに連れてくる前に、彼はあなたが聞いてないところで僕のことを、〈落花の会〉をよく知ってる人物だとか、木ノ瀬蓮美の理解者だとか、そんなふうに耳打ちしたのかもしれない。それに惑わされて、彼女の記憶が歪んでしまったか……。あるいは、もっとストレートに、一度、僕のことをパインと間違えてくれと彼女に頼んだのか小野川が山崎にそう耳打ちするような機会があっただろうか。それを自分は聞き逃していたのだろうか……記憶をたどっても分からない。

「どうして小野川さんがそんなことをしなきゃいけないんですか？」

「知りませんよ。深読みするなら、彼が啓次郎に僕を投影し、美鶴に木ノ瀬蓮美を投影するあまり、現実でも僕と蓮美が関係していたのだと思い込みたかったとか……。でも、実際はそんなことじゃなくて、彼はただ単純に、僕の気を〔落花の会〕に向けさせたかっただけなんだと思いますよ。〔落花の会〕と木ノ瀬蓮美に脚光を当てるのが彼の目論見だとすれば、最初から興味を示さなかった僕の反応は、彼にしたら不本意だったはず……会の中に僕と似た男がいるということにすれば、嫌でも僕が興味を持つと考えたんでしょう。でたらめなやり方ですけど、彼らしいと言えば彼らしい」

今泉は何も言えなくなってしまった。

小野川は、待居本人が〔落花の会〕の人間である可能性があるなどとは一言も言っていない。しかし、彼が示唆するものを追っていくと、今泉はその可能性から目を逸らすことができなくなる。

それも小野川の狙いだったのだろうか。今泉がそれを待居に突きつけ、その結果、また、待居が嫌でも〔落花の会〕に興味を持たざるを得なくなるように……。

分からない……今泉はめまいにも似た身体の揺らぎと脱力感を覚え、橋の欄干に手を突いた。

待居はそれを冷ややかに見ている。

「あなたを見てると、危なっかしくてしょうがない。小野川さんはあなた以上に病んでるけれど、言ってみれば突き抜けてしまってる。その彼に煽られるようにしてペースを合わせてると、そのうち、あなた自身につけが来ますよ」

今泉は欄干にもたれたまま、うつむいて眼を閉じ、気持ちを落ち着けた。頭の中は混乱していて、ほとんど思考停止状態だった。

「いろいろ心配していただいてありがとうございます」

今泉は冷静さを装い、少々皮肉さえ交えた口調で、そんな言葉を口にしていた。今の今まで疑いの眼差しを向けていた男に対して、それが見事に跳ね返されたからといって、手のひらを返したように友好的な空気を持ち込めるわけはなかった。第一、待居の話に頷ける部分があるとしても、それをまた盲目的に信用する気にはなっていない。

「待居さんの話、参考にはさせていただきます。調子に乗って、いろいろ失礼なことを言ったのもお詫びします」

「いえ……」

待居の言葉に今泉はかぶせる。「でも……やっぱり、私は私の興味で動いてるんです。

多少見当外れのことをやってるとしても、それは私の自己責任です。まだまだ知りたい謎はあるし、中途半端なところで手を引きたくない。それに……待居さんの言葉が杞憂であることを、私自身、自分に証明しなきゃいけないと思ってるんです。私はもう克服してると……」

「そんなことで意地を張ったって無意味ですよ」

自分が単に意地を張っているだけなのか、今泉にはよく分からなかった。

待居は今泉をじっと見据えてから、小さくかぶりを振った。

「とにかく……僕は忠告しましたからね」

彼は独り言のようにそう言い置いて、今泉に背中を向け、ゆっくりと歩き去っていった。

19

多摩沢で小野川や待居に会った日から三日ほど、今泉は自宅マンションに引きこもった。当面、差し迫った締め切りがないのをいいことに、手持ちの仕事は頭から追い払い、倦怠感《けんたい》に身を任せて、ほとんどベッドの上から動かなかった。

ただ、自分自身を見つめてみるに、だるくて何もやる気がしないとか、鬱病的に気が塞いでいるといった状態ではなかった。頭の中には、もやもやしたものがたまっている。〔落花の会〕に関する諸々のことだ。しかし、それを片づけるにはどうすればいいかが分からなかった。多摩沢の図書館で待居のことを調べていたときには、大宅文庫《おおやぶんこ》で徹底的に彼の記事を拾おうかと考えていたものの、今となってはどうでもいい気がしてしまっている。

かといって、ここで大きく方向転換し、小野川のブレイク前の話などをどこかで調べてみようということにもならなかった。それまで完全に待居を疑ってかかっていた人間としては、彼の話を鵜呑みにするのも抵抗がある。

つまり、今泉はどちらにも動けなくなってしまっていたのだった。頭も冴えず、何を考えてもまとまらない。ベッド脇の床にはインスタント食品のパッケージやカップが積み上がっていく。もともと散らかり放題の部屋なので、多少ゴミが増えたところで印象は変わらないのだが、改めて眺めてみると、ひどい有様だなと思う。

前回、この部屋を片づけたのは、『誰かと死にたい症候群』を上梓したときだった。大きな仕事を終えて、気持ち的にも一区切りついたような状態だったから、掃除にも身が入った。もともと、整理整頓、掃除にゴミ出しの類は精神的に病む前から得意なほうではなかったのだが、一度やる気になると細かいところまで気になりだし、徹底的にやりたくなるタイプでもある。やる気になるのが数年に一度だから始末に悪いのであるがけれど、今回また〔落花の会〕のことが頭の中で片づいたら、ついでにこの部屋もきれいにしようかな……今泉は遠くない未来のこととして、希望的観測混じりにそんなことを考えた。そのときはもう、自殺関係の本や記事のコピーや諸々の書類など、全部捨ててしまったほうがいいかもしれない。そしたら、どんなにすっきりするだろうか。人に言われるまでもなく、どうして自分はそこまで自殺とか心中とかのやり切れない問題にこだわらなければならないのだろうという思いは頭のどこかで持っているのだ。しかし、自分の人生に一度深く関係を持ってしまったそれは、簡単には切り捨てられないし、気づくと腐れ縁のように付き合ってしまっている。

因果だな……そんなことをぼんやり考えながら横になっているところに、電話が鳴った。多摩沢から帰ってきてからの三日間、テレビさえも点けていなかったから、ずいぶん大きな音に聞こえた。

〈どうも、どうも、小野川です〉

三日前に会ったときと変わらない、快活な声が今泉の耳に飛び込んできた。しかし今泉は、その声を聞いている自分のほうに変化が生じていることを嫌でも意識させられた。彼の声に感じる明るさ、朗らかさをそのままには受け取れず、そこに何か別のものを探してしまっている。

〈あれからどうですか？　また何か分かりました？〉

「いえ……ちょっと別の仕事にかかってたんで、あれからは……」今泉は、そんなふうにごまかして答えた。

〈そうですか……じゃあ、森にもまだ入ってはいないんですね？〉

「森……ですか？」

〈多摩沢の森ですよ〉

「はあ……もちろん、入ってませんけど」

〈いや、そろそろ今泉さん、多摩沢の森の探検なんか具体的に考えてる頃かななんて思ったんですよ。今泉さん、言ってたじゃないですか。蓮美にしてもパインにしても、あの森に何かがあるみたいなことを〉

「それは確かに言いましたけど……」

〈僕も改めて考えてみて、こっから先、あの会に迫る手がかりも簡単には見つからないようなことになってくるとすれば、あとはもう、あの森に入ってみるしかないだろうなって思ったんですよね。コスモスやヒバの存在まで分かってきて、彼らが実際、あそこで何をやったかってとこまで追わないと、やっぱり落ち着かないじゃないですか。まあ、そんなに都合よく、パインの死体とかが出てくるとは思わないですけど、考古学者が遺跡を歩くような感じで、彼らはここでこうしたんじゃないかみたいなことを勝手に推理

するだけでも意味があるんじゃないかと思うんですよね。今泉さんも入りたくてうずうずしてるでしょ？　行きましょうよ〉

「ちょっと待ってください。多摩沢の森はめちゃくちゃ広いんですよ。場当たり的に行っても、けものみちをさまようだけですよ」

〈でも、何があるかも、どこにあるかも分かんない以上、一回、行ってみるしかないんじゃないですか〉

「それはそうですけど……」今泉は当惑しながら、この場をしのぐ言葉を探した。「あともう少しだけ時間をもらえませんか。森に入るにしても、何かしら当てがあるのとないのとでは、結果が全然違うと思いますし……もうちょっと頭の中を整理してみたいんで」

〈そうですか〉小野川は少々残念そうな口振りで言った。〈分かりました。じゃあ、その気になったらってことで……また電話しますよ〉

電話を置いて、今泉は得体の知れない寒さに肩をぶるりと震わせた。

とりあえずは適当にごまかして断ったが、彼の誘いに応じて、あの森に入っていったら、どうなっていたのだろうか。

待居が示唆したように、もし小野川が〈落花の会〉に関係している人間だったとしたら、彼は森の中に何があるのか承知の上で今泉を連れていこうとしていることになる。

彼はそこで何を見せ、どうしようというのだろうか。

もちろん、待居の言い分をそのまま信じ込んでしまっているわけではない。待居は待居で、その怪しさは今泉の中で拭おうとしても拭い切れるものではない。あの熊笹の手前で、待居が背後にいると気づいたときの総毛立つような思いは忘れられない。

あの感覚を抱く相手が、今は二人に増えたのだ。もし今、小野川と森に入ることになれば、自分は彼に対しても、終始そのような恐怖心を抱えながら、表向きは平静を装っていなければならないだろう。それが今回の件の真相につながる近道だとしても、予測不能な身の危険を感じる以上、遠慮しておきたい。

今泉は部屋着の上にカーディガンを羽織り、三日ぶりにマンションから出た。今日もいい天気だ。青空の下に出ると、心の中に巣食っている疑心や恐怖心というものがたちまち迫力を失って色あせてしまうから不思議だ。小野川の話に乗るのも一つの手かなという気になりかけたところで、危ない危ないと思い直し、考えるのをやめにした。

駅前までぶらぶら歩き、カフェでサンドウィッチを食べたあと、コンビニで雑誌をぱらぱらとめくり、野菜ジュースなどを買って帰ってきた。

部屋に戻ると、ローテーブルの前に座り、野菜ジュースを飲みながらパソコンを開いた。

三日ぶりに覗いたのに、メールはどこからも届いていない。寂しいな……と思ったら、フリーメールのほうに一通届いていた。山崎と直接メールでやり取りするために取得して、〔うつ〜じんの逆襲〕の掲示板に載せたメールアドレスだ。山崎からのメールかなと思ったが、どうやら違うようだった。

《サトイモさん、はじめまして。みこし草と申します。

落花の会の話でシュガーレスさんと盛り上がってるログを読んで、思わずメールを差し上げてしまいました。

落花の会、懐かしいですねー。

今となっては、なかなかどこの掲示板でも語られなくなってしまった会の話が出てきて、とても嬉しくなりました。

私もあの会にはお世話になったんですよ。リリーさんとも会ったことがあります。ローズさんやコスモスさんにも優しくしてもらいました。懐かしいです。

あの会は世間に騒がれてから不幸なことになってしまい残念でした。リリーさんが落花したあとも、残った幹部さんたちの間でいろいろあったんですよね。お世話になっただけに複雑というか哀しい気分になります。

でも私が今、普通の社会生活を送れているのもリリーさんに癒され、落花の会に元気づけられたおかげなんです。感謝です。

サトイモさんもよかったら、当時の思い出、お聞かせください……なんて、いきなりメールしてきて厚かましいですけど（笑）、よかったらということで。

乱文、失礼しました。

みこし草》

一読して、今泉はかなり興味をそそられた。

このみこし草という人は、どうやらオフ会などでリリーやコスモスらに会っているらしい上に、リリーが自殺した前後の会の様子もある程度知っているようだ。以前に話を聞いた山崎よりも、会の内情に詳しい人間だということになる。

みこし草というのは、いかにも〔落花の会〕の信者らしい植物系のハンドルネームだが、今泉が手にしている掲示板のコピーの範囲内では、書き込み主の中にそういう名前は存在しない。そこがまた気になる。

今泉は早速返事を書いてみた。

《みこし草さん、メールありがとうございました。

ちょっとびっくりしましたが、落花の会ＯＢからのメールと知り、とても嬉しかったです。

しかも、みこし草さんは私なんかより会のこと、いろいろお詳しそうですね。

先日、実はシュガーレスさんとお会いして、リリーさんと会ったときの話なんかを聞かせていただいたんですよ。やっぱりリリーさんて本当に魅力的な人だったんだなってつくづく思いました。

みこし草さんの話もぜひ聞きたいです。幹部の人とも交流があったみたいで、そういう話も興味津々です。コスモスさんは本当に美人だったんですか……とか（笑）。

またぜひメールください。

ではでは。

サトイモ

PS．みこし草さんは、落花の会のときも、そのHNだったんですか？》
その後、夕飯時に携帯からメールボックスを覗いてみると、みこし草からの返信が届いていた。

《サトイモさん、一方的にメールしてしまったのに、丁寧な返信ありがとうございました。

コスモスさんは掲示板でもいろいろ噂されてましたけど、その通りの美人でしたよ。リリーさんとはまたタイプが違う顔立ちなんですが、何だか姉妹のような二人でしたね。彼女もリリーさんの後を追って落花しちゃって残念です。

みこし草はもちろん、当時のHNではありません。サトイモさんもあそこの掲示板では、その名前でお見かけした記憶がないですし、当時は違う名前だったんですよね？　やっぱり警察が動いたりしてたこともあるし、当時のHNは使いづらいですよね。》

早速、返事を送ることにする。

《コスモスさん、やっぱり落花しちゃってるんですか。何かショックですねぇ。ローズさんもリリーさんのすぐあとに落花したって、どっかの掲示板で目にしたことありますし（本当かどうかは分かんないですけど）、幹部さんはみんな散っちゃってるんですかねぇ？　パインさんとかはどうなんだろ？

みこし草さんの言う通り、私も当時は違うHNでした。といっても、書き込みはほとんどしてなくて、もっぱらみなさんのやり取りを見てるだけでしたけどね。一度くらいオフ会に行けばよかったなと思います。でも、みこし草さんはいろいろ詳しいし、当時のHNは私も憶えてるような人なんでしょうね。誰なんだろ? 気になるなぁ(笑)。

サトイモ》

向こうはパソコンの前にいたのか、携帯を使っているのか、すぐに返事が来た。

《私のことは置いといて(笑)、ローズさんが落花してるのは本当ですよ。バラの花をまいて青酸カリでっていうやつですよね。あの話は本当です。後日、コスモスさんがネットに流したんだと思います。

リリーさんの落花伝説で、池に浮かんだまま自分で呼吸を止めて落花したって話は知ってますか? あれもコスモスさんが流した話なんですよ。もちろんそれは作り話ですけどね。リリーさんが落花して以降、そういう噂を流してネットに伝説を残す役割をコスモスさんが担ってたんです。

パインさんも落花してますけど、彼の場合は強制落花って言ったほうがいいかもしれませんね。まあ、あの人は自業自得でしょうね。》

この人、事情に詳しいなんてもんじゃない……今泉は驚きを隠せなかった。

《みこし草さん、お詳しいんですねぇ。びっくりです。何か、かなり物騒な響きなんですけど……。

パインさんの強制落花ってどういうことなんですか？　何か、かなり物騒な響きなんですけど……。》

《強制落花は強制落花ですよ。パインさんは、やっちゃいけないことをやろうとしましたからね。コスモスさんなんかも、ああ見えて、怒ると怖いんですよ。》

《コスモスさんが怒ってどうしたんですか？　やっちゃいけないことって何ですか？　このままだと気になって眠れなくなるので、ヒントだけでもお願いします。》

《コスモスさんは怒っただけですよ。相手は男ですからね。男の手がないと駄目です。私もその場にいましたから一部始終を知ってますけど、話が話なので詳しいことは……。でも、当時の幹部や幹部をよく知る人たちはほとんど落花してしまっているので、一時のコスモスさんのように、今度は私が語り部にならなきゃいけないのかなと思ってます。

だから、サトイモさんのログにも反応したわけなのですが……とりあえず今日はこのへんで。》

〔落花の会〕の中でも、かなり幹部に近い人間だ。ダンデライオンかかすみ草か……掲示板の常連でオフ会にも参加していたような人間はもう何人もいないはずだ。しかし、ヒバがたぶんそうであるように、掲示板などにはほとんど顔を出していなくても、幹部の誰かと親しくなって、会の活動に関わったという者も、まだほかにいるのかもしれない。

それから二、三日にわたって、今泉はみこし草とのメールの交信を断続的に続けた。

《みこし草さん、おはようございます。

昨日の話、とても面白かったです。もっと詳しい話が聞きたくて聞きたくて。

幹部さんがもうほとんど落花してしまってるということは、みこし草さんの存在は本当に貴重ですね。会の末期は謎も多かったですし、世間に注目されている中でシャボン玉がはじけたように消えてしまった感覚があったので、会がなくなった今、語り部の役目は重要なんじゃないでしょうか。

あの会に何があったのかをみこし草さんが誰かに伝えようという気があるのなら、その

相手が私だと嬉しいです。》

《昨日の続きですか。会の末期のことは警察もずっと追ってるようですし、微妙な問題なんですよね。でもリーさんもほかの幹部も、活動の痕跡はできるだけ残さないようにしていたので、会に何があったのかなど、警察もほとんど解明できてないと思います。私が話さない限り、解明する手立てはないんじゃないでしょうかね。

そのへんにちょっとばかりの優越感がなくはないです。ただ、それを抑えてることで、誰かに話したいって思いがふくらんじゃうんですよね。そこが精神的に不健康でつらいところです。》

《不健康ですよ。自分だけ知ってても過去に埋もれていくだけですよ。吐き出しちゃってくださいよ。

勢いで言っちゃいますけど、一度お会いしてお話をしませんか。私もシュガーレスさんとお話をして、みこし草さんからもメールをいただいて、落花の会への興味がふくらんで困ってるんです（笑）。

シュガーレスさんも会うことについては最初戸惑ってましたけど、お会いしたらテンシヨンが上がったのか、かなりいろんなことを聞かせてくださいました。もしかしたら私って聞き上手なのかななんて思ったりもして（笑）……気を遣わないでいい人間であることは確かだと思うんで、ぜひ一度会ってもらえたらって思います。》

《そう言われると、お会いしていろいろ話したい気持ちも湧かないわけではないんですが、やっぱりごめんなさいと言わせてください。

正直なところ、私自身も会の一連の出来事の中で、警察が見逃してはくれないようなことに関わっている立場でもありますので……。》

《そうですか……すごく残念ですけどしょうがないですね。また気が変わったら、おっしゃってください。みこし草さんに不都合なことは他言するつもりもありませんし、お互いにどこの誰なんて素性も分からないまま、会の話だけして別れるなんていうのも面白いですしね。

ではでは、とりあえずこのまま、メールで会の話を続けさせてくださいね。》

《このままメールでお願いします。話せる範囲でお話ししますよ。

それにしてもサトイモさんは好奇心旺盛ですね。落花願望は治まってるんですか？》

《落花願望は何とか治まってます。でもリリーさんの生き方にはずっと惹かれてますし、落花の会への興味も尽きないんですよね。話せる範囲でお話ししていただけるということなので、お言葉に甘えていろいろ訊いちゃいたいと思います。

やっぱり気になるのは、リリーさんの落花のことと、その後の幹部さんたちのこと……パインさんの強制落花のこととか……ですね。

リリーさんは多摩沢池に蓮のごとく浮かんでたわけですけど、あれはもちろん、リリーさんと幹部さんの演出ですよね？

以後、リリーさんのことを語る人の間では、あの池を聖地のように言ったりしてますけど、私はあの池より、その奥にある多摩沢の森に何かがあるような気がしてるんです。私のこんな読みは、いかがでしょうか？》

《サトイモさんも多摩沢公園には何度か行かれたんですか？　私も、今でもときどき行きますよ。

あの池からもオーラを感じますけど、奥の森も独特のオーラがありますよね。

サトイモさんの読みは鋭いですよ。ちょっとびっくりするくらいです。相当いろいろ調べられたんでしょうか。でも、森の中までは入ってませんよね？　ただやみくもに入っても、あそこは迷子になるだけですから。
あの森はパインさんが詳しかったんですよ。学生時代に遊び回ってたらしいです。で、森の中は邪魔する人もいませんし、静かですから、あそこに落花装置みたいなものをこしらえて、リリーさんがそれで滞りなく落花したんですよね。亡骸《なきがら》をパインさんたちが担いで、池まで運んでいったわけです。》
《落花装置って何ですか？　リリーさんの落花のときには、何人くらいの人がそばにいたんですか？
あと、そのときはまだ、パインさんとほかの幹部さんとの間に亀裂はなかったってことですよね。やっぱり、リリーさんの死後に何か問題が発生したってことですね。》
《あの場にいたのは四、五人だったと思います。みんなリリーさんの死に触れて泣いてましたけど、彼女の遺志を形にしなきゃいけないってことで、悲しみをこらえて動いてましたね。
パインさんのことは、これよりあとです。あの森を使ったのも彼がいたからですし、このときはまだ、会を引っ張るように活動してました。
落花装置っていうのは、まあ、短時間で人が難なく心停止に至るようなものですね。準備なんかは割と手間がかかりますけど、森の中ですし後始末みたいなものはとりあえず考えなくてもいいだろうってことで、それにしました。》
《落花装置、私がとろいのか全然イメージできません。でも、後始末してないってことは、今でもそれは森の中にあるってことですか？》
《残骸みたいなものはあると思いますよ。もちろん、目立たないようにしてありますから、やみくもに探し回っても見つからないでしょうけど。》
《うわあ、すごく気になります。それを見つければ、リリーさんがどうやって落花したかも分かるんですよね。
その場所っていうのは、みこし草さんにとっては、絶対、人には教えられないものだったりするんですか？》
《もちろん、むやみに教える気はありませんし、今まで人に教えたことはありません。

ただ、サトイモさんとこうやって何度もメールのやり取りをして、サトイモさんが落花の会にどれだけ興味を持っているかということも分かった今は、適当にごまかしてお茶を濁してしまっていいのかなという気もしてきてます。私の口からは言えないことであっても、一方では、サトイモさんほどまっすぐに興味を向けてくれる方なら知ってほしいという気持ちもあるんですよね。何か悩んじゃいます。》

《悩ませてしまってごめんなさい（笑）。知りたい気持ちには逆らえないんですよね。できるなら、お茶を濁さないでいただけると嬉しいです。》

《真面目な話、これ以上、サトイモさんの興味に対して何らかの答えを持ってこようとするなら、あとはもう、サトイモさん自身の行動に委ねるしかないんだと思います。サトイモさんがあの森を歩いて、あれに気づいてしまうなら、それはサトイモさんの勝手であり、いいんじゃないかと……。すいません。そういう考えを持ちつつあるということなんですが、少し考えさせてください。》

《何だかすごい葛藤をみこし草さんに背負わせてしまったみたいで、申し訳ありません。でも、私の興味に対して、本当に真面目に相手をしてくださっているんだなと、嬉しい気持ちでいっぱいです。私は一度興味を持ってしまうと納得するまで引き退がれないというか、それがずっと自分の人生に付いて回るような気になってしまう人間ですので……すいません。

では、この件は、みこし草さんのいい答えをお待ちしたいと思います。》

20

「あれ、待居さん」

聞き覚えのある声が耳に届き、待居はマウスに手を置いたまま背後を振り返った。

フリードリンクのグラスを手にして、小野川充が突っ立っている。そのかたわらにある席の椅子がだらしなく横を向いているのを見ると、そこが彼の席らしい。待居と同じく、パソコンが置かれているネット席だ。

「待居さんも、よくここに来るんですか？」

彼は人懐っこそうな笑みをたたえながら、待居の席に近づいてきた。

「まあ……新聞なんかもそろってるんで」

待居はテーブルの上に広げた新聞を取り上げて言った。

小野川はその新聞を手でどけるようにして、パソコンに顔を寄せる。

「ネットもやってるんですか？　何、見てるんです？」

無遠慮に訊かれ、待居は少々憮然として小野川を見た。待居のそんな様子は意に介していないように、小野川はパソコンの画面を見て、「ほう」と嬉しそうに唸った。

「時計ですか。また何か買うつもりで？」

彼は時計販売サイトの高級時計が並んでいる画面を興味深そうに眺めながら訊いてきた。

「いえ、何となく見てただけですよ」

「見てるだけでも面白いっすよねえ。このフランクいいなあ……今度買おうかな」

彼は本気とも冗談ともつかない口調で言ってから、顔を上げた。

「僕もここ最近、この漫喫にはよく来るんですよ。調べ物とか、携帯でちまちまやるより、ここでパソコン使ったほうが快適ですからね。まあ、結局長居して、時間を無駄にしたりもしてますけどね」

「映画のほうは……？」

「まだ練ってますよ。まあ、脚本なんて、書き出したら時間はかかりませんからね。心配いりませんよ」

「別に心配はしてませんけど……いつまでこのへんにいるのかなと思って」

「もっと頭の中を熟成させないとね。まだ触媒があるんじゃないかと待ってるんですよ……今泉さんが持ってきてくれるのをね」

「まだどうでもいいことを調べさせてるみたいですね。彼女は彼女で、自分が調べたいから調べてるなんて言ってる……あんまりたちがいいとは思えない話ですよ」

「彼女は彼女なりに切実なものを抱えてるわけで、僕のリクエストなんていうのは、彼女を動かすただのきっかけですよ」

「僕には、あなたがいいようにコントロールしてるだけに見えますけどね」

「そんなことありませんよ。今のところ、単に、僕の鼻と彼女の目が、同じ方向に向いて、何かがありそうだと感じてるだけのことですよ。考えがどこまで同じかということまでは分かりませんけどね。まあ、また近々、進展がありそうな気はしてるんです。今泉さんはもう少し時間をくれって言ってますけどね、どうやら探検をすることになりそうなんですよ。これがちょっと楽しみでね、待居さんも行きましょうよ」

「探検って……どこをですか？」

「多摩沢の森ですよ。あそこに何かがある、蓮美の死の真相やあの会の諸々を語る何かが……って、今泉さんは読んでるわけです」

「馬鹿馬鹿しい。僕はそんなの行くつもりはありませんよ」

待居はそう言ったが、小野川は冗談を受け流すように笑って、待居の肩を叩いた。

「まあ、そう言わずに。また近々連絡しますから」

21

交信が途切れてから三日を置いて、みこし草からのメールがまた今泉のメールボックスに届いた。


《みこし草です。

あれからいろいろ考えましたが、やはり、サトイモさんの知りたいという気持ちに応えるのが一番ではないかなという気になりました。

それで実は、時間をもらっている間に、私一人で多摩沢の森に入ってみました。もったいつけたことを言いながら、そこに何も存在してなかったのでは困りますからね。大丈夫です。あの場所は荒らされてはいませんでしたし、これならサトイモさんが持ってる疑問を解く鍵にもなり、満足してもらえるだろうと思いました。

あとはサトイモさんの行動力にお任せすることにします。森の中は足場が悪いところも多いので、動きやすい格好で行ってくださいね。あと、懐中電灯かペンライトがあると便利だと思います。あれは、小さな洞穴の中にありますから。その洞穴には封印のふたがされてます。そして、はたからは目立たないように、枯れ枝などでカモフラージュされてます。そのふたを開けて洞穴の中にあるものを見てもらえば、サトイモさんの知りたいことは分かるだろうと思います。

問題はその場所の行き方ですが、言葉で説明するのも難しいので、森の木に道しるべを付けておきました。まず、多摩沢池の北側にある花壇に小枝の矢印を置いておきました。多摩沢の森を指しているはずです。だいたいその方向に目指す場所がありますので、よく見定めてください。

方向を把握したら、そちらへ向かって歩いていってください。公園の柵の向こうは厚い熊笹の丘がありますが、そこは何とか我慢して登っていってください。そこを抜けると、だいぶ歩きやすくなります。

方向が狂っていなければ、抜けたところの木に36という紙が貼ってあるのが見つかるはずです。そこからおよそ五～十メートル間隔で、35、34と数字の紙が貼ってあります。サトイモさんが木に詳しいかどうか分かりませんが、マツは見分けがつきやすいだろうと思い、なるべくアカマツに貼っておきましたので、それを探しながら歩いていってもらえばけっこうです。

1の紙が貼られた木までたどり着いたら、目指す洞穴はすぐ近くのはずです。あとはサ

トイモさんの力で十分見つけられると思います。》

《みこし草さん、ありがとうございます。

読んでいるだけで、何だかわくわくしてきました。36までの紙がその間隔で貼られているということは、だいたい公園から三百メートルくらい奥という感じなんでしょうか。あと、注意事項みたいなものはありますか？》

《そうですね。距離にしたらそれくらいだと思います。もちろん、整地された場所の三百メートルとは歩く感覚も全然違うと思いますけど。とにかく、足元に気をつけて歩いてもらうのが第一だと思います。ただ、数字の紙を見失うと迷ってしまうかもしれないので、そこだけは気をつけてください。》

《分かりました。これでも山育ちなので、大丈夫だと思います。みこし草さんのご好意に報いられるように頑張りたいと思います。》

メールを打ち終わって、今泉は窓から薄曇りの空を見上げた。天気予報によれば、明日は朝からぐずついた一日になるという。

ここまでの話を聞いた以上、煽られた好奇心に任せて、これからすぐにでも行きたい気持ちがある。と同時に、あの気味の悪い森に入っていくことに対しての臆病風というか、二の足を踏む気持ちもある。

今泉はどうしようかと迷いながら、とりあえず、ジーンズにネルシャツ、パーカー、帽子という、アウトドア向きの服をクローゼットから引っ張り出した。ペンライトと、青木ヶ原を歩いたときに持っていった小型のコンパスも部屋の片隅から探し出して、パーカーのポケットに突っ込んだ。

それらをベッドの上に並べてから、朝食と昼食を兼ねたラーメンを作った。それを食べながらも、まだどうしようか内心で決めかねていた。

ラーメンのスープをすすっているところで、電話が鳴った。

〈どうも、小野川でーす〉

「あ、こんにちは」

もはや聞き慣れた快活な声が耳に届いた。

〈こんちは。どうですか、その後〉

「え……？」

〈探検ですよ。多摩沢の森の。もう少し時間をくれって言ってたじゃないですか。僕はまだかなまだかなと思ってるんですけど〉

「ああ、そうですよね……」

今泉が戸惑ったのは、小野川との話を失念していたからではなく、相変わらずの彼の勘の鋭さのようなものを感じさせられたからだった。今泉の態勢が整いつつあるのを見通したかのようなタイミングで、まさに彼独特の動物的な勘としか言いようがない。

しかし、今泉は本能的に、彼の動物的な勘を受け入れることを拒んだ。

「ごめんなさい。まだちょっと調べたいことが二、三、残ってるんで……」

〈そうですか……〉小野川は失望を声に乗せて言った。〈もう適当に入っちゃってもいいんじゃないですか？　それでも十分面白いと思うんですけどね〉

「でも、もう少しで、どこを歩けばいいかみたいなことも分かりそうなんです。今、いろいろ調べてるんで」今泉はそれらしく言い訳した。

〈そうですか……それなら、もうちょっと待ったほうがいいですかね〉小野川は自分を納得させるように言った。

「ごめんなさい。あとちょっと時間ください」

〈分かりました〉小野川は快活な口調に戻った。〈待居さんにも声をかけてますからね。そのときになったら、三人で探検隊組みましょう〉

「え……？」今泉は聞き咎めた。「待居さんも行くって言ってるんですか？　もしかして、彼から行きたいって言ってるとか……？」

〈いや、この前、漫喫でばったり会ったもんですから、僕から誘ったんですよ。相変わらず彼はつれないこと言ってましたけどね。まあ、興味ないわけないんだし、引っ張ってでも連れてきますよ〉

「はあ……」

電話を切り、スープの残りをすすりながら今泉は考える。

もうすでに準備は整っている。探す当てもあるし、着ていく服さえ出してある。一人で森に入るのは躊躇する気分もあったから、小野川が同行するなら渡りに船のはずだった。

しかし、小野川の話を聞いていても、今泉の中には違和感しか残らなかった。

みこし草と名乗るメールの相手は、結局、誰なのだろうか？

正直なところ、あれだけの情報を提供してくれるならば、それが〔落花の会〕にいた誰かということは、もうどうでもいい気がしていた。訊いても明かそうとはしないのだから、そこにこだわっても仕方ないと。

ただ、捨て切れない可能性が一つだけある。

みこし草がヒバである可能性……。

そして、それらが今泉の知っている人間である可能性。

待居涼司。小野川充。もはや、どちらも同じくらいに怪しい。

今泉は、みこし草とのメールのやり取りを読み返してみる。

みこし草が無理に今泉を誘導して、やり取りをコントロールしているようには読めない。感覚的にも、やり取りしている間は、質問者である自分が好き勝手に話を進めている気になっていた。

しかし、読み方によっては、みこし草が巧みに今泉の好奇心を刺激しているようにも思えてくる。「強制落花」だとか「落花装置」だとか、こちらが食いつきたくなるような言葉を入れてくるのも、それなりの狙いがあるようにも読める。何だかんだ躊躇しているように書きながら、森への招待は実に趣向を凝らしていて、楽しんでさえいるようだ。

森に誘い、一緒に森に入って……その狙いは何だろう?

いったい何を見せようというのか……?

分からない。

やはり、考え過ぎだろうか……。

今泉はラーメンのスープをシンクに流し、どんぶりを手早く洗うと、ベッドに並べた服に着替えた。ファンデーションなど最低限の化粧だけ施して、部屋の明かりを切った。

そして、近所のコンビニに行くときなどに使っているニューバランスの薄汚れたスニーカーを履いてマンションを出た。

いつもの仕事道具が詰まった重たいエディターズバッグは持っていかなかった。あんなものを持って森など歩けない。

そう……今泉はようやく、森に入る決心をした。入るなら今だ。みこし草が小野川なのかどうかは知らない。しかし、もしそうなら、ちょうど隙を衝くことになる。それが見当違いだとしても、今だけは自分の意思で動ける。今日待ってしまえば、小野川たちと入らなければならない。あの森には、自分の意思で、一人で入るべきだ。

電車に乗り、多摩沢駅で降りる。さすがに今日は、駅前でクレープを買って食べ歩くようなピクニック気分にはなれなかった。妙にアドレナリンが出ていて、気づくと早足になっている。

やがて多摩沢公園に着いた。昼下がりの公園は、いつものように閑静でのどかな空気に包まれていた。のんびりと散歩をしている老人たちを追い抜く勢いの足取りで、多摩沢池のほうに歩を進めていく。

陽射しが雲にさえぎられている下、池は鈍い光をたたえている。風もなく、凪いだ水面のすぐ上をツバメたちがせわしなく滑空している。

今泉は池のほとりを歩く。奥のほうに進むに従い、水生植物も目につくようになる。岸辺近くには無数の蓮が葉を広げて水面を覆っている。

花壇を見つけて、今泉は足を止めた。何となく周囲を見回してみる。散策をしている老人夫婦。犬を連れて歩いている主婦。ベンチで弁当を広げているサラリーマン。それぞれがそれぞれの日常の中にいて、今泉に向けられている視線はどこにもない。

今泉は花壇に近づいてみる。森を指した小枝の矢印がそこにあると言っていた。パンジーやミニバラが咲く花壇の周りを注意深く歩きながら、今泉は花壇の土に斜めに刺さった小枝を見つけた。枝分かれした部分が途中で折られて、確かに矢印のような形を作っている。

今泉はもう一度、周囲を見回した。それからしゃがみ込んで、矢印が森のどこを指しているか、慎重に確認した。

とりあえず、その方向に立っている大きな木に当たりをつけ、今泉はまっすぐに歩いていく。十五メートルはあろうかという堂々とした幹を天に向かって伸ばしているその木は、「ムクノキ」という札をかけられていた。その木を越すと、今度は振り返りながら、花壇とムクノキを結ぶラインから外れないように注意して歩いた。すでに遊歩道からは外れている。トチノキ、シイノキと、札がかかっていなければ見分けがつかない大木が空を覆うようにして左右にそびえ立っている。

そこを抜けると、「アカマツ」という札が目に留まった。民家の庭にあるような風流な松ではなく、これも気が遠くなるような樹齢に違いない、どっしりした大木である。

しかし、やはりその樹皮は松らしくかさかさとしていて、ほかの種類の木とは一見して区別がつく。

薄暗い木陰の中を歩いていくと、やがて公園の敷地を区切る柵に行き当たった。その向こうは木々の間を熊笹が生い茂っていて、越境者の侵入をためらわせるには十分なほど鬱蒼としている。

今泉は後ろを振り返った。

この間のように、待居は立っていない。人影はもはや遠くに霞んで見える程度だ。

今泉は柵をまたいで、熊笹の中に身を投じた。

ザザッという乾いた葉音が耳元でうるさく鳴り、全身が気味の悪いくすぐったさに包まれる。必死に葉をかき分けて進むが、勾配が急なこともあり、なかなかうまく前に進めない。草いきれのような葉の香りにむせながら駆け上がっていくと、徐々に勾配がなだらかになり、熊笹の密度も薄くなっていった。そのままなおも進んでいくうち、ようやく足元が見通せるような場所に出た。

もはや完璧に森の中だった。行く手をさえぎるように茂っていた熊笹も、今は今泉の退路を断つように、背後の壁となっている。

すぐ近くに、アカマツの木がある。目の高さに何かが貼りつけてあった。近づいてみると、新聞紙の切れ端だと分かった。切れ端の角には新聞のノンブルが残っていて、36

を印している。

落ち葉や木の枝を踏み締め、登り勾配に向かって歩みを進めていく。地面はじめついていて、空気もやけに冷えている。風はなく、聞こえるのは鳥の鳴き声だけだ。カラスの鳴き声が一際耳につくのは、不気味なようでもあり、都会に近い森ならではのようでもある。

霊気としか言いようのない張り詰めた空気を肌に感じる。ここは、子供の頃にどんぐりや松ぼっくりを拾って遊んだような楽しい森ではない。

また松の木を見つけたので近づいてみると、35の新聞紙が貼ってあった。さらに、34、33と続いていく。

頭上の枝に留まっていたカラスが、まるで今泉を狙っているかのように鳴き声を上げ、翼をはためかせた。今泉は首をすくめ、前屈みになって、その下を通り過ぎた。

30のノンブルが付いた新聞紙の切れ端は、ルート上にアカマツが見当たらなかったのか、名前も分からない細い木の幹に貼られていた。そこからまた、勾配は急になっている。張り出した木の根に足をかけながら、ときには這うようにして手を使い、ひたすら前に進んだ。もう後ろを振り返っても、あの厚い熊笹の壁さえ見えなくなっていた。29の紙を見つけ、さらに28を探す。青木ケ原の樹海を夢遊病者のようにさまよいかけたときと違って自分をかろうじて現実につなぎ留めているものは、この新聞紙の切れ端だ。

25の紙を見つけたところで、今度は一転して下り勾配になり、今泉は途中で落ち葉に足を滑らせて尻餅をついた。手を差し伸べてくれる者もいなければ、笑って茶化す者もいない。今泉は淡々と起き上がり、ジーンズの汚れを払って、また歩き始めた。

森が深まるにつれ、じめついた空気がさらに湿気を増してきた。地面にも水が浮き、岩や土を黒光りさせている。岩場の脇にはシダ類が生え、蛾や羽虫が音も立てずに飛んでいる。何とも陰気な湿地帯を歩いていると、とうとう沢とも水たまりとも言えないような水場に行く手をさえぎられた。

ちょうど17の新聞紙を見つけたところだから、ルートからは外れていない。その証拠に、水場の向こうにあるアカマツの幹に、新聞紙の切れ端らしきものが貼られてあるのが見える。

おそらく、雨水や湧き水が方々から流れ込んできて、できているのだろう。水たまりは向こう岸まで五、六メートルはある。右手のほうに落ち葉などが堆積《たいせき》しているが、そこから少しずつ、どこかへ流れ出ているようだ。

左右、どちらかに回り込みたいところだが、いったんルートを外すと、たちまち迷ってしまいそうな気がして足が動かなかった。水たまりは見たところ膝丈ほどの深さで、ルート上に人の足跡らしきものが残っているのも分かる。みこし草なる人物もここを歩いたのだ。

今泉は覚悟を決め、ジーンズを膝までまくり上げると、ゆっくりと水の中に足を踏み入れた。水の冷たさに驚き、また、せっかくまくり上げたジーンズの裾があっけなく水に浸かったことに焦ったため、早く渡り切ろうと足を速めた。底の土が巻き上がり、足元の水が濁っていく。

底は堆積した土ばかりだと思っていたが、大きな石もあった。水たまりの真ん中あたりで石に乗ってしまった今泉はその足を滑らせてバランスを崩した。踏み出した次の足も違う石に引っかかり、今泉は左によろけるようにして、水が波立つほど豪快にたたらを踏んだ。水の中に手を突き、腰まで泥水に浸かったところで何とか踏ん張った。

立ち上がり、ほうほうのていで水たまりから脱出した。16の新聞紙が貼られたアカマツの下で乱れた息を整えた。スニーカーを脱いで、中に入った水を出した。びしょ濡れの靴下とジーンズはどうしようかと考えていると、ジーンズのベルトに付けたポーチに差してあったはずの携帯がなくなっていることに気づいた。

しまった……水の中に落としてしまったのだろうか……今泉はきびすを返したが、自分のせいで水たまり全体が濁ってしまっていて、何も見えない。もしかしたら、その前の落ち葉に足を滑らせて尻餅をついたときかもしれない。どちらにしろ、探すのは帰り道だ。ここまで来た以上、戻るわけにはいかない。ほっておいても誰かに拾われてしまうような場所ではないし、帰る頃には水たまりの濁りも多少は収まっているのではないか。

今泉は気を取り直して、靴下とジーンズを脱ぎ、水を絞った。細かい砂が生地に絡みついているが、もうそんな汚れなど気にしていられなかった。肌に張りついて穿きにくくなった靴下とジーンズに無理やり足を通す。

そしてまた、歩き始めた。散々な目に遭ったが、それで逆に開き直ったような気持ちも芽生えていた。少なくとも、もう転ぶくらいのことでは動じないし、服が泥だらけになるのも構わない気にはなっている。

今泉はふと、この森を庭にしていたという松野のことを考えた。彼はどこまで自殺を本気に考えていたのだろう。

生き方が下手で、金のやり繰りに失敗したような自分を受け入れてくれる存在や逃げ場所を求めていたことには違いないかもしれない。しかし、自殺を本気で考えていたかどうかとなると怪しい。こんな森を歩き回っていた人間から生命力を感じないわけにはいかないのだ。

彼は結局、その生命力のために、〔落花の会〕でも幹部の位置にいながら異端児だったのではないか。そしてそれゆえ、会が分裂したあとは、コスモスたちに殺されてしまったのではないか。細かい事情は分からない。それはもうすぐ目指す場所にたどり着くことで分かるかもしれないが、とにかく松野の存在というのは、そういうものであったという気がする。

登り勾配を歩いていく。森に入って最初のうちは方向感覚が掴めず、新聞紙の貼られた木を一生懸命探していたが、ここまで来ると、歩くルートに対しての迷いというものが、まったくなくなっていた。地面は複雑な起伏を持ち、木や群生植物も不規則に生えている。まっすぐに歩こうと思っても歩けるものではないから、自分の直感で歩くルートを選んでいくのだが、そこにちゃんと新聞紙の貼られた木が待っているのだ。みこし草なる人物に一挙一動を導かれているような、不思議な感覚だった。

とうとう10の番号の木まで来た。目指す場所まで、あと百メートル足らずというところか。
9、8、7……。
6、5、4……。
3、2……ようやくたどり着いた。
1のノンブルが付いた新聞紙は、切れ端ではなく、全面が木に貼りつけられていた。四年前の全国紙の一面だ。真ん中あたり、六段目から九段目にかけて、かなりの大きさの活字で、「自殺サイト主宰者の遺体、池で見つかる」という見出しが躍っている。木ノ瀬蓮美が多摩沢池に浮かんでいるのを発見されたときの記事だ。

ここがその聖地だと言いたいわけか。

蓮が浮かぶ池から始まって、パンジーとミニバラが咲く花壇、そしてアカマツの木を頼りに歩いてきた。新聞紙が貼られているこの木はアカマツではない。もしかしてヒバだろうか。直感で、たぶんそうなのではないかという気がした。どちらにしても、ずいぶん趣向を凝らしてくれたものだ。

あとは何があるのだろう？　コスモスは季節外れだから、さすがにあるとは思えないが……。

とにかく、この近くに目指す場所があるはずだ。洞穴と言っていた。今泉はそれらしきものを探して、周囲を見回した。

目につくのは、少し先にある、巨木と一体化したような小山だった。ケヤキかニレか、幹が太く枝が幅広にくねくねと伸びている木が二本、右と左にそれぞれ小山を鷲掴みにするようにして根を下ろしている。その周りを飾るように小さな木が取り巻いていて、言葉では説明しづらい存在感のようなものが漂ってくる。田舎の神社の境内などに場所を移しても馴染みそうな小山だった。

今泉は木の根をまたぎ、木の枝をくぐるようにして、ゆっくりと回り込みながら小山を登ってみた。

裏側まで回ったところで、足を止めた。

小山の中腹あたりに、枯れ葉や枯れ枝に混じるようにして、花が一輪咲いているのを見つけた。くすんだ色で、目を凝らしていなければ見逃してしまいそうな花だった。まるで今泉にだけ見つけられるのを待っているような……。

まさか、コスモス……？

近づいて、顔を寄せてみる。

チョコレートコスモスだ。

しかし咲いているわけではなく、造花だった。

ここか……？

ここに洞穴があるのか……？

今泉は立て膝になって雑草をかき分け、絡み合った枯れ枝をどけてみた。

すると山壁から、薄汚れたトタンの板が現れた。畳半畳ほどの大きさがある。どうやらこれで洞穴の入口をふさいでいるらしい。

中はどうなっているのか……小山の大きさからして、洞穴もそれほど大きくはなさそうだ。やはり、何かを隠しているような場所と考えたほうがいいかもしれない。落花装置とやらを……。

巨木の上で、カラスが不気味な鳴き声を上げた。

今泉は息を呑み、無意識のうちにあたりを見回していた。

カラスが飛び立って静寂が訪れると、またトタン板に視線を戻した。もう、水に濡れたジーンズの不快さも気にならなくなっていた。身体は冷えているはずなのに、首筋には汗が浮いてきている。

この向こうに、木ノ瀬蓮美の死の匂いが染みついた何かがひっそりと置かれているのだ。自殺を美化したネット発の小さなムーブメントは、やがて現実社会に何人もの死者を突きつける形で世間を揺るがし、しかし、その集団は主宰者の自殺を機に、闇の向こうへと瞬く間に消滅してしまった。その波乱に満ちた活動の中で交錯した彼らの愛憎入り混じった思いも、おそらくここに凝縮されて閉じ込められているに違いない……そんな気がする。

しかし、ここまで来ても、中に何があるのかは、イメージさえ湧いてこない。開けてみるしかないのだ。

今泉は一つ深呼吸をして、トタン板に手をかけた。土にしっかり嵌め込まれていて、簡単には動かない。端から枯れ枝を突っ込み、こじ開けるようにして山壁から引き剝がした。

と、今度はすぐ中に、木の板が嵌め込まれているのが見えた。ずいぶん用心深いことだ。今泉は、その木の板も、端からこじ開けて慎重に取り外した。

ぽっかりとした空洞が顔を覗かせた。中は暗いが、二メートルほど奥に何かがある。

今泉はポケットからペンライトを取り出すと、身を屈めて洞穴の中を照らしてみた。

洞穴は軽く下に向かって角度が付いている。人が四つん這いになって入れるほどの大きさで、奥行き自体が二メートルほどだ。地肌は水が浮いて湿気ている様子だが、底一面には木屑が敷かれていた。奥には錆びた釘が無数に散らばり、さらには鉄の棒が何本か檻を作るように立てられている。その鉄のバリケードの向こうに、何やら透明な袋で包まれたものが置かれている。

バリケードや釘が何かの仕掛けを伴っているかもしれないと思い、今泉は枯れ枝を伸ばして、それらをつついてみた。しかし、反応は何もない。それどころか、鉄の棒は地面に浅く刺さっていただけらしく、つついた二、三本は簡単に倒れてしまった。

棒が倒れたことで、その向こうにある包みがよく見えるようになった。

何だこれ……？

札束じゃないか……？

今泉は頭を洞穴の中に突っ込み、ペンライトで奥を照らしながら、木屑の上を這った。

やはり札束だ。五、六百万円はある。

そうか、これが借金にまみれていた松野の目がくらんだ「あだ花」か。

それは分かった。

しかし、落花装置とやらは……？

何だ……？

何かがおかしい。

貧血症状にも似た気分の悪さを感じた今泉は、次の瞬間、喘ぐように大きく息を吸い込んでいた。

自分でも、どうしてそうしたのか分からない、反射的なものだった。

突然、視界がブラックアウトした。日常が一瞬のうちに手の届かないところに消えてしまった感覚があった。

ああ……。

五感が削がれ、身体の力が蒸発するように抜けていく。

放送事故を起こしたテレビ画面が別の映像に切り替えられるように、今泉の真っ暗な脳裏にも記憶の映像が映し出された。

それは死んだ恋人、大友彰の柔和な笑顔だった。

懐かしい人……。

どうしてそこにいるのか分からないけれど……。

あなたに訊きたい。

死について。

自分でも深く考えたかったが、今泉に許されたのは、もはや断片的で脈絡のない思考の明滅だけだった。

耳の中で、砂嵐のような音が駆け巡る。

そして、闇に呑み込まれるようにして、意識が消失していった。

22

〈待居さん、今泉さんがどこに行ったか知りません?〉

待居が電話を取ると、小野川は挨拶もそこそこに、はやり気味の口調で尋ねてきた。

「え……?」

〈携帯がつながらないんですよ〉

「さあ、僕に訊かれても……」待居は手にしていたゲラを机に置き、赤のボールペンにキャップを嵌めて困惑気味に答えた。「どこか、携帯が使えない場所の仕事にでも行ってるんじゃないですか?」

〈いや、彼女を紹介してくれた週刊誌の編集者が、今日、彼女と打ち合わせの約束をしてたらしいんですけど、そこに来なかったみたいなんですよ。マンションにもいる気配がないって。一昨日、僕は彼女と電話で話してるんですけどね、そっから何か行方不明みたいで〉

「行方不明って言っても、まだ一日や二日のことなんでしょ。実家に帰ってるとか、そういう事情があるんじゃないんですか」

〈そうならいいですけどね。でも、親が倒れて病院にいるとかってことでも、約束があるなら、電話の一つくらい入れるでしょ。今まで打ち合わせをすっぽかしたりすることなんてなかったそうですよ〉

「一昨日、彼女と電話で話したときは、何か言ってなかったんですか？」

〈それが例の〈落花の会〉の話なんかをしたんですけど、一昨日あたりは以前に比べて何となく声に覇気がないっていうか、何か考え事をしてる感じだったんですよねえ。まだ、二、三、調べたいことがあるなんて言ってましたけど……〉

「うーん」待居は軽く唸った。「まあ、どういうことなのか分かりませんけど、僕に心当たりがあるわけもありませんし、もっと彼女と親しい人に当たってみるしかないんじゃないんですかね」

〈今泉さん、最近よく多摩沢に通ってたと思うんですけど、待居さんは彼女と会ったりしてました？〉

「いや……そう言えば先々週、十日くらい前に公園でばったり会いましたけど、それくらいで……」

〈先々週ですか。僕とも会った日かな……そのときはどんな様子でした？〉

「どんな様子っていうか、この前会ったときも話しましたけど、相変わらず彼女は〈落花の会〉とやらのことに首を突っ込んでて、自分が調べたいから調べてるだけだなんて言ってるもんだから、いい加減にしておいたほうがいいって言ったんですよ」

待居は皮肉混じりに言ったが、そのことについての小野川の反応はなかった。

〈多摩沢公園に行ってたわけなんですよね。何かそこで気になることを調べてるとか、そんな感じはなかったんですか？〉

「さあ……」

〈森のほうを見てたとか、そういうことは……？〉

「そう言えば、森のほうを見てましたね」

〈やっぱりそうですか。いや、この前話したと思いますけど、彼女はあの森に何かがあると睨んでたんですよ。それで、あの森に入る機会を窺ってたんです〉

「それは小野川さんがそう仕向けたんじゃないんですか？」

〈いやいや、違います。これは彼女の直感で、僕はあとからなるほどと思っただけですよ〉

「どちらにしても、彼女はつまんないことに首を突っ込み過ぎですよ。元は自分も自殺願望を抱えてたなんて言ってる人間だし、危なっかしくて仕方ないですよ」

〈いや、僕もそれが心配だったんですよ。だから、森に入るときは僕も行くし、待居さんも誘って探検隊組みましょうって言ってたんですよ。これ、もしかしたら今泉さん、

一人であの森に入っちゃったんじゃないかなって気がするんですよ。どう思います?〉

「どう思うって言われても……」

〈いや、絶対そうですよ。待居さん、二人であの森に入って、探してみませんか?〉

「冗談でしょう。どうして僕が……?」

〈冷たいこと言わないでくださいよ。今泉さんのことが心配じゃないですか〉

「そんなに言うんだったら、警察に頼んであの森を探してもらったらどうなんです?」

〈警察なんて、大人が一日や二日いないくらいで動いたりなんかしてくれませんよ〉

「なら、それが常識的な判断だってことでしょう」

〈それじゃあ、彼女の身に何かあったとしても遅いですよ〉

「そんなこと言ったって、森に入ったかどうかなんてことは、結局、小野川さんの勘でしかないわけですし……もう少し落ち着いて様子を見たほうがいいと思いますよ」

〈ああ、何でそういう結論になるかなぁ。この胸騒ぎが何で伝わらないんだろう〉

小野川は途方に暮れたように言い、何だかんだとそれからしばらく粘っていたが、待居の腰が上がらないことにあきらめたのか、「とりあえずまたかけます」と言って、彼の電話は切れた。

それから二時間余りが経ち、時計の針は四時を回っていた。エッセイのゲラを直し終えた待居は、風友社の三宅にそれをメールで戻して、仕事に一区切りつけた。

冷蔵庫からブラックのアイスコーヒーを取り出してグラスに注いだ。ソファに深く腰を埋め、喉を潤しているところに、電話が鳴った。

〈どうも、風友社の三宅です〉

「ああ、どうも。メール、見たかな?」

〈拝見しました。ありがとうございます。タイトルもこれで進めていいんですね?〉

「うん、それでいいよ」

〈分かりました〉三宅はそう返事をしたあと、話を変えるようにして訊いてきた。〈その後、書き下ろしのほうはどうですか?〉

「うーん、あれね……」

〈まだ調子が上がらない感じですか?〉

「うん……正直、調子は狂ったままでね」

〈いろいろありましたからねえ。ちょっと充電したほうがいいかも……〉

「仕事をしたい気持ちはあるんだけどね……」

〈『残り火』、いいプロットだと思いますけど、待居さんの気分があれなら、仕切り直すのもありだと思いますよ。もう少し軽い感じのやつでも……〉

「うん……でも、軽いのは性に合わないしな……」

不意に、玄関のチャイムが鳴った。

〈あんまり引きずると、本当にスランプになっちゃいますよ〉

「そうだね……ちょっと考えてみるよ。ごめん、宅配便か何か来たみたいだから」

〈そうですか、じゃあ、また連絡します……〉

三宅との電話を終わらせた待居は、せわしなく鳴るチャイムに眉をひそめながら、玄関のドアを開けた。

すると、そこに小野川が立っていた。

「小野川さん……」

啞然として続く言葉が見つからない待居に対し、小野川は上気した顔を寄せてきた。トレードマークの頭のサングラスも今日はない。

「やっぱり森ですよ。行きましょう」

「行きましょうって……」

「今、見てきたんですよ。公園から森のほうを」待居の反応にかぶせるようにして、小野川はまくし立てた。「いろいろ歩き回ってたら、柵の向こうにある熊笹が、人が通ったように乱れてるとこがありましてね。気になったんで、そこから森に入ってみたんです。そしたらね、松の木に新聞の切れ端が貼りつけられてるのを見つけたんですよ。汚れてないし、最近貼られたような感じですよ。それも何かの記事を切り抜いてるわけじゃなくて、ノンブルが付いた角のとこなんです。36って。それからまた付近を調べたら、奥のほうにも松の木があって、35のノンブルが付いた切れ端が貼られてたんです。そのまた奥には34がありました。それでもう、これは何かあるって確信して、急いで待居さんを呼びに来たんですよ」

「何かあるって……何があるっていうんですか？」

「分かりませんよ。でも、今泉さんに関係する何かですよ。今泉さんも、あの森に何かがあるってことは読んでたんです。でも、あの広い森をむやみに歩いたところで探せっこない……だから、もう少し、どこをどう探せばいいか絞り込むために時間が欲しいって言ってたんです。

でも、その彼女が森に入ったとしたなら、どこに行けばいいか分かったってことですよ。それをあの新聞の切れ端が証明してると思うんです。あれは道しるべですよ。今泉さんが歩きながら貼ったのかどうか知りませんけど、とにかく、あれを追っていけば何かがあるはずですよ……さあ、行きましょう！」

「どうして僕まで行かなきゃいけないんですか？」

小野川は待居の袖を摑み、かっと眼を見開いて訴えかけるような視線を向けた。

「どうしてって……！」

「もし、彼女が怪我でもしてて動けない状態だったら、僕一人じゃ運べないじゃないですか。とにかく行きましょう！　行ったら、僕の胸騒ぎが分かりますよ！　これは何かあったんです！」

どうやら、引きずってでも自分を連れていこうとしているらしい……小野川の異様に昂揚した物腰を前にして、待居はそれ以上、彼の誘いを拒むのは無理だと悟った。

「ここですよ！」

公園の奥までほとんど小走りで待居を引っ張ってきた小野川は、森に臨む柵の前で立ち止まり、目の前の熊笹を指差した。

確かにそこは、熊笹の葉の並びが乱れている。根元あたりを見ると、左右に不自然な力がかかった跡も見える。

しかし、小野川自身がここを通っているのだから、そんな跡があるのも当然だろう。彼が通る前にどんな状態だったかは分からない。

「突っ込みますよ。ついてきてください」

小野川はそう言って、熊笹の中に突入した。待居も仕方なく彼を追う。昨日の雨で濡れた葉が乾き切っていないのか、冷たい感触がざわざわと肌を撫でた。

長い熊笹の茂みをようやく抜け、ブルゾンに付いた水気を手で払っていると、小野川が待居を呼んだ。

「こっちですよ。この木」

小野川が話していた通り、背の高い松の木の目の高さあたりに、新聞紙の切れ端がくっついている。

「これが36ですよ。で、向こうに35があるんです」

小野川は興奮気味に言い、森の奥へと入っていく。待居も濡れ落ち葉を踏み締めながら、彼を追った。

「これが35。もう少し向こうに34があります」

小野川は34のノンブルが付いた新聞紙が貼られている木の前まで行き、待居のほうに振り向いた。「どうです？」

「よくこんなの見つけましたね」

困惑気味に言うと、小野川はどこか得意気に頷いた。

「何かあるはずと思って探してたらあったんですよ。僕の勘はあながち馬鹿にできないんです」

小野川は新聞紙の貼られた木を叩いて続けた。

「これアカマツですよね。〔落花の会〕にパインって幹部がいたでしょう。何か意味深じゃないですか？」

彼はそう言って、待居に同意を求めるような視線を向けたが、待居が返事をする間もなく背中を向けて歩き始めた。

「もっと奥にもあるはずです。行きましょう」

少し歩いたところで、また彼は立ち止まった。

「ほら、あった！」

松の木に貼られた新聞紙の切れ端を指差して待居を見る。

「33ですよ！」

小野川は眼を輝かせて言い、その口元には笑みさえ浮かべていた。

「小野川さん……」

待居が違和感を視線に込めて小野川を見ると、彼は眼を見開いたまま首を傾げて問いかけてきた。「え……？」

「落ち着きましょうよ」

待居は、肩で呼吸し足踏みを繰り返している小野川に首を振ってみせた。

「何だか、はしゃいでるように見えますよ……あくまで今泉さんを捜してるんですから」

彼は紅潮した顔を手で拭ったあと、「そうですね」と頷き、一つ大きな息を吐いた。

そして、多少興奮が醒めた顔になって歩き出した。

「でもね……僕は割とこういう深刻なときほど、場違いに笑っちゃったりするんですよ」彼は歩きながら、一人で話し始めた。「今泉さんには前に話したりしたんですけどね、本当に身を切るような切実さみたいなものを、これまで感じてきてないからでしょうね。だからまあ、そんなつもりはないんですけど、楽しんでるように見えるなら、それも当たってなくはないわけで……」

そう言いながらも、彼はかすかに首を捻り、「いや……」と話を続けた。

「正直言うと、それだけじゃないな……やっぱりね、好奇心がうずいてわくわくする気持ちもあるんですよ。それは認めます。今泉さんもたぶん、ここに一人で来たのは、好奇心に勝てなかったんだと思いますよ。〔落花の会〕のことをいろいろ調べていくとね、だんだん嵌まっていくんですよ。報告を聞いてるだけの僕でさえそうなんだから、今泉さんはなおさらだったはずです。今となっては消えてしまった会のことですからね……謎が多い。でも、少しずつ分かってくると、その分、想像力をかき立てられるんですよ」

小野川は32の新聞紙の切れ端が付いた木を見つけて指差し、ついでのように待居を見た。

「待居さんは今泉さんが調べたこと、どこまで聞いてます？」

「どこまでって……断片的なことしか聞いてませんよ。コスモスがどうとか、ヒバがどうとか、何かと僕に関係づけようとしてくるから、まともに聞いてられないですよ」

そう言うと、小野川は苦笑気味に口元を歪めた。

「今泉さん、パインのときでは飽き足らず、まだ待居さんに突っかかってたんですか?」

「小野川さんがいろいろ思わせぶりに言って、そういうふうに仕向けたからでしょう」

「そんなつもりはないんですけどねえ」小野川は肩をすくめる。「今泉さんもけっこう思い込みが激しいタイプだから。それに、待居さんが過剰反応するのも原因の一つかもしれませんよ。スーパーで蓮美と一緒にいた男の話だって、普通なら笑い話で済むのに」

「笑って済ませられるわけないじゃないですか」

「まあまあ、こんなとこで言い合っても仕方ないですし……31ですね」

小野川は松の木を指差して、そのまま歩き続ける。

「今泉さんが調べてきた話で面白かったのは、コスモスという女性の話ですよ。逆にパインは期待外れでしたね。パインは多摩沢大学のOBだった男で、ワンゲルに所属してた……この森もよく歩いて知ってるって意味では重要人物ですけど、聞く限りじゃ頭が切れるわけでもないし、要領がいいほうでもない。それなのにグループの中では空気を読まずにしゃしゃり出て、うざがられるタイプの人間ですよ。それでも、〔落花の会〕のような生きることに疲れた連中の中じゃ、押しが物言って幹部に居座ることができてたんでしょうけどね。まあ、言ってみれば、この男はやられ役ですから、『凍て鶴』で言うなら父親の肇になりますけど、投影するにはちょっと物足りないですよね。あまり想像がふくらまない。

それに対して、コスモスってのは、蓮美に心酔して会の活動にのめり込んでた人間で、蓮美とはある意味姉妹とも言えそうな魅力を感じるんですよね。なかなかの美人で文学的な雰囲気を持ってる。美鶴はこの二人を重ねて投影すれば、厚みも出てちょうどいいくらいです。蓮美が癒しと包容力の女、コスモスは思念の女……ロマンティストです。彼女はシェイクスピアが好きで、遺書代わりにソネットを綴ったりする。けれど、その純粋さがときには刃となって、自分たちを裏切ったような相手に向いたりもする。その相手っていうのはパインです。彼は行方不明ですけど、どうやら蓮美の死後、仲間たちを裏切って、結果、殺されてしまった節があるんです」

小野川は不意に立ち止まった。目の前の木に30のノンブルが付いた新聞紙の切れ端が貼ってある。

「おっと、30はアカマツじゃないですね。樫の木かな……松がこの付近にないから、これに貼ったのかも……ということは、ここを登っていけってことだな」

小野川はそう言って、その木の手前あたりから勾配が急になっていくところを前屈みになって登っていく。

「まあ、でも、パインを殺すにしても、女だけの手で首尾よくできるもんじゃないですよ」小野川は少し息遣いを荒くしながら、話を戻した。「そこで出てくるのがヒバという男です。今泉さんがこの存在を見つけてきたときは、心の中で快哉を叫びましたよ……これで待居さんだけを啓次郎のモデルにしなくて済むとね。そう、この男こそ、『凍て鶴』の啓次郎に投影できる人間です。

ヒバは〔落花の会〕のオフ会でコスモスと知り合い、恋人関係になった……そう見られてます。そして、パインを殺したのも、実質、ヒバだと僕は読んでるんです。さらに、蓮美が自殺してから二カ月ほどしてコスモスが後追い自殺してますけど、本当は恋人のヒバと心中するつもりだったんじゃないか、二人で死のうとしてヒバだけが生き残ったんじゃないかと、僕も今泉さんも考えてる。人を殺《あや》め、恋人は逝き、心は死への誘惑と生への執着の間を揺れ動く……そんな男のことを思い浮かべると、とにかく想像力をかき立てられるんですよね。

僕はね、待居さん……この森で〔落花の会〕が残していった爪痕を見つけることは、蓮美の死やパインの消息の謎に迫ることになると思ってるのは確かなんですけど、それはまた、ヒバにまつわる謎についても迫ることになるんじゃないかと期待してるわけですよ。僕がわくわくする理由はそこにあるんです」

待居は小野川に続いて急勾配を登りながら首を振る。

「そんな話を聞いたところで、僕には理解できませんね。小野川さんは結局、〈落花の会〉とやらに魅入られてしまってるだけですよ。小野川さんの頭からは、もはや『凍て鶴』などどこかへ行ってしまったかのようだ。何もかも、先に〈落花の会〉ありきの話になってしまってる」

「そんなことありませんよ。これは『凍て鶴』をどう表現したいかという問題の中で、答えを探してる過程の話なんですから」

「そうは思えない。今泉さんにも言いましたけど、小野川さんが『凍て鶴』を作る目的は、〈落花の会〉の諸々を投影させることによって、社会から風化しつつある〈落花の会〉をもう一度表舞台に上げることにある……そうとしか思えないですよ。映画が完成したら、あなたはいろんな場で、この作品の人物造形は〈落花の会〉という存在から影響を受けていて……と語り出すでしょう」

「語っちゃ駄目なんですか？」

「はたから見れば異常ですよ。今泉さんもすっかりそれに毒されてる。あなたに引きずられて、この話に首を突っ込み、僕に向かってパインだのヒバだのと思い込みも甚だしい言いがかりをつけてくるから、僕は彼女に言ってやりましたよ……その疑いの目を一度、小野川さんにも向けてみたらどうなんだとね」

目の前にあった小野川の足が突然止まった。顔を上げると、小野川は荒い息を立てながら、じっと待居を見下ろしていた。

「そんなことを言ったんですか。だからだ……彼女が僕のことも避けて、一人で森に入ったのは……」

「奇才という名声に惑わされて見えなくなってた怪しさに気づいたんでしょう」

小野川は失笑気味に頬を歪めて首を振った。

「だいたい、そんな名声は僕が望んだものじゃありませんしね……まあ、今泉さんが誰の意見を聞いて何をどう判断しようが、僕が何か言う筋合いはないんでしょうけどね」

彼はそう言って待居に背中を向け、また歩き始めた。

「でも、残念っていうか、最初っから僕にとって予想外だったのは、映画の企画に〈落花の会〉からのインスピレーションを持ち込むことに対して、待居さんが全然乗ってくれなかったことですよ。作り手なりの意図で原作をアレンジすることには賛成だって話を聞いてたし、僕はもっと食いついて一緒に楽しんでくれるとばかり思ってたんですけどね。

『凍て鶴』と〈落花の会〉の世界観は決して相容れない関係じゃないですよ。直感的に合うと僕は感じたんです。ただ、『凍て鶴』には自殺の概念がない。なぜか遠ざけられてる。ただそれも、ラストに啓次郎と美鶴の心中を持ってくることによって修正できるし、両者の相性のよさがより見えてくるようになるはずなんですよ」

待居は彼の独り言として聞き、返事をするのはやめておいた。こんなところでこれ以上、言い争いのような会話をするのも嫌だった。

小野川もその言葉を最後に、しばらくは無言になって歩き続けた。

新聞の切れ端の数字を追っていくと、斜面はやがて、下り勾配へと変化した。腰を落とし気味にして、足を滑らせないよう慎重に進んでいく。

「このへんは雰囲気があるな……」

軽く霞がかった湿地帯を歩きながら、小野川が呟く。

羽虫が顔の周りを飛び、払っても払っても、まとわりついてくる。じめついた空気とともに、不快さが募っていく。

17のノンブルが付いた新聞紙が貼られた木を過ぎたところで、小野川が立ち止まった。行く手が大きな水たまりでさえぎられている。

「ここを渡れってか……」小野川が言う。

「え……?」待居は小野川の隣に立って、その水たまりを見た。向こう岸まで六、七メートルはある。「ここを?」

「でもほら、足跡がありますよ」

小野川はそう言って、手前の水際を指差した。水たまりは雨水が流れ込んでいるためか全体的にささ濁りとなっているが、浅いところを見ると、彼の言う通り、足跡が見て取れた。

「行きますよ」

彼は言うと同時に、水の中に足を突っ込んだ。

「おお、冷てぇ！」

言いながら、太ももの中ほどまで濡らして大股で歩いていく。渡り切ると靴を脱ぎ、中の水を出しながら待居のほうを振り返った。

「底がぬかるんでるから気をつけてください」

待居は足を浮かせ、少し逡巡してから、水の中に入った。小野川が通ったところは濁りがきつくなっていて、底がまったく見えなくなっている。勘で足を出していくと石に引っかかり、危うくバランスを崩しかけた。

「あ……！」

不意に小野川が声を上げた。待居の不安定な足取りに反応したのではなく、彼は待居の左を指差していた。

「何か、水中に落ちてる」

「え……？」

「そこ……白いのが見えたんです。携帯か何かですよ」

言われて、待居は左のほうに回り込んでみた。一瞬、確かに白っぽいものが底のほうに見えた気がしたが、待居の足が泥を巻き上げ、そのあたりもたちまち濁ってしまった。

「ああ」小野川が残念そうに言い、靴を履き直した。また入ってくるつもりらしい。

待居はブルゾンの袖をまくり上げて、水中に手を突っ込んだ。

「ちょ、ちょっと」小野川がそれを制した。

「え……？」

「待居さんの時計、生活防水でしょ。外したほうがいいですよ」

「ああ……」

「僕のは防水ですけど、こんな泥水にはやっぱり突っ込めませんよ」

待居は手首からタンクディヴァンを外し、シャツで水気を取ってからブルゾンのポケットに仕舞った。そうしてから両手を水中に入れ、水底を探った。

小野川もまた水たまりに入り、マスターコンプレッサーを外しながら近づいてきた。

「どうですか？」

「何もないですね」

「どれ」

小野川は待居の前に回り込み、一緒になって水底を探り始めた。少しずつ移動しながら手を動かしているうちに、せっかくまくり上げた袖も水に浸かってしまい、肩口まで冷えてきた。適当なところで水から手を出し、小野川のやることを眺めていると、彼もやがて上体を起こして腰を伸ばした。

「おかしいな……このへんに見えたんだけど」

彼はぶつぶつと言いつつも、あきらめたようだった。

「ここまで濁っちゃうと、すぐには戻りませんからね……しょうがない、行きましょう」

異論はなく、待居も水たまりを出て、靴から水を出した。小野川は自分の携帯を手にして見ていた。

「このへんも電波は通ってるんだよな……でも、もし今泉さんが携帯をあそこに落としちゃってるとすると、連絡が取れないのも当然ということか……」彼は携帯を仕舞って、あたりを見回した。「このへんにいるってことはないですよね」

待居も同じように視線を巡らせてみたが、人影らしきものはまったく見当たらなかった。

「数字を追ってくしかないですね」

小野川はそう言って、歩き始めた。

斜面はまた登り勾配になり、濡れたズボンが足に張りついて歩きにくかった。

「この新聞の切れ端……いったい誰が貼ったんでしょうね」
16、15、14、13と、木に貼られた新聞紙の切れ端を見つけながら、小野川がふと気になったように、そんな疑問を洩らした。

「今泉さんが帰り道に迷わないように自分で貼った可能性が高いって思ってましたけど、そうとも限らない気がしてきましたよ」

「まったく彼女に関係ない、単なる大学のフィールドワークかなんかのマーキングだっていう可能性も十分過ぎるほどあると思いますけどね」待居は皮肉混じりに言ってみた。

「ここまで来たら、そんなこと考えてもしょうがない。僕はそんな話をしてるんじゃないんですよ。この紙を彼女が貼ったんじゃないとしたら、彼女はこの紙を貼った誰かに導かれたってことですよ」

「誰かって、誰です？」

「分かりません。彼女がこの森に入るまでに、どんな取材をしてたのか……でも、最後は〔落花の会〕に相当詳しい人間とコンタクトを取れたんじゃないかって気がするんですよ。〔落花の会〕の内部にいて、蓮美の自殺なんかのいきさつも知ってる幹部クラスの人間と……」

「よくそんなことまで想像できますね」待居は投げやりな調子で付き合った。「その人間は、こんな数字の紙を貼って、彼女をどこに導こうっていうんですか？」

「考えられるとしたら、一つしかありません」小野川は振り返って言う。「本当の聖地ですよ」

「本当の聖地……？」

「そう……多摩沢池に浮かんだ木ノ瀬蓮美が絶命した場所ですよ。そこに行けば、おそらく彼女がどう自殺したのかも分かるんでしょう」

「それが分かることにどれだけの価値があるんですかね」

「大ありですよ。それにもちろん、さっき言ったように、パインやヒバの謎に迫れるかもしれないっていう期待も持てますし」

「その聖地とやらに、何でもかんでも答えがあるっていうんですか……それはどうでしょう」

「いやいや」小野川はそう言って、また振り返った。「例えばですよ、今泉さんをここに導いたのが、実はヒバだとしたらどうします？」

小野川の口元にどこか得意気な笑みが覗いたのが見え、待居は何だか妙に薄ら寒い思いにとらわれた。

「そういう可能性もなくはないんです」小野川はまた、背中を向けて歩き出した。「まあ、何にしろ、そこに行ってみれば分かることですよ」
12、11、10と過ぎ、木に貼られた新聞紙のノンブルが一桁の数字になった。
昂揚感が再び戻ってきたかのように、小野川の歩みが速まる。少し前までは新聞紙の切れ端が貼られた木を見つけると、その先のルートを読むように立ち止まったりしていたが、いつしかそんなこともなくなっていた。何かに引き寄せられるように、落ち葉や枯れ枝を踏み締めてぐいぐい斜面を登っていく小野川の背中を、待居はやっとのことで追っていく。
9、8、7、6、5、4、3、2……。
気づくと、待居を引き離して歩いていた小野川が立ち止まっていた。

待居は追いつき、肩で息をしている彼の隣に立った。

「これでも〔落花の会〕に関係ないって言えますか？」

小野川が目の前の木に貼られた新聞紙を見つめたまま言った。

その新聞紙は、ノンブルの付いた切れ端ではなく、一面全部が貼られていた。「自殺サイト主宰者の遺体、池で見つかる」という見出しが目につく。

小野川が、新聞紙の貼られた木を見上げた。

「この木……ヒノキっぽいけど、もしかしたらヒバじゃないですかね？」

小野川に問いかけの視線を向けられ、待居は首を傾げた。

「たぶんそうですよ……たぶんそうです」

小野川は感心したような口振りで言い、それから、あたりを見回した。

「ここが聖地ってことか……」

「ここが聖地って……ここに何があるっていうんですか？」

「うーん、でも、この木を指してるだけとは思えないし……」小野川はしばらく思案顔で、新聞紙が貼られた木をじっと観察したり、足元の落ち葉などを足で動かしたりしていたが、思うような発見はなかったようで、「ちょっとこのへんを歩いてみましょう」と言った。

言われるまま、彼についていく。

今まで来たルートの延長でまっすぐ歩いていくと、二本の巨木が角のように伸びている小高い山に行き当たった。

「あそこに登ったら、何か見えるかも」

小野川はそう言って、急勾配の斜面を登っていく。途中からは手で木の根を摑み、そこにまた足をかけ……というように、四肢を使わなければ登り切れないような難所だった。

待居がその登りにてこずっている間、先に巨木の根元まで登った小野川は、太い幹に寄りかかりながら立ち上がった。そして次の瞬間、「あっ!」と大きな声を上げた。

前屈みになって、何かを見ている。それから強張った顔で待居のほうを振り返り、「足が見える!」と叫んだ。

「え……?」

待居も巨木の根元まで登り、小野川の横に立った。そうやって小野川の視線の先を追うと、向こう斜面の真ん中ほどに、スニーカーを履いたジーンズの足が出ているのが見えた。上半身がどうなっているのかは、斜面の起伏が邪魔をして見えない。

「こっちからは無理だな」

そのまま向こう斜面に下りるには、いい足場が見つからず、二人はいったん滑り下りるようにして来た道を戻り、それから木々の間を抜けて小山の裏へと回り込んだ。

裏側の斜面も簡単には登りづらい起伏があったが、ジーンズの足が出ている場所だけは一種の踊り場のようになっていた。

ジーンズの足は、小さな暗い洞穴から出ていた。上半身が洞穴に突っ込んでいると言うべきか……。スニーカーの向きからして、うつ伏せになっているらしいが、その足は地面に投げ出されたまま、ぴくりとも動かない。

小野川は何やら言葉にならない唸り声を喉にくぐもらせながら、ジーンズの足に近づいていった。足元までゆっくりと近づき、腰を折って洞穴の中を覗こうとしている。その肩は荒い呼吸とともに上下に動き、動揺しているようにも、あるいは興奮しているようにも見えた。

待居は数歩離れたところから逃げ腰気味に、小野川の様子を見守った。

小野川は恐る恐るという様子でジーンズの足に手を伸ばし、軽く叩いてみせた。しかし何の反応も見られず、小野川はその手で自分の口を覆い、最悪の事態を覚悟するように小さく首を振った。それから洞穴に顔を寄せ、その中に首を突っ込もうかという素振りを見せたものの、結局それもやめ、待居にうろたえるような視線を向けた。

「待居さん、今泉さんなのかどうか……ちょっと見てくださいよ」

「嫌ですよ！」待居は顔を強張らせて拒否した。「何で僕が⁉」

小野川は、待居の頑なな態度を前にして考えあぐねるような顔をしたあと、大きく深呼吸のような息をついた。

「じゃあ、僕が見ますから、ちょっと身体をこっちに引っ張るのを手伝ってくださいよ」

待居がなおも逡巡していると、小野川は「早く！」と落とした声で急かした。

待居は及び腰でジーンズの足に近づき、そのかたわらに膝を突いた。かすかな異臭が、横たわった人間から漂ってくる。小野川と二人でその身体を引っ張り、上半身を洞穴から出した。

その勢いのまま、小野川がその身体を仰向けに引っくり返した。

長い黒髪に代わって、赤黒い死斑の浮き出た顔が上を向き、二人の口から思わず、言葉にならない声が洩れた。

一目見ただけでは、顔の判別もつきかねる状態に思えたが、よく見れば今泉知里に間違いなかった。

「何てこった……」小野川が呆然として呟いた。

「どうしてこんなことに……」待居は吐息と一緒に言葉を吐き出し、小野川を見た。

小野川は力なく首を振る。しかし、その視線はやがて、今泉の手元に留められた。今泉の手にはペンライトが握られている。電池が切れているようで、ライトは消えている。

小野川は洞穴を見やり、そしてにじり寄るように近づいた。

「小さな木屑や釘なんかがいっぱいある……」小野川は洞穴を覗いて言う。「何の仕掛けだ……？」

彼はしばらく眼を細めるようにして洞穴を凝視していたかと思うと、今度はかたわらにある木の板やトタン板や枯れ枝の固まりに視線を移した。

そして、ぽつりと言った。

「酸欠だ……」

「え……？」

「間違いない」小野川は洞穴の中を指差した。「釘なんか錆びついてるでしょう……酸素を消費して酸化してるってことですよ。木片とか樹皮とかの木屑も、釘や鉄屑も……こういうのは酸素を吸収するんです。その状態でここにはこの板やトタンでふたがしてあった……この中はほとんど無酸素状態だったってことですよ。そこに今泉さんは顔を突っ込んでしまったんだ」

小野川は話しているうちにまた気分が昂揚してきたのか、顔をほのかに上気させ、さらに喋り続けた。

「蓮美の自殺もこういうことだったんだ。こういうことだったんですよ、待居さん……こういうのはね、タンクとかコンテナとか暗渠《あんきょ》とか、穴倉のようなところで仕事をするときに起きやすい事故なんです。低酸素の空気を吸うと、反射的に新しい空気を吸い込もうとする……結果的に、さらに低酸素の空気を吸うことになって、脳が一気にやられちゃうんです。

蓮美もこの穴に入って、ほとんど一瞬のうちに自殺を遂げたんだ。そしてそれを見守ってた幹部らが多摩沢池までその亡骸を運んだんだ……」

待居は大きく息を吐いてかぶりを振った。

「蓮美がどうとかなんて、どうでもいいですよ。もうここを出ましょう」

小野川は待居の言葉に反応せず、また洞穴の中を眺めている。

「ちょっと待ってください。奥に何かビニール袋みたいなのがある」

彼は自分の携帯を取り出して、液晶画面の光を洞穴の奥に向けた。

「ちょっと待居さん、中に入って取ってもらえませんか？」

「何で僕が取らなきゃいけないんだっ……⁉」

待居が思わず声を荒らげると、小野川は口をへの字にして、仕方がないなという顔をした。

「待居さんも案外臆病ですねえ。さすがにもう中の空気だって入れ替わってますよ」

「臆病だとかそういう問題じゃない。こんなことになってて、どうして正気でいられるっていうんだ……⁉」

「まあ、そうですよね。僕も正直言うと、けっこうびびってますよ。自分でも意外なほどにね……でも一方で、逆の気分っていうのも、やっぱりあるんですよね」

「あんた……誰のせいで彼女がこんなことになったと思ってるんだ？」

「僕のせいだって言うんですか？　残念ながら違いますよ」小野川は悪びれる様子もなく言った。

「この問題に彼女を引きずり込んだのはあんただろう」

「そうだとしても、彼女は自分の好奇心で動いてた。自分の好奇心に忠実だっただけです。僕と同じだ。その結果なんて誰かのせいにできるもんじゃない……それくらい彼女も承知でしょう」

彼はそう言い残し、四つん這いになって洞穴の中にもぐっていった。そして顔を出したときには、土埃のついた透明な袋の包みを手にしていた。

「五、六百万はありそうですよ」

彼が興奮気味に言う通り、地面に置かれたその包みには、札束がぎっしりと詰まっていた。

「思った通りだ。何かがあるはずと思ってたけれど、金だったとは……待居さん、コスモスがね、パインのことを花盗人だと書き残してるんですよ。あだ花に目がくらんだと……これのことですよ。おそらくこれは、会の活動の中で自殺者たちが蓮美に寄付した金……〈落花の会〉の軍資金に違いない。それが、蓮美自身が落花することになって、この軍資金を幹部らに預けたんだ。ローズのように早々と蓮美の後追いをする者もいたりして混乱が続く中、幹部らはとりあえずそれを、ここに隠すことに決めた。誰かに見つけられて奪われないように、無酸素の罠を仕掛けてね。

しかし、彼らの中に、この軍資金が欲しくてたまらない人間がいたんですよ。借金を背負ってて、その問題さえクリアすれば自殺する理由もなくなってしまうような人間……パインが。彼は結局、これに手をつけようとして、ほかの幹部らに見つかってしまった……そうして葬られたんですよ」

「もういい。あとは警察に任せましょう」

待居が言うと、小野川は引きつったような笑みを浮かべて首を振った。

「待ってくださいよ。こんな滅多に体験できないことなのに、そんな簡単に帰れますか。もったいない」

「あんたは異常だ！」

「こんな状況でテンションが上がらない待居さんのほうが異常ですよ！」

「馬鹿な……！」

「僕には見えるんです……！」小野川は顔に笑みを張りつかせたまま、血走った眼で空《くう》を見据える。「彼らが罠を仕掛けてここに札束を隠し、念入りにふたをして帰ったあと、パインが一人引き返してきて、この中から金を取り出し、ほくそ笑んでるのが……だけど、次の瞬間、彼を尾けてきたコスモスやヒバがそこの木陰から凍ったような眼をして現れるんだ。動揺したパインが必死に弁解しても彼らは許さない。棒で滅多打ちにして、パインの頭から鮮血が滴る。倒れたところをヒバがのしかかり、棒をパインの喉笛に押し当てて、一気に息の根を止める……そんな地獄絵図のような惨劇がここで起こったはずなんですよ！」

「そんなことを、見てきたように語って何が楽しい⁉」

「何を言ってるんですか。待居さんは本職なんだから、こういう惨劇を見てきたように語るのはお手のもんでしょ。どうですか……僕の話は、けっこう臨場感があるでしょ？」

「気持ちが悪いだけだ！」

小野川は気分を害したように待居を睨んだ。

「まったく、待居さんは、僕の想像の翼を折るようなことしか言いませんね。いいですか、待居さんが異常だと言ってるようなことが、やがて『凍て鶴』の映画に生かされるんですよ。僕は今、一つの興味深い事件のリアリティを自分の中に獲得しようとしてるんです。それは形を変えて、必ず映画の中に生かされる。変な茶々を入れて邪魔をしないでください」

彼はそう言ったあと、大きく息をついてから、気を取り直したように続けた。

「まあいい。蓮美の死の謎も、その後の幹部たちの内紛の謎も見えてきた。待居さんにも僕の話で分かってもらえたと思います。でも、ここにもう一つ、今泉さんの死という新たな謎が出てきた。今泉さんは自分の直感だけでここを探し当てたんじゃない。コンタクトを取ってた誰かの案内によってここに来たんだ。ここに来るまでのルートに貼ってあった新聞の切れ端がその証拠ですよ。たぶん、今泉さんはその人物とはメールや何かのやり取りだけで、顔を合わせてもいないんでしょう。だけど、その人物に導かれてこの聖地にたどり着き、そしてこの罠に嵌まってしまった……これはどういうことだと思います？」

待居に答える気がないのを見て、小野川は勝手に続ける。

「一つは言わなくても分かるでしょうけど、その人物が〔落花の会〕の事情に詳しい、おそらく会の幹部クラスの人間だということ。そして、もう一つはその人物が、〔落花の会〕について嗅ぎ回ってる今泉さんを邪魔に思い、排除しようとする意思……つまり殺意を持って彼女をここに誘ったということです。

その人物とは誰か……僕が聞いてる話の範囲内で考えるなら、その人物はヒバだと思いますよ。このヒバという男は、パインを葬ったあと、いったんはコスモスと心中を決意したのに、結局はそうしなかった。死より生を選んだ。なぜヒバがその選択をして、その後、何を考えながらどう生きているのか……これはまたずいぶん、興味をかき立てられる謎ですよ。考えるだけでわくわくする。ただ一つ、今回のことで見えてきたのは、彼が今でも〔落花の会〕のことを忘れずにいて、この聖地を守るような意識を持ってるってことです。会の軍資金だって、ほかの幹部が死んでしまえば、普通なら手をつけるでしょう。でも彼はそうしていない。パインとは違う。

僕はね、待居さん、今このときにも、ヒバが姿を現すんじゃないかと、内心ドキドキしてるんですよ……パインが金を取ろうとしたときのようにね。彼は今泉さんに罠を仕掛けた。その成果を見に来るはずです。そうなら、今現れてもおかしくない。

ねえ、待居さん……そうは思いませんか？　もしかしたら、もうヒバはここに来てて、僕たちの様子をじっと見てるかもしれないと……」

小野川は口元に醜い笑みを浮かべ、爛々とした眼で待居を見る。

「何が言いたい？　いったい何が言いたいんだ⁉」

「何が言いたいって……さっきから言ってるじゃないですか。ヒバはここに来るってことです」

「もしかしたら、もう来てるかもと……」

「そう……もしかしたらね」

小野川はそう言って周囲の木々を見回し、待居にニヤリとしてみせた。

その彼に、待居は人差し指を突きつけた。

「何ですか？」小野川が訊く。

「自分だと言いたいんだろう？」

「何がですか？」

「ヒバは自分だと」

「僕が……？」小野川は「ほう」と少しだけ笑い、すぐに挑戦的な眼つきになった。

「面白いですね。でも、僕がヒバならどうして今泉さんをこの罠に嵌めたっていうんです？　僕は彼女を邪魔になんか思ってませんよ」

「邪魔に思って嵌めたっていうのは、あんたが言っただけの理屈だ」

「じゃあ、何だと……？」

「決まってるじゃないか。誇示したいんだ。伝説になっていた謎の死はこういうことだったんだと、劇的な形で俺に見せたかったからだ。そうやって意地でも映画と〈落花の会〉を絡ませて、世の中の注目する舞台にもう一度あの会を引き上げたいと、それだけを執拗に目論んでる狂気の仕業だ」

「狂気の仕業とはえらい言われようですね」

「そうじゃないか。あんたは想像や推理で語ってるんじゃない。その場で見たことを得意気に語ってるんだ」

「なるほど、それで待居さんはさっきから動揺してるわけですか……これはもう、本物のヒバを捕まえるしかないかもしれませんね。本物が現れるまで、ここで待ちますか?」

「冗談じゃない！　正気の沙汰じゃない！」

「僕は正気ですよ」小野川は鼻で笑う。「だいたい、このままヒバの目星も付けずに警察に駆け込んで、どうしようっていうんですか?　警察が今泉さんの部屋でも調べたら、待居さんを疑ってるようなメモが出てくるかもしれませんよ。現に彼女はそういう目で待居さんを見てたんでしょう。スーパーで蓮美と一緒にいた男の話とか、会の待ち合わせで蓮美と一緒にいた運転席の男の話とか、僕や山崎さんの話を彼女が取材メモとして書き残したりしてたらどうするんですか?」

「ふざけるな！　あんたが俺を……自殺だの〔落花の会〕だのにまったく興味を示さない俺を無理やりこの問題に関わらせようとして、でっち上げたことだろ！」

「別にでっち上げたなんてつもりはありませんよ……まあ、結果的に待居さんは、こうやって関わらざるを得なくなってるわけですから、そう言いたくなる気持ちも分からなくはないですけどね」彼はそう言って、不敵に笑った。

「警察にあんたが喋ったことを全部ぶちまけてやる！」

待居が憤然として叫ぶと、小野川はわざとらしく嘆息した。

「待居さんが『狂気の仕業』だなんて失礼なことを言うから、ちょっと相手をするところだ」

「こんなふうに死体を間に挟んで言い争いして、それが狂気の仕業でなくて何だ⁉」

「チャンスなんですよ！　映画のためのインスピレーションを得るチャンスなんです。それがどうして分からないんですか？」小野川は訴えかけるように声を張り上げた。

「映画『凍て鶴』に、自殺や心中という小説にはない概念を持ち込むことを模索して、それがどうにか形を結ぼうとしてる……その何が気に入らないんですか⁉」

「自殺や心中なんて、あんたが強引に持ち込もうとしてるだけじゃないか！　そんな概念なんか、最初から必要ないって言ってるんだ！」

「僕は自殺や心中に向き合ってきた人間たちの切実さに共感できるからそうしたかったんだ。同じ物書きである待居さんがそれさえ理解してくれないとは思いませんでしたよ。僕が作品を読んで感じた待居涼司とは、こんな人間じゃなかった。まだたぶん、あなたよりヒバのほうが、生や死について共感し合えるでしょうね！」

「だったら、ヒバと話せばいいだろ。自分の中のヒバと。ただし、警察に行って、やってくれ！」

そう言って、待居は彼方に右手を振ってみせたが、小野川はそれに視線を向けようとはしなかった。張り詰めた空気が二人の間から消失し、一瞬にして小野川が張りぼてのごとく手応えのない人間になったような感覚を待居は抱いた。

「待居さん……」彼は醒めた口調に戻って、待居を呼んだ。「その手首……どうしたんですか？」

彼はいつからか待居の左手を見ていた。うろたえるような力のない瞳が、しかしはっきりと、リストカットの傷痕が無数に刻まれた待居の左手首を捉えていた。

「…………」

待居はちらりと小野川に視線をやってから、外したまま付け忘れていた腕時計をブルゾンのポケットから出した。

「ただの古傷だ……」

そう言いながら、それを手首に嵌め、タンクディヴァンの太い革ベルトで傷痕を隠した。

小野川は小さく緩慢に頷いたものの、その半開きの口からは何も言葉が出てこなかった。

異様な沈黙が訪れ、待居は鼻をこすったり意味なく洞穴を眺めたりしながら、視界の片隅で小野川の様子を観察した。

小野川はまた、待居の身体のどこか……下のほうをじっと見ている。

待居が彼を見ると、彼はすっと顔をそむけて視線を外した。

待居はそれとなく、自分の足元を見た。

膝を曲げているせいでズボンの裾が上がり、左足の靴下が覗いている。その靴下に、先ほど水たまりの中で拾ってそっと挿んでおいた携帯のシルエットがくっきりと浮き上がってしまっている。

待居は内心で舌打ちした。

こんなものはわざわざ拾う必要などなかった……ほっておけばよかったのだ。

しかし見つけてしまった以上、こっそり拾っておけば、自分にとって有利にこそなれ、不利になることはないと思った。だから反射的に、靴下に忍ばせてしまっていた。

つまらないことをした……。

待居は小野川をじっと見つめながら、ゆっくりと左足を動かし、彼から足首が見えないようにした。

小野川は待居と目を合わせようとしない。目標を失って落ち着きなく動く視線が、一瞬また待居の左足元をかすめたように見えたが、そこで止まらずに泳ぎ続けている。

何を考えてる……？

その顔色は病的に青白く見える。

「そうですね……」

小野川が不意に、何気ない調子で口を開いた。しかし、声自体はひどく上ずっていた。

「とりあえず……一度帰りましょうか……」

そう言って立ち上がり、今泉の足元を回って、ふらふらと歩き出す。

脇を通っていく小野川を目で追いながら、待居もゆっくりと立ち上がった。

「おい……待てよ」

待居がその背中に声を投げかけると、小野川は首をすくめるようにして小さく振り返った。

その恐怖を張りつけたような表情を見て、待居は確信した。

こいつ……これだけ〔落花の会〕の謎に迫って、俺を精神的に追い詰めておきながら、俺を本気で疑う考えは、まったく持っていなかったのだ。

そして、まさに今、気づきやがった……！

待居の顔に何を見たのか、小野川は、頬の筋肉が捻《ね》じ切れそうなくらいに顔を歪ませた。

「うわあああああっ！」

この世で出す声とは思えない叫び声を上げながら、小野川が走り出した。

「待てよ‼」

待居は全身がかっと熱くなり、本能に衝き動かされるようにして、彼の背中を追った。

小野川が手足をばたつかせながら、木々の間を走り抜けていく。転ばないのが不思議なほどだった。

待居も興奮を抑えられず、けだもののような唸り声を呼気と一緒に吐き出して走った。水たまりの手前で小野川に追いつき、その背中を突き飛ばすと、彼は悲鳴を上げながら水たまりにダイブし、派手な水しぶきを上げた。「うわああああっ！」

待居も水たまりに飛び込み、小野川の首根っこを脇に抱え込んだ。

思い出せば、松野を殺したのもここだった。あのアカマツの向こうに彼は埋まっているのだ。

「ああああぁっ！」

恐怖におののくように叫ぶ小野川の顔を泥水の中に捻じ込んだ。恐慌を来した人間にとっては、こんな水たまりでも命を落とす場になる。松野のことを考えれば、小野川の行く末も見えてくる。

小野川は必死に顔を上げると激しくむせ返り、それからまた、「ああああぁっ！」と、自我が崩壊したように泣き喚いた。

待居は彼の首筋にこぶしを落とし、腹に膝を蹴り当てた。そして彼の上体を起こして首に手をかけ、喉笛を締め上げながら投げ飛ばした。

仰向けに倒れ込んだ小野川は水中で苦しそうにもがき、やっとのことで顔を浮上させると、再び激しくむせ返った。そしてようやく喉が通るなり、またもや聞き苦しい叫び声を上げた。

あれほど自殺や心中といったものを意識的に題材から遠ざけた『凍て鶴』に、この男は〔落花の会〕との親和性を感じ取った。そして、待居が排したはずの題材を持ち込むことで『凍て鶴』の世界観を完成させようとした……その感性は、まさに奇才の名に恥じない神がかり的な冴えに満ちたものだった。その直感から繰り出される言動に、待居はどれだけ肝を冷やし、身の危険を意識させられたことか……。

しかし、この男は結局のところ、フィクションのまな板に載るものに対してしか、その驚異的な感性を発揮させることができないのだ。〔落花の会〕の諸々の事件も、この男にとってはフィクションと同様だった。一方で待居はこの男にとって現実の存在であり、だから、ここに至るまで、待居をフィクションのまな板に載せることができなかった……疑うことができなかったのだ。

現実の衝撃がフィクションを超え、おのれの生身がそれにさらされると、奇才と言われた男もただただ取り乱すしかないらしい。こうなるとざまあないな……待居は多少鼻白む思いで、その醜態を見下ろした。

それからまた、待居は小野川にのしかかって殴りつけ、彼の髪を摑んでその顔を水中に沈めた。しかし、小野川も簡単には片づいてくれなかった。松野のときもてこずったが、棒切れを手にしていたから相手の動きを止めることができたし、千秋の加勢もあった。それがない今は、徐々に相手の体力を奪っていくやり方になるのも仕方がないことだった。

やがて、水面に顔を上げたあとの小野川の声が小さくなってきた。

だいぶ弱ってきたか……待居は肩で息をしながらそう思い、とどめを意識して彼の首を摑んだ。

だが、次の瞬間、小野川の口から笑い声のようなものが洩れたのを聞き、待居はぎょっとした。

「へへ……へへ……」

喘ぎ声だろうと決めつけ、待居は彼の顔を再び水中に押し込んだ。しかしすぐに待居の手が滑り、小野川は水面から顔を出した。

小野川はゲホゲホとむせたあと、今度ははっきりと笑い始めた。

「あは……ははっはははぁっ……」

頭まで泥水をかぶり、洟を垂らしたままなので、泣きながら笑っているようにも見える。まったく予想になかった反応に待居は薄気味悪さを覚え、畳みかけるべき攻め手をためらってしまった。

「はははっははははぁっ……」

小野川はなおも笑っている。

「ぁははははっ……何だよ、俺ぇ……しょんべんちびりまくって、それ飲んじゃってぇ……はははぁっ……」

呆然とする待居に、小野川は歪んだ笑顔を向けた。恐怖心も振り切れたあげくに麻痺してしまったのか、待居を見る眼からも怯えの色はすっかり消えている。

「あぁ、何かすげえよ、これぇ……今までに味わったことねえの……恐怖ってこういうことかよ……」

小野川は苦しげとも楽しげともつかない、恍惚とした表情で待居に話しかける。

「ああぁ、この感覚、映画にしてえ……」

「黙れえっ！」

喋ろうとする小野川の口を、待居は手でふさいだ。

首にも手をかける。

かつて、松野にそうしたように……。

思い出さずにはいられない。

あの頃……。

待居は小説が書けなかった。

小説を書くことこそが、自分がこの世に生きる価値を確認することができる唯一の手段だとさえ考えていたのに、書き上げた作品はことごとく賞の選考で切り捨てられ、気づけば、何を書いたらいいのか、そもそも何を書きたいのかも分からなくなってしまっていた。自分の心を覗き込むと、ぽっかりとした空洞しか残っていなかった。

小説が書けなくなることは、人間としての自信を失うことと同じだった。それが待居にとっては一番の恐怖だった。だから、才能の限界を悟ってもしばらくは、書けないのに書こうと自分の頭に鞭を打った。しかし、それで書き上がったのは、搾りかすとしか言いようがない、ただ文章が連なっているだけのひどい代物だった。待居は読み返したそれを即座に破り捨て、暗澹《あんたん》たる思いに陥った。

それからはもう、書くことが怖くなってしまった。漠然と頭に浮かぶのは、このまま廃人然とした気持ちで残りの人生を無為に送るのか、それともすっぱりここで人生を終えてしまうのかという二つの選択肢だった。何度もリストカットを繰り返して、自分の気持ちがどちらに向いているのかを確かめてみた。そのうち、手首から滴り落ちる血にカタルシスを感じる自分に気づき、どうやら、こんな無意味な人生は、さっさと終わらせたほうがいいらしいと待居は悟った。

そんな頃に、インターネットを漠然と覗いていて、自殺系サイトの一つだった〔落花の会〕を知った。掲示板に書き込んだことをきっかけにしてオフ会に参加することになり、蓮美や千秋らと出会った。

千秋とは互いに惹かれ合い、付き合うようになった。二人の間に未来の夢などはなく、あるのはシェイクスピアの悲劇を地で行くような心中の約束だった。しかし、それだけでも待居にとっては救いの希望となり、彼女に引っ張られるようにして、会の活動に関わったりもした。

やがて、ネット心中が社会問題化する中で〔落花の会〕にも非難の風当たりが強まり、警察が事件化を視野に入れて動き始めたという噂が聞こえてきた。潮時を悟った蓮美は粛々と身辺整理を始め、そしてとうとう凜然とした自死をもって会の活動に終止符を打った。

その後、ローズこと上宮律子が早々と後追いし、待居も千秋との心中の約束を果たすときが近づいていることを実感した。しかし、千秋は律子から託された蓮美の遺産を持て余していて、どうすればいいか悩んでいた。

待居にしてみれば、この期に及んで金などどうでもよく、蓮美が落花した洞穴に隠しておいたらどうかという松野の考えに反対する理由はなかった。将来、会の謎に迫る人間が現れてその洞穴を見つけたなら、ご褒美にくれてやればいい。ただし、蓮美が落花した手段も見抜き、その罠にかからなければ……。だが千秋は、その隠し場所どうこうではなく、松野を最初から信用していなかった。彼が遺産を狙っているのではと警戒していた。

そして実際、三人で遺産を隠し、解散したふりをして戻ってみれば、札束を抱える松野がそこにいた。千秋の不安は的中していた。

彼の私欲剝き出しの行為は、それまでのある種イノセントな会の空気に馴染んでいた待居らの目には、あまりにも醜く映った。食ってかかった千秋が逆に突き飛ばされ、待居は気づくと棒切れを握っていた。会の思想に従って、すべてを片づけてから落花するのが筋だとすれば、まずこの男を葬り去る必要があると思った。あとには自分が死ぬ身だと思えば、できないことは何もなかった。待居は千秋とともに、松野を棒切れで打ち据え、首を締め上げ、水たまりの中に沈めた。

松野の息の根を止めるまで必死だった。そしてそれは、とてつもない昂揚感を伴っていた。自分の中に思いがけない力が宿った気がした。松野の首に手をかけたときの感覚……日が経っても、待居はそれを忘れることができず、じっくり味わうように思い出しては、甦る興奮に酔いしれた。

それが待居の中で、衝き動かされるような表現欲に変わっていくのに、それほど時間はかからなかった。今なら、あきらめたはずの小説が書ける。あの異様な感覚を表現したい。必ずいい小説が出来上がる……。

エネルギーがみなぎり、自殺願望があっけなく消えていった。しょせん、自分がかかっていたのは、その程度の偽鬱だった。書けない苦しさから逃げていただけだったのだ。

千秋と約束した心中を果たす日が来るまでに、待居は完全に立ち直っていた。小説が書きたくて書きたくて仕方がなかった。死しか見えなくなっていた千秋は、もはや別世界の人間のようだった。準備までは付き合ったが、彼女が睡眠薬でもうろうとなりながら待居の手を握ってくると、待居はそれを振りほどいた。現場の浴室から出る瞬間、彼女は哀しそうに待居を見たが、何も言わなかった。

待居は自分のアパートに帰ってくるなり、そのまま『ひずみ』の執筆に取りかかった。最初の二昼夜はほとんど机の前から動かず、取りつかれたように書き続けた。六百枚の長編が二十日足らずで出来上がり、難攻不落だった新人賞の山をも越えることができた。

それからも、あのときの記憶が、この森が、あの公園が、待居にインスピレーションを与え続けた。だから待居は多摩沢に住まいを移したのだし、『凍て鶴』ももちろん、そうやって出来上がったのだ……。

ああ……。

だからこそ分かる。

今の小野川は、あのときの自分と同じなのだ。自分の肌で得た感覚を表現したくてたまらないのだ……。
手に力が入らない。
ふさいだ手が緩み、小野川の口からはまた笑い声がこぼれた。
そんなに映画が作りたいのか……。
ああ……これ以上、自分の罪を隠し通すことが、どれほどのものだというのだろう。
思えば小野川には、どう絡まれても、企画を破談にしようとは言えなかった。
何よりも……自分は、この奇才が撮る『凍て鶴』を観てみたかったのだ。

23

池に浮かんだ啓次郎と美鶴が闇に溶けていく……。
哀愁を帯びたバラードに乗せて、スクリーンにエンドロールが流れる。
キャストに小野川充の名前。
原作に待居涼司、『凍て鶴』。
脚本、小野川充。
撮影スタッフや編集スタッフらの名前に続き、協力として今泉知里の名前も出る。
そして最後に、監督、小野川充。

映画のすべてが終わり、余韻を残して館内の明かりがともった。

待居涼司はゆっくりと席を立った。ほかの観客らに続いて、出口へと向かう。

その出口近くの席に一人の男が座っていた。待居と目が合い、彼は含みのある笑みを浮かべた。待居らが発見者となった今泉知里の変死事件で、事情聴取を何度か受け持った多摩沢署の中橋刑事だった。

「どうも……偶然ですな」

彼はそう言って、待居に肩を並べた。

「いやあ、初日にも来て、二回目ですけどね。何回観てもいい映画だ」

しみじみと言い、感嘆の吐息を洩らす。

「よっぽど気に入ったんですね。公開三日で二回目ですか……しかも今日は、こんな月曜日の真っ昼間から」

「待居さんこそ……試写会や何やで何回も観てるんでしょ?」

「僕も二回目ですよ。新しい仕事の刺激になるから、また観に来るつもりです」

中橋刑事はロビーに出たところで立ち止まった。

「私ももちろん、仕事をサボって映画鑑賞に興じてるわけじゃなくてね……何か捜査のヒントになるような発見はないかなと思って観てるんですよ。何せ、今泉さんの名がエンドロールに刻まれてる映画ですからね」

「まだ解決しないんですか？」

待居が言うと、中橋刑事はほんのわずかに眼を細めた。

「いろいろ慎重にやってるもんですからねえ。なかなか単純な話でもありませんし……まあでも、かなり道筋が見えてきた気がしますよ」

「それはよかった」

「それにしても、この映画は実に興味深いですな。確かに刺激になる。ラストの池での心中なんか原作にはありませんけど……」

「でも、しっくり来るでしょう」

「そう」中橋刑事は頷いてから、小さく唸った。「監督としての才能もさることながら、小野川さんは役者としても大したもんですな。個性的でありながら情感を感じる。真実に気づいて錯乱する姿なんて、観てて鳥肌が立つほどの迫力がありましたよ。そう言えばあれも、原作にはないシーンでしたね」

「小野川さんの力業ですよ」

「原作と違うのは、気にならないんですか？」

「なりませんね。むしろ、その違いが僕には新鮮で面白い。それが僕の新しい作品へのインスピレーションになったりしますから」

「お互いに刺激し合うわけですな。小野川さんに話を聞いたときも、彼が言ってました……待居さんには強い影響を受けたと。作品もさることながら、待居さん本人からの影響が大きかったってね」

「そうですか」待居は微苦笑で受けた。

「彼も初めて会ったときと比べると、何だか印象が変わりましたな。前はもっと何かこう、無邪気な人間という感じがしましたけど」

「無邪気なだけじゃ、映画は作れませんよ」

「待居さんの新しい作品を楽しみにしてるともおっしゃってましたよ」

「そうですか」

「ご執筆のほうは順調ですか？」

「ええ。かなり気持ちが乗ってきて、いいところまで進んでます」

「『凍て鶴』の続編ですか？」

「いえ……最初は『凍て鶴』に似た雰囲気の話も考えましたけど、やめました。今度はまた違う話です」

「どんなお話なんですか？」

「それはまあ、本ができたときに読んでもらうのが一番でしょう」

「それはそうですな」中橋刑事は肩を揺すって笑った。「本が出たら買いましょう。いつ頃、何というタイトルで……？」

「いつ頃出るかはまだ分かりません。『犯罪小説家』というタイトルです」

中橋刑事は眉をぴくりと動かし、待居を見据えた。「ほう……『犯罪小説家』ねえ」

「まあ、この映画の企画がなかったら、書けてなかった作品ですね」

「なるほど……それは興味深い」彼はそう言い、その思いを噛み締めるように繰り返した。「実に興味深い」

「楽しみにしててください」

「その……」中橋刑事は床に目を落とし、言い淀むような間を置いてから待居を見た。

「その小説の結末はどうなるんですか?」

「読む前に結末だけ訊くなんて、野暮ですね」

待居がそう言っても、中橋刑事は何も言わず待居を見ている。

「まあでも、最後の最後だけ、お教えしてもいいですよ」待居は言う。「最後はね、その主人公の作家が笑うんです」

「笑う……?」

「笑うと言っても声を出して笑うわけじゃなくて、含み笑いみたいな感じの笑いですけどね」

「笑う……ハッピーエンドってことですか?」

「いえ、その作家は警察に捕まるんです。いや、捕まるところまでは書きませんけど、その作家は自分が捕まることを予感してる。でも、だからと言って、別に怯えてるわけじゃない。その作家はどういう男なのか……その作品のヒロインに言わせるなら、彼は自分の身に降りかかる悪夢のような出来事さえ、小説を書くための血肉にしてしまう獏のような男なんです。だから、彼はこの先、待ち受けてることに対しても、本当の意味で怯えたりはしない」

「小説が書ければいいと……」

「そう……書くことがある限り、彼に絶望はありませんから」

待居はそう言い、中橋刑事の視線をかわすと、手首のタンクディヴァンに目をやった。

「さて、そろそろ帰って、原稿に向かわないと……」

そう言って、待居は中橋に軽い会釈を向けた。

「待居さん」

出口に足を向けかけた待居を、中橋刑事は静かな声で呼び止めた。

「また近々、会いに伺いますよ……必ず」

待居は横顔でその言葉を聞き、こくりと頷いた。

そして、彼に背を向け、小さく笑った。

〈参考文献〉

『明日、自殺しませんか　男女七人ネット心中』渋井哲也　幻冬舎
『ネット心中』渋井哲也　日本放送出版協会
『シナリオライターになろう！　人気作家が語るヒットドラマ創作法』
佐竹大心インタビュー・著　同文書院
『シェイクスピア詩集』関口篤訳編　思潮社

なお、取材に快くご協力くださいました杏林大学医学部教授、佐藤喜宣氏に心からお礼を申し上げます。

解説

福井健太（書評家）

ジャンルに縛られない創作を続けることは、広い支持層を開拓しつつ、表現者としての信頼を得ることに通じる。ミステリの書き手としてデビューし、多彩なスタイルで活躍する小説家は少なくないが、雫井脩介はその代表選手の一人といえるだろう。

本書の内容に触れる前に、著者のプロフィールと筆歴を紹介したい。雫井脩介は一九六八年愛知県生まれ。専修大学文学部卒。出版社や社会保険労務士事務所などの勤務を経て、九九年に『栄光一途』で第四回新潮ミステリー倶楽部賞を受けてデビュー（刊行は翌年）。これは日本柔道強化チームのメンタルコーチ・望月篠子がドーピングを調査するスポーツミステリだった。

第二長篇『虚貌』は刑期を終えた放火殺人犯グループの一人が殺され、癌を患った老刑事・滝中守年が復讐者を止めようとする話。重い動機とナンセンスなトリックの融合がユニークな怪作だ。デビュー作の続篇『白銀を踏み荒らせ』では、スキー日本代表チームのメンタルコーチに就いた望月が謀殺事件に巻き込まれる。『火の粉』は元殺人容疑者・武内真伍が隣人になり、無罪判決を下した元裁判官の大学教授・梶間勲の日常が歪む心理サスペンスである。

　着実にファンを増やしてきた著者は、二〇〇四年刊の『犯人に告ぐ』で本格的にブレイクを遂げた。連続児童殺害犯〝バッドマン〟がニュース番組に声明文を送り、かつて誘拐捜査に失敗した神奈川県警の警視・巻島史彦がテレビで劇場型捜査を展開する——という同作は「週刊文春ミステリーベストテン」の第一位に輝き、〇五年に第七回大藪春彦賞を受賞している。

　警察小説のベストセラーを生んだ著者が次に手掛けたのは、女子大生・堀井香恵がマンションの先住人が残したノートを読み、イラストレーターに心を寄せる恋愛小説『クローズド・ノート』だった。作風の変化は多くの読者を驚かせたが、これにはイメージの固定を避ける効果もあった。〇七年の『クローズド・ノート』（監督＝行定勲）と『犯人に告ぐ』（監督＝瀧本智行）の映画化も著者の多面性をアピールしたはずだ。

　こうして自由なポジションを築いた著者は、続く『ビター・ブラッド』でユーモアミステリに挑んでいる。少年時代に別れた実の父親・島尾明村とコンビを組まされた新人刑事・佐原夏輝が、内部犯が疑われる刑事殺しの真相を追う――というシビアな設定を使いながらも、奇矯なキャラクター造型で軽さを演出した意欲作である。

次に書かれた本作については後述するとして、以降の作品を駆け足で見ておこう。『殺気!』は幼少期に拉致監禁された経験を持ち、他人の殺気を感じる能力を得た女子大生・佐々木ましろが誘拐事件を探る青春ミステリ。ましろは望月の親友・佐々木深紅の従姉妹でもある。『つばさものがたり』は秘密を隠してケーキ屋を開いたパティシエール・君川小麦の再起を描く家族小説。『銀色の絆』はフィギュアスケートに賭けた母娘の絆と成長のドラマ。『途中の一歩』は六人の男女の恋愛と結婚をめぐる群像劇だ。

一三年に上梓された『検察側の罪人』は、時効が成立した女子中学生殺害事件の被疑者・松倉重生に老夫婦殺害容疑が掛けられ、若手検事・沖野啓一郎は強引に有罪を勝ち取ろうとするベテラン検事・最上毅と袂を分かつ――という苦いリーガルサスペンス。一八年の映画化(監督=原田眞人)でも話題を呼んだ秀作である。『仮面同窓会』は同窓会で再会した四人が高校時代の体育教師・樫村貞茂に報復し、縛り上げて廃工場に放置した翌朝、溜め池から樫村の溺死体が発見されるスリラーだ。

十一年ぶりの続篇として上梓された『犯人に告ぐ2 闇の蜃気楼』では、詐欺グループの幹部・淡野悟志が誘拐ビジネスを企画し、巻島の率いる神奈川県警、罠を張る犯人グループ、被害者家族がそれぞれの思惑で動き出す。『望み』は高校生が殺害され、失踪した少年の両親が〝もし犯人でも生きていて欲しい〟と願う痛切なエピソードである。一八年に同時刊行された『引き抜き屋1　鹿子小穂の冒険』『引き抜き屋2　鹿子小穂の帰還』は、二十代の取締役・鹿子小穂が父親の創業したアウトドア用品メーカーを解雇され、プロのヘッドハンターである並木剛のもとで奮闘する連作集。現時点の最新作『犯人に告ぐ3　紅の影』では〝大日本誘拐団〟を率いる〝リップマン〟こと淡野の暗躍が続き、巻島がネットテレビで対話を呼びかける。前作で残された謎を拾い、新展開を予感させる注目作だ。著者がエンタテイナーとしての幅を広げていることは、これらのバリエーションからも明らかだろう。

ちなみに〇五年には『火の粉』と『虚貌』の二時間ドラマが放送された。一四年には『ビター・ブラッド』、一六年には『火の粉』、一九年には『仮面同窓会』『引き抜き屋』の連続ドラマが作られている。好評を博した映画だけではなく、ドラマ原作者としての人気ぶりにも留意したいところだ。

著者の紹介が済んだところで、そろそろ本書の解説を始めよう。『犯罪小説家』は〇八年十月に双葉社から刊行された後、一一年五月に双葉文庫に収められた。本書はその新装版である。

新進ミステリ作家・待居涼司の『凍て鶴』が日本クライム文学賞を受賞し、映画化の話が持ち上がった。監督・脚本・主演を務める〝ホラー界の奇才〟小野川充は、ヒロインの竹前美鶴には一人の女――世間を騒がせた自殺サイト「落花の会」を主催し、自らも変死を遂げた木ノ瀬蓮美の影響が見られると論じ、映画を撮るにはサイトの謎を解く必要があると主張する。ライターの今泉知里は小野川の依頼を受け、蓮美と親しかったサイト幹部〝パイン〟の正体を追うものの、その先には意外な事態が待ち受けていた。

そんな前半のプロットからも解るように、本作では自殺サイトの調査が辿られるが、これはあくまでも表層に過ぎない。胡乱な人間や情報で不穏な空気を醸し、読者を疑心暗鬼に陥れる――著者の狙いはそこにある。法月綸太郎が『栄光一途』の文庫解説で「中盤を過ぎてから、小説のトーンが微妙に変わってくる」と述べたように、雫井ミステリではしばしば安定感よりも趣向が優先される。復讐譚が奇抜なトリックに収束する、読者に近い人物が豹変するといった仕掛けは、そんな柔軟さに由来するものだろう。振れ幅の大きさは警戒心を刺激するが、本作もその系統のサスペンスにほかならない。語弊を避けるべく断っておくと、これはもちろん意図的に選択されている。著者は双方のスキルを備えたうえで、ストレートな編曲を貫く場合もあれば、あえて大胆な転調を行う場合もあるわけだ。

物語の軸にある「落花の会」は思想を扱うための装置であり、その最奥には芥川龍之介「地獄変」の絵仏師・良秀を思わせるような創作者の業が潜んでいる。平易なタイトルが示す通り、本作は犯罪小説家の本質を晒しているという見方もできるだろう。

それを踏まえて細部を拾うと、ちょっとした遊びも見えてくる。ミステリ系の新人賞でデビューし、文学賞を受けた第五長篇が映画化される待居の経歴は、明らかに著者自身をモデルにしたものだ。「作品の登場人物に作者を重ねるなんて、発想が貧困だとは思いませんか?」という待居の台詞、作中で語られる小説『犯罪小説家』の構想とラストシーンなどは、メタフィクション風のギミックとしても興味深い。

怪しさに満ちたサスペンス、急転直下の逆転劇、特殊心理の活写などが配合された本作は、著者の最も技巧的な作品の一つに違いない。とりわけ『火の粉』『犯人に告ぐ』『検察側の罪人』などのベストセラーで著者を知ったミステリファンには「こんな変化球もありますよ」とお薦めしたい一冊なのである。

最後に著作リストを載せておこう(二〇二〇年一月現在)。#は〈望月篠子〉シリーズ、*は〈犯人に告ぐ〉シリーズ、†は〈引き抜き屋〉シリーズを示す。変幻自在に読者を愉しませる雫井ワールドの案内になれば幸いである。

『栄光一途』新潮社(〇〇)→幻冬舎文庫(〇二)
『虚貌』幻冬舎(〇一)→幻冬舎文庫(〇三/上下巻)
『白銀を踏み荒らせ』幻冬舎(〇二)→幻冬舎文庫(〇五)

＊『火の粉』幻冬舎（〇三）→幻冬舎ノベルス（〇三）→幻冬舎文庫（〇四）
『犯人に告ぐ』双葉社（〇四）→双葉文庫（〇七／上下巻）
『クローズド・ノート』角川書店（〇六）→角川文庫（〇八）
『ビター・ブラッド』幻冬舎（〇七）→幻冬舎文庫（一〇）
『犯罪小説家』双葉社（〇八）→双葉文庫（一一）→同新装版（二〇）※本書
『殺気！』徳間書店（〇九）→トクマノベルズ（一二）→幻冬舎文庫（一三）
『つばさものがたり』小学館（一〇）→角川文庫（一三）
『銀色の絆』ＰＨＰ研究所（一一）→ＰＨＰ文芸文庫（一四／上下巻）
『途中の一歩』幻冬舎（一二／上下巻）→幻冬舎文庫（一五／上下巻）
『検察側の罪人』文藝春秋（一三）→文春文庫（一七／上下巻）
『仮面同窓会』幻冬舎（一四）→幻冬舎文庫（一六）
＊『犯人に告ぐ2　闇の蜃気楼』双葉社（一五）→双葉文庫（一八／上下巻）
『望み』ＫＡＤＯＫＡＷＡ（一六）→角川文庫（一九）
†『引き抜き屋1　鹿子小穂の冒険』ＰＨＰ研究所（一八）→ＰＨＰ文芸文庫（一九）
†『引き抜き屋2　鹿子小穂の帰還』ＰＨＰ研究所（一八）→ＰＨＰ文芸文庫（一九）
＊『犯人に告ぐ3　紅の影』双葉社（一九）

本書は二〇一一年五月に小社より刊行された
同名文庫の新装版です

双葉文庫

し-29-06

犯罪小説家《はんざいしようせつか》〈新装版〉

2020年1月19日　第1刷発行

【著者】
雫井脩介《しずくいしゅうすけ》

【発行者】
箕浦克史
【発行所】
株式会社双葉社
〒162-8540 東京都新宿区東五軒町3番28号
［電話］03-5261-4818(営業)　03-5261-4831(編集)
www.futabasha.co.jp
(双葉社の書籍・コミックが買えます)
【印刷所】
大日本印刷株式会社
【製本所】
大日本印刷株式会社
【CTP】
株式会社ビーワークス

【表紙・扉絵】南伸坊
【フォーマット・デザイン】日下潤一
【フォーマットデジタル印字】恒和プロセス

ISBN978-4-575-52307-2 C0193
Printed in Japan